Didier SAINT-GEORGES

Anatomie d'une renaissance

Roman

Vérone éditions

Découvrez nos éditions sur notre site www.editions-verone.com

Vérone éditions – 75 boulevard Haussmann – 75008 Paris

À Dominique.

Prologue

Quoiqu'on fasse, on reconstruit toujours le monument à sa manière. Mais c'est déjà beaucoup de n'employer que des pierres authentiques.

Marguerite Yourcenar

Quand je revis pour la première fois Jolyne, Carine et Chiara, près de dix années s'étaient écoulées depuis mon départ de la Maison Condit, fin 2012. Dès mon arrivée cinq ans plus tôt dans cette petite banque d'affaires en tant que tout jeune analyste, j'avais cherché de quoi tromper mon ennui : découvrir les coulisses du monde de la finance était certes intéressant, mais analyser des bilans à longueur de journée viendrait à bout de l'enthousiasme des plus vaillants. Or ces trois femmes avaient piqué ma curiosité, allez savoir pourquoi. Probablement d'abord parce qu'elles étaient des femmes justement, ce qui n'est pas si banal dans ce monde-là. Mon intérêt était peut-être aussi aiguillonné par leurs différences. L'une semblait très dominante, universellement respectée. La seconde était solide aussi, mais d'une tout autre façon, plus subtile. Quant à la troisième, plus jeune, elle me semblait surtout impatiente. Peut-être, au contraire, était-ce ce que ces trois femmes avaient soi-disant en commun qui me séduisait. Je dis « soi-disant », parce que c'est Sophie, l'assistante personnelle de Jolyne et qui connaissait tout de cette Maison, qui m'avait un jour fait cette confidence. Selon elle, Jolyne, Carine et Chiara partageaient la même détermination absolue, quoique chacune à sa manière, à ne « *pas perdre leur âme* » dans ce métier (je reprends les mots de Sophie). En tout cas, j'espérais découvrir chez chacune d'elles, derrière la superficialité des comportements du quotidien, derrière le cliché de la femme d'affaires volontaire et ambitieuse, quelque chose d'autre, une profondeur peut-être, qui ait un sens au-delà du petit monde de la finance. Je décidai de les observer de près. Je commençai même à tenir un journal où je notais tout ce qui pourrait un jour, espérais-je, retracer au fil des heures la manifestation progressive de réalités cachées. Mais quand je quittai la Maison Condit, alors même que Carine avait mystérieusement disparu de la situation quelques mois plus tôt, que Chiara venait aussi de quitter le métier dans des circonstances stupéfiantes, et que la Maison dirigée par Jolyne semblait sur le point de s'effondrer, les observations inscrites dans mon carnet ne me semblaient fournir aucune piste pour une lecture plus profonde de ces évènements. C'est pourquoi, quand je revis mes trois héroïnes, mon espoir renaquit immédiatement d'en apprendre enfin davantage. Depuis que je les avais perdues de vue, leur souvenir ne m'avait jamais véritablement quitté, et les voir réunies toutes les trois dans la vieille maison de Carine, le fameux « Cabanon » dont j'avais souvent entendu parler, avait quelque chose d'émouvant. Nous discutâmes de longues heures de nos souvenirs. Inévitablement, j'en vins à mentionner, un peu gêné, l'existence de ce journal que j'avais tenu pendant nos cinq années communes chez Condit. Toutes trois ne s'offusquèrent nullement de mon indiscrétion et en furent même amusées. Elles entreprirent de parcourir mes notes. Et c'est de là qu'est né le projet de ce récit. Parce que, bien qu'elles me semblassent attendries par la lecture de mes griffonnages, elles observèrent immédiatement que, n'ayant pu noter que les scènes dont j'avais été le témoin direct, j'avais raté l'essentiel. J'avais été comme le spectateur d'une pièce de théâtre très mal placé au fond de la salle, et convaincu de surcroît que tous les ressorts d'une intrigue peuvent véritablement se concentrer en un seul lieu et un seul temps. Elles entreprirent très généreusement de m'éclairer, chacune avec son angle personnel, sur des événements cruciaux qui m'avaient échappé, et qui eux seuls m'auraient permis d'approcher la vérité de ces trois femmes. Elles me conseillèrent aussi de rencontrer Yves, le directeur de la communication de la Maison Condit et un peu leur confident à toutes les trois, ce que je fis. C'est ainsi que je découvris enfin que mon intuition des premiers jours chez Condit avait été juste. Derrière les façades conformes de Jolyne, Carine et Chiara, la réalité s'avérait peuplée de musique jazz, d'amours tumultueuses, de peinture contemporaine, de parties d'échecs, d'immenses moments de solitude, d'effondrements et de renaissances. Il me sembla également que le petit monde de la finance parisienne n'avait été qu'un terreau particulièrement propice à la manifestation de vérités bien plus riches que lui. Il fut alors évident que cette réalité justifiait davantage que quelques notes jetées dans un carnet. Ayant fait de moi un rédacteur omniscient ou presque, et bien que ne jouant moi-même aucun rôle dans cette histoire, elles m'autorisèrent à enrichir mon journal de leur témoignage en trois dimensions et d'en tirer un récit. La première entrée dans mon carnet était datée du lundi 15 septembre 2008. C'est donc ce jour-là que le récit commencerait.

Chapitre 1

Pour gagner, il faut risquer de perdre.

Jean-Claude Killy

Ce matin-là, les membres de l'équipe étaient déjà assis autour de la table et l'attendaient, un peu tendus, échangeant à voix basse quelques plaisanteries forcées. Après quelques minutes, ils entendirent le pas assuré de Jolyne qui s'engageait, un étage plus bas, dans le large escalier en colimaçon menant à la salle de réunion. Son nom de baptême n'était pas Jolyne mais Joséphine, probablement le résultat d'un compromis conclu quelque soixante années auparavant entre son père new-yorkais et sa mère native de Pointe-à-Pitre. Sans qu'on sache très bien pourquoi, elle avait toujours détesté ce prénom et avait très tôt imposé autour d'elle qu'on l'appelât Jolyne. Peut-être parce qu'elle en préférait la consonance, l'équilibre, la modernité, peut-être simplement parce que c'est elle qui l'avait choisi. Elle avait en revanche fait honneur à son patronyme, Condit, dont la réussite s'annonçait en calligraphie édouardienne sur une large plaque, sombre et élégante, disposée à l'entrée d'un confortable immeuble haussmannien, siège de la Maison Condit & Associés à Paris. Cette petite banque d'affaires s'était depuis quinze ans construit une jolie réputation dans le microcosme de la finance parisienne, en gérant avec succès une dizaine de fonds d'investissement dans lesquels étaient logées les économies des clients. Jolyne s'enorgueillissait de ce que la Maison Condit fût la preuve incarnée que le monde de la finance n'est pas peuplé que d'institutions géantes, anonymes et sans âme.

Depuis plusieurs années, afin de ne pas paraître trop surannées par rapport aux start-up de la Silicon Valley, les banques d'affaires du monde entier s'étaient efforcées de moderniser leur style. La concurrence sans merci qui sévissait pour parvenir à attirer les meilleurs jeunes diplômés avait imposé sa loi. Le vouvoiement avait largement disparu, le port de la cravate pour les hommes était devenu facultatif. L'image poussiéreuse des vieilles banques d'affaires historiques avait été largement rajeunie. Et la Maison Condit n'avait pas échappé à cette évolution. Mais Jolyne, à titre personnel, ne pouvait s'empêcher de résister à la tendance générale. Elle demeurait attachée à l'étiquette, à cette manière un peu formelle qui fait de l'élégance une vertu ineffable mais qu'il importe de cultiver. Ainsi, personne ne s'autorisait à tutoyer Jolyne. Et Luc, qui se considérait comme son adjoint, quoique Jolyne ne l'eût jamais désigné comme tel, portait ostensiblement la cravate en signe de solidarité avec les traditions. La chevelure argentée de Jolyne, coupée en carré court, semblait se refléter dans son regard gris acier. Jolyne savait d'ailleurs parfaitement utiliser ce dernier pour vous transpercer littéralement dans une conversation quand elle le jugeait utile. Les traits un peu durs de son visage ajoutaient à l'impression de force qui émanait de tout son être. Elle n'était néanmoins nullement dépourvue de féminité, et un maquillage très léger soulignait principalement la lumière de ses yeux, tandis qu'une sobre chaîne en or rehaussée d'une tourmaline noire et de discrètes boucles d'oreilles dormeuses adoucissaient son visage. Mais sa façon de parler pouvait passer tour à tour de distinguée à brutale, parfois même presque grossière, selon ce qu'elle estimait convenir à la situation.

Elle parcourut lentement la courte distance qui séparait son bureau situé au rez-de-chaussée de la petite salle de réunion à l'étage. Cet escalier tenait un peu le rôle de sas, tel le couloir sombre qui mène l'artiste de sa loge jusqu'à la scène, ou les athlètes de la chambre d'appel jusqu'à la piste. C'était le moment où Jolyne prenait le temps de compartimenter ses pensées, de laisser ses failles derrière elle, d'habiller ses peurs en questionnements, d'endosser en montant les marches la persona de la cheffe. Dans l'escalier était accroché, environ à mi-chemin, un grand tableau, un Soulages acquis dans les années 90. Cet achat s'était avéré un excellent placement. Jolyne avait toujours eu du nez pour l'art contemporain, dont elle aimait croire que la liberté qu'il exprimait résonnait avec ses propres aspirations. Ce tableau n'était pas son préféré, mais il avait trouvé sa place. Elle le voyait opportunément comme une métaphore préparatoire de la loi des marchés qui l'attendait quelques marches plus haut : pas de philosophie, pas de morale, pas d'intellectualisation inutile, quelques étroits espaces de lumière qui percent entre de larges bandes noires tracées à la brosse. La performance et rien d'autre, anglicisme qu'affectionnait Jolyne pour sa double signification renvoyant au résultat aussi bien qu'à l'action elle-même.

Jolyne entra.

— Bonjour, dit-elle en laissant familièrement tomber sur la table, devant la place qui lui était réservée à l'une de ses extrémités, le bloc-notes sur lequel elle griffonnait à l'avance les sujets qu'il allait falloir discuter en priorité.

Une seule ligne était inscrite ce matin. Elle s'assit en toisant rapidement son équipe. Sa « garde rapprochée », constituée d'à peine une demi-douzaine de personnes, constituait le premier rang autour de la table rectangulaire. Il s'agissait de gérants, c'est-à-dire de professionnels des placements financiers, chargés d'investir en Bourse les économies confiées par leurs clients, eux-mêmes pour la plupart des particuliers relativement aisés des quatre coins de l'Europe. Les gérants moins expérimentés, les analystes, l'économiste, quelques traders pouvaient également être présents à ces réunions. Mais ils s'asseyaient alors sur des chaises adossées aux murs de la salle et formant autour de la table un deuxième rang. Ils avaient vocation à rester silencieux, cantonnés à un rôle d'observation voire d'apprentissage pour les plus novices. En tant que jeune analyste, j'étais moi-même assis sur l'un de ces sièges et mon rôle principal ès qualités consistait à me taire, écouter et apprendre. Chaque matin, j'étais donc au spectacle. L'équipe de gestion dirigée par Jolyne fonctionnait à la manière d'une petite armée, avec sa discipline, ses codes, sa hiérarchie, et ses règles plus ou moins écrites. Ce jour-là toutes les chaises étaient occupées.

— Bonjour Jolyne, répondirent un peu sporadiquement les gérants.

— Vous avez tous vu ce qui s'est passé ce week-end, qu'est-ce qu'on fait ?

Dans cette phrase laconique se condensait le style qu'affectionnait Jolyne : rester suffisamment elliptique (cela stimule l'attention de l'auditoire et, en cas de besoin, pourra offrir des portes de sortie), s'efforcer de donner la primauté à l'action (la réflexion ne vaut que si elle mène à une décision), et enjamber les évidences (il allait de soi que chacun des gérants autour de la table devait avoir déjà réfléchi aux ramifications du coup de théâtre qui s'était produit hier, dimanche 14 septembre dans l'après-midi, à New York. Qu'il en aille autrement aurait signifié qu'ils avaient adopté une attitude passive, pour ne pas dire paresseuse, face à un tel évènement, hypothèse inconcevable).

Quant à la question adressée à l'équipe « qu'est-ce qu'on fait ? », elle contenait non seulement le message qu'une action était indispensable compte tenu de la situation, mais qu'en plus cette action devrait s'imposer à tous. Le moment était visiblement très sérieux dans l'esprit de Jolyne. Un de ces moments où le sens du commandement devait parler. Il eût donc été bien naïf de voir dans cette question une offre quelconque de partage du pouvoir de décision. Tout au plus pouvait-elle être comprise comme un rappel à l'esprit d'équipe qu'il allait falloir maintenir dans la tourmente à venir. Elle allait aussi permettre à Jolyne d'observer comment chacun était capable de penser sous pression.

Adil Bouchani, gérant spécialisé dans les investissements sur les marchés européens, se jeta à l'eau le premier. Son regard inexpressif, un peu terne, dissimulait une passion ardente pour son métier. Il avait déjà une carrière conséquente derrière lui, vécue dans deux ou trois autres maisons de gestion, et avait trouvé en la Maison Condit, il y a quelques années, un style, une philosophie du métier qui lui convenaient. Convaincu néanmoins que la vérité se niche toujours en deçà des extrêmes, il se gardait très précautionneusement de jamais glisser dans un quelconque excès d'enthousiasme ou de pessimisme, persuadé d'incarner par cette attitude velléitaire la posture du sage.

— À mon avis, dit-il avec le calme qui lui semblait convenir à la situation, il ne faut pas paniquer. La faillite de la banque Lehman hier est avant tout le résultat d'une guéguerre entre les grandes banques d'affaires américaines. Ce n'est pas un accident soudain mais le fruit d'une décision prise à froid par les autorités américaines, dont la banque de Réserve Fédérale, l'Autorité de régulation des marchés financiers, et le Trésor. Excusez du peu ! Ces institutions ne sont pas idiotes. Elles se sont mises d'accord pour assainir la situation en supprimant cette banque. Il faut dire qu'avec son agressivité commerciale sur le marché des prêts hypothécaires, ses prises de risques énormes, Lehman avait non seulement accumulé de lourdes pertes, un endettement insensé, mais elle s'était aussi fait beaucoup d'ennemies parmi ses consœurs. Et donc ce matin, les Goldman Sachs, Morgan Stanley etc. peuvent sabler le champagne : un de leurs pires concurrents va être dépecé et elles pourraient même pouvoir récupérer les meilleurs morceaux. À mon avis, les États-Unis n'auraient pas pris cette décision sans s'assurer des conséquences. Donc, ne paniquons pas.

Ne voulant pas être en reste après cette tirade éloquente d'Adil, Luc Dargentière, gérant global très expérimenté, prit à son tour la parole. Quand il semblait à Luc que l'heure était aux réflexions approfondies, cet ancien trader aurait aimé dissimuler dans les conversations ses humbles origines professionnelles en recouvrant d'une fine couche de vernis sophistiqué ses raisonnements les plus simples. Mais il n'y parvenait pas toujours. À défaut, il se résignait alors parfois à surjouer les mérites de l'instinct contre l'intellect. Il est vrai qu'il était doté d'un incontestable bon sens, et aussi d'une forme de respect pour les marchés « qui sont plus forts que nous ». Son inclination naturelle le portait davantage à observer les tendances, les inflexions, et à tenter d'anticiper leurs prolongements plutôt que de se laisser polluer par le déluge d'informations disponibles qu'on pouvait passer des heures à analyser chaque matin.

— Adil a peut-être raison, dit Luc. Il faut savoir acheter au son du canon. Mais j'attendrais quand même un peu avant d'acheter. C'est pas que j'ai la trouille, mais Tokyo s'est vautré cette nuit et les graphiques techniques ont une sale gueule. Voyons si ça rebondit sur les supports.

— C'est tout ? Interrogea Jolyne sans qu'on sache très bien si elle visait la courte contribution de Luc ou la circonspection silencieuse des autres gérants.

Ewan McConnochie, gérant britannique, écossais plus précisément, parfaitement francophone après quinze années déjà passées en France aux côtés de son épouse Jennifer, sentit qu'il était temps pour lui de s'exprimer. Ewan ne faisait pas mystère de son ardente ambition professionnelle. Il n'aspirait à rien moins qu'une carrière brillante dans le métier et, pourquoi pas, à succéder un jour à Jolyne. Mais cette dernière jugeait-elle qu'Ewan avait les moyens de ses ambitions ? De la même manière qu'elle ne contredisait pas ouvertement les prétentions de Luc, tout en se gardant de jamais les valider, elle laissait Ewan espérer, sans rien suggérer elle-même.

— La sérénité d'Adil est très méritoire, dit Ewan. Personnellement, je n'ai pas ce courage. Il me semble que cette faillite est grave, et personne ne sait si elle ne va pas en entraîner d'autres. On parle tout de même de la quatrième ou cinquième banque d'affaires américaine dont on vient de baisser le rideau ! Je pense que le bon sens pour l'instant nous dicte d'être prudents, en attendant d'en savoir davantage. Je mettrais tout de suite quelques protections en place via des contrats à terme sur les marchés d'actions, en restant attentif.

Le regard interrogateur de Jolyne se tourna ensuite vers Chiara. Celle-ci prit la mesure de la pression muette qui s'exerçait à présent sur elle. Elle ne pouvait guère revendiquer une très longue pratique dans le métier. Du haut de ses vingt-huit ans, elle n'avait été recrutée par Jolyne que six mois plus tôt, après un très court passage dans une petite banque commerciale entamé au sortir de ses études. Jolyne avait décidé de lui donner sa chance malgré son inexpérience. Tout en étant singulier, ce choix n'était pas si surprenant venant de Jolyne. Elle était familière des paris inattendus. Miser sur une possibilité improbable, tenter de percevoir le potentiel caché au sein d'une situation plutôt que suivre la logique d'une trajectoire, cette stratégie instinctive était un peu son credo personnel et lui avait souvent réussi.

— La vérité c'est que je n'en sais rien, avoua Chiara. Personne n'en sait rien. La situation est complètement nouvelle. Faut-il improviser ou prendre le temps d'observer comment les choses évoluent ? Je ne sais pas.

N'étant pas explicitement sollicités, les autres participants à la réunion se gardèrent d'exprimer un avis. L'économiste et les deux analystes seniors présents ne s'estimaient pas légitimes pour répondre à la question de Jolyne. Inutile de dire que je demeurai moi-même dans un mutisme total. Quant à Carine, la porte-parole de Jolyne, elle n'était que très rarement sollicitée bien qu'elle assistât régulièrement à ces réunions matinales. Son rôle était principalement d'entendre, voir, sentir les points de vue de Jolyne, comprendre ses décisions pour ensuite en offrir une version souvent profondément reformulée aux clients et aux médias. En envoyant très souvent Carine s'exprimer en son nom, Jolyne s'épargnait la besogne de la prise de parole en public, qu'elle ne supportait qu'à très faibles doses. Cela lui permettait également d'entretenir sa rareté dans la sphère publique, attribut qu'elle jugeait essentiel à son prestige.

— Voilà comment je vois les choses, annonça Jolyne : 1) Cette faillite n'est pas un coup de tonnerre dans un ciel bleu. La banque

Bear Stearns a déjà plongé il y a six mois, ça vous avait suffisamment émue, Carine ! Et ça fait des années que les banques américaines financent sans contrôle une bulle immobilière qui est maintenant devenue énorme. Remplacez les Maisons en Californie par les actions à la Bourse de New York, et vous avez la même situation qu'à l'automne 1929. 2) Les grandes banques sont des machines à faire des conneries. Ne croyez pas que nous sommes face à un cas isolé. Maintenant que le château de cartes a commencé de s'effondrer, le phénomène va continuer. Dans « système financier », il y a « système » autrement dit interdépendance. Cette faillite va en entraîner d'autres. 3) Le plus important : cette débâcle a toutes les chances d'aller en accélérant : la transmission à l'intérieur d'un système, c'est comme celle d'un virus à l'intérieur d'une population, chaque nouveau malade en contamine dix autres. Sa vitesse de propagation n'est pas linéaire mais exponentielle. Par conséquent, oui tout le monde va paniquer et de plus en plus. Donc je répète ma question : qu'est-ce qu'on fait ?

Un grand silence s'installa autour de la table. Jolyne avait cette manière d'exprimer ses vues dans des monologues autoritaires qui, par leur structure, leur argumentation, avaient souvent la raideur des démonstrations algébriques. Visiblement, le raisonnement optimiste d'Adil était rejeté sans discussion et celui plus prudent exprimé par Ewan avait paru si timoré à Jolyne qu'il ne méritait même pas d'être relevé. Seule la question de « ce qu'on fait » demeurait ouverte, en fonction de la seule analyse de Jolyne. La discussion qu'elle avait entamée n'en était pas une.

Même si son argument n'était pas de pure autorité, puisqu'elle avait bien expliqué l'analyse qui justifiait sa conclusion, le choix d'entièrement ignorer les réflexions exprimées par des gérants expérimentés avait créé une ambiance un peu désagréable autour de la table, entre vexation et agacement. Toutefois, se rebeller contre cette manière cavalière, humiliante même, de gérer la réunion aurait été inapproprié, au moins dans l'immédiat. Car c'eût été placer l'amour-propre au-dessus du devoir professionnel de traiter une question cruciale. Jolyne savait très bien que jouer de la hiérarchie des priorités dans une telle réunion lui permettait de pousser très loin l'exercice de son autorité. Elle excellait dans l'art de dramatiser certains moments afin de donner à des questions pourtant légitimes, et qui dans des moments plus normaux n'auraient pu être éludées, une apparence si dérisoire qu'elle leur faisait perdre tout droit à être exprimées.

— OK, Jolyne, se risqua néanmoins Adil en voyant une ouverture pour quelques remarques empreintes de sagesse, on comprend vos arguments. Mais n'allez-vous pas un peu loin ? Les autorités américaines peuvent très bien mettre une sorte de « cordon sanitaire » autour des autres banques, les protéger des retombées de la faillite de leur consœur. On sait combien elles ont toujours leur intérêt à cœur. La banque de Réserve américaine, si nécessaire en se coordonnant avec la banque centrale européenne, est capable d'intervenir pour les soutenir, et du même coup soutenir les marchés. Il n'est dans l'intérêt de personne de provoquer une crise financière. Le pire n'est jamais sûr, surtout quand les plus grandes institutions financières mondiales veulent l'éviter. Qu'il faille être très prudent, je suis d'accord, mais ne paniquons pas !

Jolyne afficha alors un grand sourire. Son visage était capable de passer instantanément d'une grande dureté, que renforçaient ses yeux clairs, à un sourire lumineux. Certes une altération si rapide de l'expression du visage de Jolyne ne pouvait être que factice. Une contenance sur commande, une posture en forme de mimique, fût-elle affable. D'ailleurs, il n'y avait rien dans les circonstances qui prêtât à sourire. Et pourtant, en pénétrant tour à tour le regard de chacun des gérants, ce sourire devenait irrésistiblement communicatif, même aux plus retors. De façon étonnante, Jolyne parvenait à éliciter de chacun, comme mécaniquement, un léger mouvement ascendant des coins de la bouche accompagné d'un petit plissement des yeux. Chaque gérant était plus ou moins entraîné dans un sourire de plus en plus collectif. Le geste, bien qu'il fût entièrement artificiel, emportait la bataille sur l'esprit et chacun se retrouvait, bon gré mal gré, favorablement disposé à écouter la suite des arguments de Jolyne.

— *Come on, guys ! Wake up !* s'exclama-t-elle.

Sans le bref épisode de séduction préalable, cette interjection aurait pu être perçue comme une nouvelle vexation par les gérants. Mais accompagnée de ce sourire solaire, elle devenait presque fraternelle. Et sa formulation en anglais n'était qu'une gentille coquetterie dont tout le monde était familier. Car Jolyne cédait à tout bout de champ à cette manie des anglicismes, bien qu'elle s'exprimât mieux en français en dépit d'un père américain. Il ne lui restait plus qu'à étayer un peu sa vision de la situation pour transformer le respect en adhésion.

— Adil, croyez-en mon expérience, il ne faut jamais faire l'hypothèse que les gouvernements savent ce qu'ils font. Ce sont des apprentis sorciers. Ils tentent, espèrent, croient pouvoir tout contrôler, alors qu'ils ne comprennent rien à grand-chose, et certainement pas aux marchés financiers.

Un large sourire continuait de ponctuer ses affirmations. Chaque gérant pouvait y lire « je sais que vous êtes intelligents, vous n'êtes pas comme les politiques. Vous, vous êtes capables de comprendre ».

— Nous savons comment une crise financière se propage, poursuivit-elle. Dans un premier temps, il y aura bien un peu de peur mais elle s'apaisera rapidement car beaucoup anticiperont que tout cela finira bien. Parce qu'une catastrophe est toujours improbable. Comme une éruption volcanique ou un tremblement de terre. Le problème c'est que si vous ignorez une alerte sismique, inconsciemment vous raisonnez de façon statistique. Et si le volcan se met effectivement en action, vous êtes statistiquement peu exposé, mais concrètement vous êtes mort. Au bout de quelques jours, tout le monde va s'autocensurer et reprendre son train-train. Voilà. Et c'est dans ce sentiment de confort et de sécurité, qui n'est rien d'autre que de la paresse intellectuelle, que la réalité choisira de s'imposer cette fois sans prévenir. Ils se rendront tous compte que mettre en faillite une grande banque d'affaires a été une énorme connerie. Alors ils paniqueront en voyant les autres banques tomber comme des dominos, et les marchés plongeront. Par conséquent, Ewan, ce n'est pas de prudence dont vos clients ont besoin, mais d'action, pour ne pas être emportés par un tsunami qui va très vite arriver sur eux. C'est maintenant qu'il faut agir, et vigoureusement encore ! Voilà. C'est en paniquant avant tout le monde que nous les protégerons. Quant à vous, Chiara, vous apprendrez que se comporter comme un hérisson au milieu de la route, tétanisé par les phares d'une voiture arrivant à toute vitesse, n'est pas un très bon réflexe de survie.

Le silence qui suivit fut un silence qui mêlait offuscation, déférence et abdication. Cette suite de propos assénés avec une confiance que rien n'aurait pu troubler était très déplaisante mais avait fini par emporter toute résistance sur son passage. On ne savait pas encore le remède qu'on allait choisir, mais il fallait bien se rallier au diagnostic. L'ambiance se détendit un peu. Ewan but une petite gorgée d'eau. Luc sirota le café dans le gobelet en plastique qu'il avait amené à la réunion. Adil prit quelques notes dans son carnet. Carine faisait déjà le tri dans les arguments avancés par Jolyne de ce qui pourrait peut-être nourrir une communication ultérieurement, et de ce qui devrait rester à l'intérieur des murs de la salle de réunion. C'est vrai qu'elle s'était montrée étonnamment sensible six mois plus tôt, à la déconfiture de Bear Stearns. Mais elle avait depuis longtemps retrouvé tout son sang-froid.

— Je vais vous dire ce qu'on va faire, enchaîna Jolyne.

Son sourire venait de retomber aussi soudainement qu'il était apparu quelques minutes plus tôt.

— Nous n'allons pas seulement réduire un peu nos engagements. Il s'agit ici d'un *defining moment*. Si nos clients perdent seulement un peu moins d'argent chez nous que chez nos concurrents, nous aurons fait un job médiocre. Je veux qu'ils ne perdent pas un sou chez nous. Et si on arrive même à leur en faire gagner, alors ils nous en seront éternellement reconnaissants.

— Certes Jolyne, hasarda Chiara, mais vous m'inquiétez un peu. Que voulez-vous faire ? Nous positionner radicalement pour un effondrement des marchés ? C'est-à-dire spéculer à la baisse, et lourdement ?

Chiara, qui avait du mal à prendre complètement au sérieux l'idée folle que les propos de Jolyne sous-entendaient, accompagna elle-même sa question d'un léger rictus.

Jolyne sourit de nouveau en retour. Mais on pouvait lire cette fois dans son expression une humeur différente. Ses yeux ne souriaient plus. Ils exprimaient le léger agacement du professeur qui aurait souhaité que son enseignement fût compris plus rapidement. Les commissures de ses lèvres retombèrent immédiatement et, si elle parlait toujours avec un grand calme, il était empli cette fois de gravité. Le moment n'était plus à la séduction, ni à l'explication d'une vision. Il s'agissait d'agir, et de le faire en cohérence avec le diagnostic établi. On ne traite pas un début de crise cardiaque avec un cachet d'aspirine.

— Chère Chiara, il s'agit de sauver la mise de nos clients ! Le plus grand crime serait d'avoir compris ce qui se prépare et de rester les bras ballants. Nous devons vendre tout ce qui risque de baisser fortement, et acheter dès maintenant les actifs refuge vers lesquels vont se précipiter d'ici peu les investisseurs apeurés. Et s'ils se font berner dans les premiers jours, on en profitera pour vendre davantage. *Yes* ?

Jolyne donna alors l'instruction sans appel à tous ses gérants d'acheter des montants démesurés d'Obligations du Trésor américain, sur des maturités très longues. Ces Obligations, refuge par excellence des investisseurs en période de troubles, seraient extrêmement recherchées en cas de panique sur les marchés. Autrement dit, leur valeur s'apprécierait magistralement. Dans le même temps, Jolyne ordonna de vendre en grandes quantités les monnaies fragiles dans lesquelles étaient libellés certains des actifs des clients, et d'acheter en contrepartie des quantités considérables de dollars américains. Ce double mouvement était très spéculatif, car si la faillite bancaire devait s'avérer sans conséquence, le dollar et les Bons du Trésor américain perdraient immédiatement leur utilité en tant que refuge et verraient leur prix baisser. Mais Jolyne alla plus loin encore : elle exigea que ses gérants vendent à découvert, en utilisant des contrats à terme sur les grands indices boursiers, des montants quasiment égaux à la totalité des actions détenues pour le compte de leurs clients. Les marchés à terme ouvrant plus tôt que les marchés des actifs sous-jacents, la plus grande partie de ces transactions pouvait être exécutée très rapidement. Seule la capacité d'absorption des marchés limiterait un peu la taille des transactions et obligerait les traders de la Maison Condit à répartir un peu sur la journée leurs achats et leurs ventes.

Les gérants maîtrisaient parfaitement la technicité des instructions données par Jolyne et, abaissés momentanément au rang de simples exécutants, obéirent sans broncher. Ils comprenaient que c'était cette fois la Directrice des Investissements qui leur donnait un ordre, celle dont le nom était sur la porte d'entrée, celle à qui plusieurs d'entre eux devaient leur carrière jusqu'à ce jour. L'autorité de Jolyne n'était pas ouverte à discussion.

Ces décisions constituaient un coup de poker énorme. Il n'y avait plus qu'à prier que Jolyne eût raison, car c'est certainement toute l'entreprise qui pouvait sauter, et les économies des clients avec, si au contraire de son intuition, les marchés devaient considérer que, tout bien pesé, cette liquidation d'une banque minée par les pertes était finalement une bonne nouvelle. Les prochaines heures, les prochains jours allaient décider de l'avenir de la Maison Condit. La décision de Jolyne allait s'avérer soit un coup de génie, soit une erreur fatale.

*

Quelques heures après que les participants à cette réunion eurent quitté la pièce pour retourner à leur bureau surveiller l'exécution des transactions convenues, les marchés européens commencèrent à ouvrir. D'abord Francfort, Paris, Madrid, Milan, Zurich, puis Londres. La baisse était forte, généralisée. Mais elle ne reflétait pas véritablement un mouvement de panique. Puis, au fil des heures, les marchés commencèrent à se stabiliser voire, pour certains d'entre eux, à remonter légèrement. En fin de journée, un peu avant que les places financières européennes ne ferment, c'était au tour de la Bourse de New York d'ouvrir. Cette place aussi commença sa journée sur une note franchement négative, mais ni l'ampleur de la baisse ni les volumes échangés n'indiquaient toujours une réelle panique.

Après avoir chuté de plus de 6 % en cours de journée, la place de Paris clôtura en baisse de moins de 4 %. Le dollar était stable, et le prix des emprunts d'État américains s'était un peu apprécié. Jolyne demeura assise à son bureau, devant un écran Bloomberg qui lui permettait de suivre en temps réel l'évolution des marchés américains. Leur tendance demeurait indécise.

Quand Chiara quitta le bureau vers dix-neuf heures, en marchant d'abord le long du boulevard puis en remontant la rue de Rome vers son petit appartement, la vue de ces passants arpentant en toute insouciance les trottoirs, de ces touristes exubérants, de ces commerçants affairés dans leurs boutiques, tout ce spectacle de la vraie vie loin de l'ambiance pesante des dernières heures au bureau provoqua en elle un sentiment un peu confus. Les gens n'avaient visiblement aucune idée du tumulte que traversaient les marchés financiers. Peut-être étaient-ce eux qui avaient raison. Peut-être avait-elle été aveuglée aujourd'hui par une vision trop financière, propre au microcosme des marchés, déconnectée de la réalité. Mais, encore imprégnée de la tension dans laquelle elle avait vécu depuis le matin, elle se ravisa et trembla à l'idée que tant de personnes allaient peut-être bientôt se réveiller très brutalement de leur somnambulisme. Une bombe atomique risquait d'exploser et tout le monde l'ignorait ! Tout en tentant de se concentrer sur la remarque d'Adil que le pire n'est jamais sûr, Chiara rentra chez elle retrouver son compagnon Arthur, l'humeur assombrie et troublée.

Vers 22 heures, Jolyne se décida finalement à rentrer chez elle. Au pied de l'immeuble, elle croisa Ewan et Adil qui discutaient encore, visiblement trop nerveux pour rentrer immédiatement chez eux. Ce petit espace sur le trottoir entre le porche et le caniveau était leur sas à eux. La nuit était déjà tombée en cette fin de mois d'octobre. Le ciel était clair, étoilé, mais l'air semblait lourd pourtant. En passant près d'eux, Jolyne salua les deux gérants d'un sourire paisible.

— Voyons demain comment ça se passe. *Good night*.

*

Le lendemain matin, l'ambiance dans la salle de réunion était toujours très tendue. New York avait clôturé sur une baisse de 4 %, ce qui n'était pas négligeable mais ne pouvait certainement pas encore être assimilé à un mouvement de panique. Quand Jolyne entra dans la pièce et s'assit à sa place, les regards silencieux de tous les gérants l'interrogeaient avec un sentiment où la crainte était teintée de sévérité. C'est elle qui avait pris la décision de tout miser sur un effondrement des marchés. Il n'était plus question cette fois de faire un tour de table pour simuler la consultation des uns et des autres. Elle seule portait l'entière responsabilité du risque pris, c'était à elle d'en assumer le suivi ce matin.

— Luc, que disent les marchés ? commença-t-elle d'un ton exagérément détaché.

— Plusieurs niveaux de supports ont été cassés, mais les plus gros supports sont encore au moins 5 % plus bas. Tant qu'ils ne seront pas cassés, un rebond demeure très possible. Le dollar est ferme, sans plus. Les Bons du Trésor américain sont en revanche très bien orientés.

— OK, que pensez-vous de la clôture de l'Asie, Tokyo, Shanghai ?

— Shanghai résiste, mais Tokyo a bien souffert. Avec 5 % de baisse à la clôture, c'est sûrement le marché le plus fragile aujourd'hui.

Jolyne se tourna alors vers Andrew, l'analyste spécialisé sur le secteur bancaire, à qui elle avait expressément demandé de venir s'asseoir à la table ce matin.

— Andrew, que disent les banques américaines ?

— Pour ce qui est de leur comportement boursier, je laisserai Luc vous le commenter, mais il est clair qu'elles ont décroché hier. Pour ce qui est de leur discours, je dois dire qu'il n'est pas rassurant. Le P.-D.G. de Morgan Stanley a fait un discours très alarmiste. Celui de JP Morgan aussi. Soit ils essaient de profiter de la situation pour inciter le gouvernement à leur accorder quelque faveur, soit ils sont vraiment inquiets.

— Vous n'en savez rien ?

— Je pense qu'ils sont vraiment inquiets. En tout cas je le serais à leur place. En revanche, la bonne nouvelle pour les marchés c'est que les craintes sur la santé de *Merrill Lynch* n'ont plus lieu d'être : *Bank of America* a annoncé qu'ils allaient les racheter. La *Fed* va baisser un peu ses taux d'intérêt directeurs pour aider tous les emprunteurs, ce qui devrait aussi soutenir les banques.

— OK, conclut Jolyne. Nous sommes encore dans la phase de sidération. Je vous propose qu'on ne bouge pas pour l'instant, le temps qu'on y voie plus clair. Je pense que les premiers à paniquer ne devraient pas tarder à se manifester et entraîner les autres. Carine, dites aux clients, et passez le mot à nos commerciaux, que nous suivons la situation de très près, que la défense de leurs avoirs est notre priorité, et que nous les tiendrons informés en temps voulu. Aucun détail sur ce que nous avons fait pour l'instant, s'il vous plaît. C'est notre cuisine interne.

Jolyne continuait de tenir ces propos posément, comme pour signifier « vous comprenez, bien sûr. Il faut rassurer les clients, et ne pas leur compliquer les choses avec les détails ». Carine répondit d'un « Bien » presque inaudible.

Les gérants autour de la table étaient autant impressionnés qu'alarmés de la détermination affichée par Jolyne. La perspective d'une crise financière majeure, celle que Jolyne entrevoyait et qui pouvait bouleverser profondément leur monde, leur métier, leur avenir même, les angoissait. Mais une autre peur, plus immédiate, plus proche les tenaillait tout autant : que les décisions de gestion radicales que Jolyne avait imposées hier soir se révèlent erronées.

Ewan en particulier se sentait écartelé entre son admiration pour les qualités de cheffe, de gérante audacieuse, de culot dont était capable Jolyne dans ces moments clés, et son effroi devant l'énormité du pari qu'elle avait pris. Il comprenait trop bien l'ampleur des positions qu'elle avait prises sur les marchés pour ne pas mesurer combien elle avait mis en danger toute la Maison Condit et ses clients. Chiara, comme Adil, n'osaient pas non plus exprimer leur propre angoisse. Ils auraient voulu pouvoir dire à Jolyne « Il n'est pas trop tard pour racheter nos ventes à découvert. Ça nous rapporterait déjà un peu. Si les marchés se retournent maintenant, on perd tout. On n'est pas là pour jouer au poker ». Mais devant le tour qu'avait pris la discussion, l'emprise que s'était arrogée Jolyne sur l'équipe, ils n'en eurent pas le courage. Ils ne se sentaient plus capables que d'espérer. Carine, quant à elle, n'était pas payée pour avoir un avis. Elle réfléchissait déjà à ce qu'elle devrait dire aux clients, aux commerciaux, aux médias aussi probablement si, malheureusement, le pari de Jolyne s'avérait grossièrement perdant. Comment alors expliquer l'injustifiable ? Comment se faire pardonner des clients ?

La journée se passa comme la veille, ainsi que le lendemain, et le surlendemain, heure après heure à scruter l'émergence d'une tendance, dans une soumission involontaire à la domination de Jolyne. Les marchés baissaient, mais en relativement bon ordre. Puis ils se reprirent soudainement, sur la rumeur d'un plan de sauvetage des banques qui serait en préparation. Si bien que le vendredi 19 septembre, l'indice Dow Jones finissait la semaine pratiquement au même niveau qu'il l'avait commencée. L'atmosphère était de plus en plus irrespirable au sein de l'équipe de gestion. La pression qui s'exerçait sur les épaules de Jolyne allait grandissant. Mais précisément pour cette raison, personne ne voulait en rajouter en mettant en question maintenant les choix qu'elle avait faits. Un silence étouffant s'était imposé à tout le monde, alors qu'il eût été encore temps de renverser les positions. Ces dernières n'étaient que légèrement perdantes à ce stade. Les solder et prendre de modestes pertes eut été un faible prix à payer pour sortir de ce pari démesuré. Il n'est rien de plus dangereux, de plus coupable en vérité, que d'être incapable de reconnaître ses erreurs avant qu'il ne soit trop tard. Mais où situer la frontière entre conviction et obstination ? Sans doute Jolyne était-elle trop expérimentée pour tomber dans ce piège de débutant. Sans doute son silence provenait d'une authentique conviction, que son analyse de l'évolution erratique des principaux marchés cette semaine renforçait. Sans doute l'effondrement des marchés n'était-il maintenant plus qu'une question de temps. Mais la solitude dans laquelle Jolyne s'était emprisonnée pour prendre sa décision avait mû en un terrible isolement maintenant. Elle allait seule faire la gloire ou provoquer le naufrage de tous. Chacun rentra chez soi pour le week-end, conscient qu'une bombe à retardement avait été amorcée.

— Voyons lundi comment ça se passe. *Good night.*

*

Malheureusement, lundi ne se passa pas bien. Et toute la seconde semaine qui suivit la déclaration de faillite de la banque Lehman fut encore plus insoutenable pour l'équipe. Le gouvernement américain confirma officiellement la mise au point d'un plan de sauvetage des banques américaines, qu'il envoya pour approbation au Congrès. Sur cette annonce, les marchés rebondirent encore, rassurés par le fait que l'Oncle Sam allait rapidement faire ce qu'il fallait. Et Jolyne refusait toujours de lâcher. Dans n'importe quelle société de gestion, un gérant salarié qui se serait enfermé dans pareille obstination eût été licencié sur-le-champ pour faute grave. Mais Jolyne était maîtresse chez elle.

Lors de la réunion du matin du vendredi 26, elle sentit autour de la table que la pression qu'elle s'était elle-même mise sur les épaules atteignait un niveau sans précédent. Sans aucun doute était-il grand temps qu'elle s'avoue vaincue.

Elle trouva pourtant le moyen d'invoquer encore un dernier argument pour justifier la poursuite de son entêtement.

— Écoutez, je comprends que vous soyez mal à l'aise, commença-t-elle dans un euphémisme qui ne fit sourire personne. Je le suis moi-même. Je sais bien que notre situation est inconfortable. Mais je vois dans les annonces de cette semaine la validation de notre scénario. 1) Le fait qu'une semaine après avoir poussé Lehman à la faillite, Paulson et Bernanke doivent bâcler en catastrophe un plan de sauvetage, nous confirme qu'ils n'avaient pas du tout prévu les conséquences de leur geste du 14 septembre. Ils sont complètement en retard sur la réalité. Et 2) un plan aussi onéreux qui vise à sauver les banques a toutes les chances de faire hurler les Sénateurs. Rappelez-vous que les Sénateurs sont des politiques. Ils ne comprennent rien aux marchés financiers et aux risques systémiques. Tout ce qu'ils vont voir dans ce plan c'est un dispositif très cher qui fait supporter aux contribuables, c'est-à-dire à leurs électeurs, le coût du sauvetage de ces banques que tout le monde adore détester. Je vous parie que ce plan ne va pas passer.

Personne n'eut le courage d'engager le débat. Encore moins de relever le pari. Ewan et Adil auraient bien été tentés d'objecter à Jolyne que son intuition visiblement se fracassait contre la réalité depuis deux semaines. Mais à quoi bon ? Cela faisait longtemps que Jolyne n'écoutait plus personne de toute façon. La Maison Condit fonçait à toute allure vers le mur. Et personne ne pourrait l'en empêcher. Chacun quitta le bureau ce soir-là avec un terrible sentiment, mêlé d'angoisse et de regret de n'avoir su faire valoir ses arguments de modération. Le week-end eut ce parfum terrible de gâchis. Sans doute Jolyne n'aurait plus d'autre choix la semaine prochaine que de racheter toutes les ventes à découvert à un coût exorbitant. Les clients allaient être furieux d'une telle gabegie, et ce serait fini.

Mais le lundi après-midi, un coup de tonnerre sans précédent retentit à New York : contre toute attente les Sénateurs rejetèrent le plan de sauvetage des banques, le jugeant excessif et beaucoup trop onéreux. Les marchés furent alors pris d'une gigantesque panique. Un déluge d'ordres de ventes déferla sur toutes les places et ne put trouver aucun acheteur. Plus personne ne voulait se risquer à acheter quoi que ce soit. Le prix de tous les actifs financiers s'effondra littéralement. Celui de l'immobilier fit rapidement de même. La grande majorité des épargnants était brutalement appauvrie, quand elle n'était pas ruinée. Et les épargnants n'étaient pas les seuls à subir les effets de ce krach. Car dans les jours qui suivirent, la panique grippa tout le système financier et de nombreuses banques se retrouvèrent, les unes après les autres, en crise de liquidités : les particuliers affluaient aux guichets pour retirer leurs économies et trouvaient porte close. En quelques semaines, le marché du crédit se grippa aussi totalement et beaucoup d'entreprises se retrouvèrent du même coup en très grande difficulté. Les constructeurs automobiles virent leurs ventes s'effondrer soudainement et se retrouvèrent elles-mêmes en crise profonde. D'immenses plans de licenciement étaient annoncés les uns après les autres. Devant l'ampleur du désastre, le Sénat revint enfin sur sa décision et valida un deuxième plan de sauvetage. Mais il était trop tard. La confiance était définitivement rompue et la crise du système bancaire s'était déjà propagée à l'économie tout entière. Avant la fin de l'année, la crise économique, partie des États-Unis, aurait contaminé la planète. Jolyne avait eu raison de bout en bout.

*

Dans cet océan de désolation, comme un îlot épargné par les ravages du cyclone, l'épargne confiée à la Maison Condit était intacte. L'équipe réunie autour de Jolyne pouvait souffler. Certes, des sentiments ambivalents se bousculaient encore dans les esprits. La crise allait visiblement être d'une extrême gravité, et ne se limiterait pas à quelques semaines. Par ailleurs, les heures d'angoisse qu'avaient traversées les gérants ces dernières semaines ne pouvaient pas être évacuées d'un revers de main. Mais l'argent des clients était sauf et, pour l'instant, c'était là l'essentiel. Au moment où pas un seul de ces derniers n'avait encore été informé du prodige qu'avait réalisé la gestion Condit pour les protéger intégralement de la crise, la satisfaction de la mission accomplie emplissait de fierté tous les membres de l'équipe. « *We've done the job* » fut la conclusion que Jolyne partagea avec son équipe.

Chapitre 2

Cette effrayante santé morale que donne l'ambition.

Françoise Sagan

Chiara était assise en face de Luc à leur habituelle petite table ronde, au fond de la première salle de la Brasserie de l'Horloge, à l'angle du Boulevard Haussmann et de la Rue Pasquier. En partie pour la qualité de la cuisine et l'efficacité du service, mais surtout pour l'atmosphère bruyante et affairée qui protégeait des indiscrétions, nous tous, gérants et analystes de la Maison Condit, aimions nous retrouver pour déjeuner dans ce repaire un peu vieillot. Pour Luc, c'était une habitude ancienne. Pour Chiara, cela relevait plutôt des usages qu'elle s'efforçait de respecter pour s'intégrer le plus rapidement possible à l'équipe. Depuis qu'elle avait rejoint la Maison Condit en tant que gérante six mois plus tôt, sa personnalité lumineuse, sa vivacité d'esprit avaient rapidement séduit tout le monde. Quant à elle, sa première rencontre avec les autres gérants lui avait fait humer le parfum de l'aventure entrepreneuriale. De plus, elle avait été séduite par cette impression de force indestructible qui émanait de Jolyne. À vrai dire, elle ne savait pratiquement rien d'elle, mais la confiance paisible qui irradiait de son regard, son sourire charmeur, l'avaient convaincue de signer immédiatement au sortir de sa courte expérience d'analyste dans une banque française.

— Tu en penses quoi de tout ça, toi ? questionna Chiara. J'ai trouvé tout de même un peu fort de café cette façon qu'a eue tout le monde de se taire, et d'accepter que Jolyne décide de tout.

Quelques jours avaient passé, mais il était inutile de préciser à quel épisode vécu par l'équipe cette question se rapportait.

— Que veux-tu que je te dise ? *She is bigger than life*, répondit Luc avec un fort accent français. C'est une femme qui en a. C'est tout. Quand il faut vraiment trancher, elle est là, elle prend la main. C'est une vraie patronne, voilà.

Luc, au contraire de Chiara, était l'un des piliers historiques de la Maison. Il vouait une admiration sans borne à Jolyne, au point qu'à son insu il reproduisait souvent ses tics de langage. Peut-être même que, comme souvent chez les idolâtres, l'irrationalité de son adulation lui jouait des tours. Tantôt il mettait la barre si haut que l'attitude la plus méritante de Jolyne parvenait néanmoins à le décevoir, tantôt il ne pouvait s'empêcher de jalouser les talents de son modèle. Toujours est-il que Luc était devenu au fil du temps l'un des principaux compagnons de route de Jolyne. Bien davantage que sur de véritables connaissances, il comptait sur son instinct, son sens de l'observation des marchés, son expérience, pour former ses jugements. Son air débonnaire s'accompagnait d'un tempérament particulièrement jovial. Et s'il surjouait probablement un peu ce trait de caractère, c'est avec beaucoup de bonne volonté que, régulièrement, il tentait d'introduire un peu de légèreté dans les réunions en jouant le rôle de l'amuseur.

— Et ce n'est pas la première fois qu'elle le prouve, poursuivit Luc. Moi je l'ai vue dans des situations très tendues et elle ne laisse jamais transparaître le moindre stress.

— Des situations du genre de ce qu'on vient de vivre ?

— Oui, et d'autres, complètement différentes. Par exemple je me souviens, il y a peut-être vingt ans de ça, elle n'avait pas encore créé sa propre boîte. Elle était à l'époque une jeune associée dans une petite banque familiale, et elle était très minoritaire au *Board*.

— Elle était quand même au Conseil d'administration ?

— Oui, déjà. Après quelques années, le torchon a commencé à brûler entre Jolyne et plusieurs employés de la boîte considérés par la Direction comme importants. Des histoires de rivalité, d'autorité, pendant des mois et des mois. Je te passe les détails. La cohabitation devenait de plus en plus difficile. Un beau matin, Jolyne est convoquée dans le bureau du DG, l'actionnaire majoritaire, qui lui annonce qu'elle est virée. Comme d'habitude dans ces cas-là, le DG invoque des raisons bidon pour justifier le licenciement : indiscipline, incompétence, fautes administratives, etc. Tu imagines le choc. Et même l'humiliation, quand tu connais l'ego de Jolyne.

— Oui, j'imagine bien.

— Eh bien, quand Jolyne est sortie du bureau et est revenue sur la plateforme, là où nous étions tous assis devant nos écrans, personne ne s'est rendu compte de rien. Jolyne s'activait, se renseignait auprès de nous sur le marché, sur le chiffre d'affaires de la veille, donnait des conseils, exactement comme d'habitude, comme si elle était là pour toujours. Elle plaisantait avec nous, alors que le ciel venait de lui tomber sur la tête et qu'une semaine plus tard elle aurait fait ses cartons. Alors, on peut la critiquer si on veut mais, moi je te le dis, elle a les nerfs.

Sans faire de pause, Luc enchaîna tandis que Chiara demeurait silencieuse, comme une enfant bouche bée à l'écoute d'un récit d'aventure.

— À mon avis c'est à ce moment-là qu'elle a dû se dire « plus jamais ». On n'en a jamais parlé, mais après cette humiliation, je suis sûr qu'elle a décidé qu'elle ne dépendrait plus jamais d'un patron. L'indépendance est devenue une espèce d'idée fixe chez elle. Et devine quoi, à peine quelques mois après s'être fait virer comme une malpropre, elle créait la Maison Condit cinq cents mètres plus loin. Et moi, six mois plus tard, je l'ai rejointe.

Comme pour indiquer la fin de ce chapitre du récit de ses aventures, Luc sourit généreusement et se recala au fond de sa chaise d'un bref dandinement du postérieur. Il était visiblement satisfait de l'effet produit sur Chiara. Ce n'était pas tous les jours qu'il avait l'occasion d'impressionner une néophyte. Son admiration pour Jolyne n'était pas feinte et il dégustait sans doute ce plaisir très particulier que procure l'évocation des vertus des gens qui vous éblouissent. S'y ajoutait dans son cas la fierté de pouvoir rappeler qu'il était « un proche » de son modèle. Chiara, était-ce par timidité un peu enfantine, ou par un savoir-faire inné consistant à laisser la pression du silence faire le travail de relance pour le conteur, ne dit toujours pas un mot. Luc enchaîna donc.

— Et regarde où on en est maintenant ! Alors, tu trouveras peut-être de temps en temps qu'elle se la raconte un peu, qu'elle est un peu donneuse de leçons à ses heures, qu'elle peut être même un peu tyrannique, OK, mais en attendant, respect !

L'esprit de Chiara à ce moment voguait entre émerveillement et perplexité. Ce monde de la Bourse offrait encore pour elle le ravissement des mystères : comment tant de fortunes pouvaient-elles se faire et se défaire dans ces arcanes totalement opaques pour la plupart des gens, comment des êtres humains comme Jolyne pouvaient, par la seule force de leur intellect, à moins que ce fût par leur instinct, anticiper l'improbable ou aller seuls contre tous et finir par l'emporter ? Ces prodiges l'impressionnaient. Mais en même temps ils allaient à l'encontre de son esprit logique d'ingénieure et, accessoirement, de joueuse d'échecs. C'était comme si, me raconta-t-elle, les mystères cajolaient son âme d'enfant et rudoyaient son intelligence. Sa courte expérience en tant qu'analyste dans une banque commerciale ne l'avait guère préparée à ce milieu très particulier, où se côtoyaient ego, analyses, paris, victoires, défaites, chance, malchance. Pendant des mois elle n'avait fait qu'étudier des bilans pour les dossiers de crédit de la banque où elle avait trouvé son premier emploi après ses études. Cette fois, c'était la vraie finance de marché. Ce n'était pas encore Wall Street, certes, mais il faut bien commencer, et un jour, pourquoi pas ? Son plat de pâtes commençait à se refroidir, et elle n'avait même pas touché son verre d'eau. Elle restait penchée en avant, appuyée sur les coudes, assise au bord de sa chaise, avide d'en savoir davantage. Luc, lui, profitait de cette respiration pour reprendre une gorgée de côtes-du-rhône. Toujours le même, même bon millésime, même petit producteur, si bien que, quand il s'attablait, un seul petit regard souriant accompagné d'un mouvement de tête à peine perceptible suffisait à confirmer au serveur que, oui bien sûr, on ne change pas une équipe qui gagne. Et Luc complétait généralement sa commande silencieuse d'une boutade bon enfant, manière de rappeler au serveur qu'ils étaient bien du même monde. Ce sybarite combinait cette bonhomie affirmée, revendiquée même, à un souci de l'élégance vestimentaire qui le faisait ne jamais se départir de son costume bleu marine et d'une cravate club, l'assortiment des couleurs fut-il parfois discutable. On aurait aisément pu en conclure qu'à la manière d'un snob, Luc élevait l'élégance vestimentaire au rang de vertu morale. Mais je pense que c'eût été injuste. Il était simplement très classique dans son apparence, ce qui ne déplaisait pas à Jolyne, tout en étant bon vivant et généreux, le tout reflétant probablement la longue éducation catholique qu'il avait reçue dans le petit village du bocage vendéen de son enfance. Il partageait aussi avec Jolyne un goût revendiqué pour la liberté, goût qu'il reproduisait dans des convictions politiques éminemment libérales. Il semblait néanmoins très respectueux des règles, et les seules transgressions qu'on lui connaissait, que ce soit dans sa fréquentation du monde de la finance ou de celui de l'Église, se limitaient la plupart du temps à l'expression de quelques grossièretés rigolardes. Luc n'aurait probablement pas renié l'image d'une sorte de « trader au grand cœur » s'il n'avait pas été aussi attaché à son statut de gérant, acquis de haute lutte, et quand même plus chic que celui de trader.

— Et à part sa force de caractère, tu dirais qu'elle est comment, Jolyne ? relança Chiara.

— Comment elle est ? Bah je dirais concrète, cash, avec aussi pas mal de méfiance à l'égard des intellos. C'est sûrement pour ça aussi qu'on s'entend bien. Tu vois Chiara, ce qu'elle et moi on aime dans les marchés financiers c'est que le résultat il est là, incontestable. OK, on aime aussi que ça rapporte, et puis c'est fun. Mais c'est pas ça le plus important. L'important, c'est que tu ne peux pas baratiner avec les marchés. C'est pas comme avec toutes ces disciplines fumeuses : le marketing, la com, l'économie, et je te parle même pas de la politique. Dans notre métier si t'es mauvais, ça finit forcément par se voir, et tu perds tes clients. Tu comprends ? Tu peux pas tricher.

— C'est pas toujours l'image qui colle aux financiers, observa Chiara.

— Parce que les gens ne savent pas de quoi ils parlent ! Ils ne comprennent pas que, en fin de compte, les marchés ont toujours raison. C'est eux qui te disent ce que tu vaux. C'est comme les plombiers ou les maçons, s'ils sont mauvais ils ne dureront pas longtemps. Si un tuyau fuit ou si un mur est de travers, ils pourront toujours raconter ce qu'ils veulent, le client verra bien la réalité. Eh bien, nous, c'est pareil. Nous sommes des artisans, tu comprends ? Il n'y a que le résultat qui compte. Pas la flûte. À la fin de l'année, tu as fait gagner de l'argent à ton client ou tu lui en as fait perdre. Les chiffres sont là. Et tu pourras raconter ce que tu veux, les clients verront la réalité. Et c'est ça que j'aime dans ce métier. Un économiste, lui, il pourra te pipeauter des années. Il t'expliquera que ses prévisions étaient correctes compte tenu du contexte mais que le contexte a changé. Qu'il faut juste ajuster les prévisions.

Luc se resservit un peu de côtes-du-rhône en s'esclaffant, puis soudain redevint très sérieux.

— Tu vois Chiara, moi je viens d'un milieu modeste. Pas pauvre, d'accord, mais modeste. J'ai pas fait de longues études. Eh bien, quand je vois ces politiques qui nous traînent dans la boue, ça me fout en rogne. « La finance sans visage », quelle connerie ! Non seulement on a un visage mais nous, on peut pas le cacher. Et ceux qui nous critiquent parce qu'on gagne de l'argent, ils préfèrent faire de la politique plutôt que prendre le moindre risque. C'est tellement plus facile. Qu'ils essaient donc de réussir comme plombier ou comme trader, et après on en reparle !

En quelques secondes, Luc s'était énervé tout seul. Son visage s'était empourpré, beaucoup sous l'effet de l'excitation et un peu sous celui de la Syrah. Les questions de Chiara à propos de Jolyne avaient rapidement été un peu oubliées pour faire place à une profession de foi personnelle. Quoi ? Gérer l'argent des autres ne serait pas noble ? Faire fructifier l'épargne des clients, rendre ces derniers un peu plus riches, les protéger de l'inflation, leur procurer un petit complément de retraite, tout cela ne constituerait pas une œuvre bienfaitrice ? Depuis qu'il avait rejoint Jolyne au sein de ce qui était alors la toute nouvelle Maison Condit, Luc avait eu le temps d'accumuler une jolie petite fortune. Il en nourrissait une reconnaissance et une loyauté sans faille à l'égard de Jolyne. Mais il avait aussi à cœur de vivre en bonne harmonie avec cette réussite en s'assurant que sa conscience catholique ne le fît pas trop souffrir. La clé était de ne jamais perdre de vue qu'il faisait du mieux possible un métier difficile et utile aux clients. Et tant mieux si, par ailleurs, lui-même en tirait profit. Certes son compagnonnage avec Jolyne lui avait donné des ailes, mais ses humbles racines provinciales constitueraient toujours sa boussole.

Chiara abandonna ses pâtes qui étaient maintenant définitivement froides. Luc, tout en commandant les cafés, entreprit d'équilibrer un peu le dialogue.

—Et toi alors, pourquoi as-tu choisi ce métier ?

Chiara était doublement embarrassée pour répondre à la question de Luc. D'abord parce qu'elle n'était jamais très à l'aise pour parler d'elle. Ensuite parce qu'elle était bien consciente que sa motivation était un peu inhabituelle. Elle paraîtrait certainement tirée par les cheveux aux yeux de Luc.

— En fait, quand j'étais gamine, j'étais un peu une idéaliste, comme toutes les gamines. Mon rêve c'était être médecin en Afrique ! Nous habitions en Seine-Saint-Denis, qu'on n'appelait pas encore le 9-3. Mon père était ajusteur-outilleur aux usines Renault, sur l'île Seguin. Il passait près d'une heure, matin et soir, été comme hiver, sur sa « moto », comme il dit, pour aller et revenir du travail. Et ma mère s'occupait de mes deux frères et moi. Nous n'étions pas pauvres, tout comme chez toi, si j'ai bien compris, mais il y a encore quelques années, clairement, c'était pas l'opulence.

— Et donc, tu t'es dit « il va falloir que je gagne du pognon ! », suggéra Luc avec un œil espiègle.

— Pas tout à fait, non ! Écoute. J'étais la vedette de la famille parce que j'avais de bonnes notes à l'école. De très bonnes notes même. D'autant que mon frère aîné n'était pas du tout, mais alors pas du tout, intéressé par l'école. Il commençait à traîner avec des copains de la cité d'à côté, ce qui préoccupait beaucoup mes parents, surtout mon père. Mon frère cadet, lui, disons qu'il était dans la moyenne. Mon père espérait bien qu'il pourrait plus tard rentrer dans l'administration avec un métier stable. Alors tu imagines, si j'avais pu devenir médecin ! A fortiori si j'avais pu intervenir pour sauver les « pauvres d'Afrique », comme on disait !

— Et ce n'est pas la voie que tu as choisie ? demanda Luc, en simulant grossièrement l'étonnement.

— Malheureusement, il est rapidement devenu évident que même si j'étais bonne en maths, je n'étais pas faite pour être médecin. Je ne suis même pas capable de supporter la vue du sang ! L'empathie, c'est un truc un peu à double tranchant : ça te motive pour aider les autres, mais ça te fait fondre en larmes dès que tu vois quelqu'un qui souffre ! Clairement, j'étais pas assez solide. Et il y a encore un peu de ça aujourd'hui. J'ai donc continué ma scolarité sans problème, Bac, puis prépa scientifique dans un lycée du 93, sans trop savoir ce que je voulais faire plus tard. Mes idéaux de jeunesse me taraudaient toujours. J'essayais de me rendre utile le week-end dans des associations. J'étais volontaire le soir pour des maraudes dans Paris avec le Secours Populaire, l'hiver je donnais un coup de main aux Restos du cœur.

— « Mère Thérèsa, sors de ce corps ! » dit Luc en riant.

Je pense que Luc était à la fois attendri par l'histoire de jeunesse que lui racontait Chiara, et certainement un peu impatient qu'elle en vienne aux faits. Sans doute elle devrait bientôt admettre que, passé sa période de jeunesse bercée par un idéalisme touchant, elle avait rapidement conclu qu'il faut bien vivre.

— Quand tu ne sais rien faire de tes dix doigts, tu te sens vite inutile. Si j'avais été médecin, oui, on aurait eu besoin de moi. Mais avec ma maîtrise des intégrales et des équations différentielles je ne pouvais pas servir à grand-chose. C'était frustrant. Et c'est en Prépa qu'un prof un beau jour m'a fait découvrir une solution. Il avait beaucoup réfléchi sur cette question : comment faire le bien autour de soi de façon efficace ? C'est LA question que je me posais.

Sans l'avoir vraiment décidé, et à son propre étonnement, Chiara s'était mise à s'épancher sur ses états d'âme. Sans doute espérait-elle par ces confidences établir une sorte de proximité, pour ne pas dire de complicité avec Luc. Elle souhaitait tellement se faire accepter dans le cercle des gérants de la Maison Condit. Et puis Luc lui avait semblé être un des plus humains du lot.

— Ce prof m'a fait comprendre que la réponse est en fait très simple. Elle tient en trois choses : 1) Identifier les associations qui se battent pour les mêmes causes que toi, qui sont bien gérées et qui ont besoin d'argent. Ça demande pas mal de boulot parce que l'info n'est pas toujours évidente à trouver et, malheureusement beaucoup d'assoc'sont pleines de bonnes intentions mais gaspillent ce qu'on leur donne. D'autres sont littéralement des arnaques. D'autres encore sont déjà très connues, font même de la pub à la télé, et n'ont pas un besoin d'argent urgentissime. Donc c'est un vrai travail de sélectionner les assoc'que tu as envie d'aider. 2) Trouver un job qui te fera gagner le plus d'argent possible, et 3) Utiliser une partie de cet argent pour aider financièrement les meilleures associations.

Chiara avait conservé de ses années d'études cette façon d'énumérer de façon rigoureuse ses arguments comme elle l'aurait fait pour énoncer un théorème mathématique. En cela, elle avait ressenti une certaine connivence avec Jolyne quand celle-ci avait, à plusieurs reprises, exprimé aussi sa pensée de façon très structurée pendant les journées de crise.

— Depuis que j'ai compris ça, j'ai choisi « ma voie » comme on dit, ajouta Chiara. J'ai fait une bonne école d'ingénieurs. Et puis j'ai fait le choix de m'engager dans la finance, principalement parce que c'était le secteur le plus lucratif. Et c'est comme ça que je me suis retrouvée chez Condit.

Chiara, avec ses joues rondes, ses cheveux blonds bouclés, ses mains potelées comme un bébé, sa robe à fleurs dans les tons rouge et blanc, son enthousiasme un peu juvénile, était attendrissante. Mais Luc, convaincu de connaître la nature humaine, demeurait visiblement sceptique.

— J'aime bien ton idée de gagner un maximum de pognon pour en reverser splendidement 10 % aux pauvres.

— Et voilà, tu te moques !

— Mais non, penses-tu !

— Et pourtant, je te jure que c'est vrai. Et je dois dire aussi que plus les journées passent, plus je découvre que ce monde est non seulement rémunérateur mais en plus stimulant intellectuellement, ajouta Chiara. J'ai l'impression d'une compétition permanente entre des tas de gens très intelligents pour trouver la bonne idée, la meilleure décision d'investissement.

— C'est tout à fait ça, répondit Luc en souriant. C'est aussi un formidable terrain pour apprendre à prendre des risques.

Luc n'avait pas résisté à la tentation de surfer sur les propos enthousiastes de Chiara pour rappeler ce que lui-même aimait penser de ses propres motivations.

La brasserie s'était bien vidée. Restaient les assiettes sales, les serviettes en vrac, les nappes tachées, les chaises de travers, et un demi-silence qui s'était petit à petit déposé comme de la poussière sur les barres de cuivre et les plateaux des serveurs. Il était temps aussi pour Luc et Chiara d'interrompre leur bavardage et de retourner au bureau, l'un fermement convaincu que son métier recelait une noblesse incompréhensible aux ignorants, l'autre espérant qu'il ne serait qu'un moyen pour une noble fin. Ils marchèrent donc côte à côte quelques minutes, Chiara à petits pas rapides dans sa robe étroite, Luc le regard haut, sa veste sur l'épaule, Falstaff débonnaire dans ses mocassins à pompons en cuir noir. New York allait bientôt ouvrir. Les portefeuilles étaient parfaitement positionnés, et il n'y avait pas grand-chose à faire, que se laisser porter par la tendance. Les clients seraient ravis, et la Maison Condit continuerait d'en tirer les plus grands bénéfices.

Chapitre 3

La grande aventure c'est de voir surgir quelque chose d'inconnu chaque jour, dans le même visage.

Alberto Giacometti

Chiara travailla tout l'après-midi assise à son petit bureau sur la plateforme où étaient rassemblés les gérants ; d'un côté les spécialistes obligataires, de l'autre les spécialistes actions, dont elle faisait partie. Elle aimait se concentrer sur l'analyse des entreprises qui pourraient mériter qu'elle en achète les actions pour ses clients. Ou en tout cas, elle se persuadait que cet exercice intellectuel avait le mérite d'être concret, relativement stimulant pour ses neurones, et surtout nouveau. Elle laissait volontiers la réflexion sur la direction possible des marchés à Luc et Jolyne. Elle manquait de recul et d'expérience pour s'attaquer à ce genre de sujet stratégique. Cet après-midi, elle avait tenté de trouver de nouvelles idées de sociétés pharmaceutiques peu connues, en Allemagne notamment. Comme tous les gérants, elle était aidée dans son travail de recherche par une petite équipe d'analystes financiers, dont je faisais partie, qui décortiquait à longueur de journée des bilans et des comptes de résultat à la recherche de vérités que le marché n'aurait pas encore identifiées. Plusieurs pistes lui avaient été signalées ces derniers jours par Phil, l'analyste spécialisé dans le secteur de la santé. Elle devrait consacrer au moins toute la journée du lendemain pour s'approcher d'une conclusion. Se dissimulait-il, parmi une multitude d'entreprises en apparence sans grand intérêt, une véritable opportunité d'investissement ? Mais les heures avaient passé, il était temps de rentrer retrouver Arthur dans cet appartement qu'ils partageaient sous les toits depuis une petite année.

C'est lui qui avait choisi pour eux ce cocon, qui correspondait bien à son âme d'artiste. Depuis la fin de ses études aux Beaux-Arts, il espérait être reconnu un jour comme jeune sculpteur. Une petite pièce au fond de l'appartement, situé au cinquième étage d'un modeste immeuble, était devenue son atelier, véritable capharnaüm où cohabitaient en vrac pièces en cours de réalisation, travaux abandonnés, pains d'argile, pièces de bois, poussière de plâtre, chiffons sales. Arthur et Chiara formaient un couple improbable, en tout cas aux yeux de leurs amis, constitué d'une matheuse à l'orée d'une carrière de femme d'affaires, et d'un artiste métis, doux rêveur aux cheveux hirsutes éternellement vêtu d'un jean déchiré et d'un T-shirt blanchi par la poussière de plâtre. C'est qu'ils ne comprenaient peut-être pas combien Chiara et Arthur étaient, comme le Ying et le Yang, les deux faces d'un même idéalisme. Lui incarnait pour Chiara la poésie vivante, l'âme dont le monde autour d'elle lui paraissait trop souvent privé. Elle lui apportait l'ancrage tellurien, la conscience des réalités matérielles qu'il faut savoir observer, fût-ce pour les dépasser. Ils s'étaient rencontrés un matin d'été sur un banc du Parc Monceau. Elle lisait une biographie de Jean Cavaillès, lui lisait des élégies de Rilke. Ils avaient eu chacun la curiosité de s'intéresser au monde de l'autre. Et de là était née une intime entente qui n'avait jamais cessé de grandir depuis bientôt deux ans.

Arthur entendit les pas de Chiara dans l'escalier qui menait à leur palier, et il n'en fallait pas davantage chaque fin d'après-midi pour que le rythme de son cœur accélère. À l'instant même où il l'entendait, essayer de se concentrer sur le maniement précis de l'estèque devenait vain. Chaque retrouvaille quotidienne était pour lui comme le jaillissement spontané d'une joie d'être ensemble. D'ailleurs, à dire vrai, cette joie existait en chacun d'eux dès qu'ils pensaient l'un à l'autre. Cette pensée seule suffisait, à n'importe quel instant, à illuminer le jour. Mais se retrouver véritablement faisait de ce jour une fête. Arthur accueillit Chiara comme si elle était partie depuis des mois. Elle l'embrassa amoureusement.

— Es-tu venu à bout de cette tête de femme aujourd'hui? demanda-t-elle.

— Ça va me prendre des semaines. Déjà que je parvienne à ce que je veux en travaillant ma terre chamottée. Ensuite, quand j'aurai bien au bout des doigts le visage que j'imagine, je m'attaquerai à ce magnifique morceau de noyer noir que je suis allé chercher hier. Mais la difficulté ne sera pas la même.

— Tu essaies de m'expliquer?

— C'est simple. Avec le grès, j'ajoute petit à petit de l'argile que je modèle pour former toutes les lignes du visage. Ensuite je retouche, j'enlève, je rajoute, je lisse. Je laisse un peu sécher, puis je revois encore et encore. Avec le bloc de bois, c'est très différent: je dois retirer de la matière pour que le visage que j'imagine se cacher dans le bois apparaisse progressivement.

— En somme, tu es comme Michel-Ange travaillant le marbre sauf que tu es beaucoup plus beau que lui!

— C'est ça, tu as tout compris, pouffa Arthur. Et toi, tu as ajouté ou retiré de la matière aux économies de tes clients aujourd'hui?

— Je ne sais pas. Je ne le saurai que plus tard. Pour l'instant, mes clients, sans le savoir vraiment encore pour la plupart, n'ont rien perdu dans la crise, ce qui est déjà énorme. Merci Jolyne!

— Elle t'impressionne toujours autant, ta Jolyne.

— Dans son domaine, elle est très forte. Comme toi en sculpture.

— Comme Michel-Ange, plutôt. J'ai entendu à la radio qu'en effet c'est un peu la panique à tous les étages. Remarque, moi ça me va que tu fasses fortune dans la finance.

— Je n'en suis pas là.

— Mais c'est que je compte sur toi, moi! J'ai besoin d'une mécène, dit Arthur en riant.

— Je ne sais pas, répondit Chiara. Parfois je me dis que ce métier est très facile. Ce n'est quand même pas de la physique nucléaire.

Parfois je me dis au contraire que la tâche est presque impossible. En tout cas pour moi. On peut faire des coups, des coups fabuleux même, comme vient de le faire Jolyne, mais entre deux coups de génie, qu'est-ce qui se passe ? Comment durer dans ce métier ?

— Tu te prends la tête pour rien. Tu es brillante. Tu y réussiras au moins aussi bien que n'importe qui.

— Autour de la table, ce n'est pas tout à fait n'importe qui. Mes collègues sont tout aussi « brillants » que moi, comme tu dis. Et beaucoup plus expérimentés. Et combien de temps avant qu'ils se rebellent contre l'autorité de Jolyne ?

— Se rebeller ? Tu ne m'as jamais parlé de ça.

— Non, je ne sais pas. Pour l'instant, ils l'acceptent. Mais combien de temps avant qu'ils se considèrent comme meilleurs qu'elle et que les tensions éclatent ?

— Tu t'inquiètes pour rien, j'te dis. Tu es la première à me dire qu'elle est géniale.

— Nous savons tous les deux que l'ambition rend aveugle. Ne vais-je pas moi aussi, un jour, la laisser dévorer le meilleur de moi-même ? Je n'arrive déjà pas à justifier auprès de mes parents, de mes collègues, de nos amis, que moi la fille d'ouvrier, l'intellectuelle de gauche, je me sois lancée dans la finance sans sourciller. Imagine que je devienne une tueuse !

— Chiara, ça me plaît bien, ça ! Le sculpteur et la tueuse. Il faut creuser l'idée !

— Peut-être que mon père a raison. Je suis entrée dans un monde de requins, même s'ils semblent très sympathiques. Et dans ce monde, si tu n'es pas requin toi-même ou si tu ne nages pas très vite, ton avenir se réduit rapidement.

— Tu te poses vraiment trop de questions, ma chérie. Allez, on passe à autre chose, mangeuse d'hommes !

Arthur faisait mine de s'intéresser aux préoccupations professionnelles de Chiara. Mais il se sentait tellement étranger au monde de la finance qu'il tentait souvent de mettre fin aux mille interrogations de Chiara par des plaisanteries un peu hasardeuses. Il lui tardait de ramener la conversation à ce qu'il considérait être la vraie vie.

— D'accord, j'arrête. Je vais juste travailler consciencieusement pour que mon amoureux puisse continuer à sculpter mon visage sans se faire trop de soucis.

— Très bonne idée.

— Mais si ce n'était que de la chance ? Que ça n'ait rien ou presque à voir avec le mérite ?

— Tu ne vas pas remettre ça ! Et, de toute façon, pourquoi serais-tu moins chanceuse que les autres ?

— OK, mais il ne faudra pas m'en vouloir si un jour tu dois te résoudre à me payer comme modèle.

— L'économie circulaire, j'ai entendu parler de ce truc. Si c'est ça, ce serait marrant, mais je ne te garantis pas que la vente de mes chefs-d'œuvre suffise à notre bonheur, en dépit de la beauté du modèle. Pour l'instant, on a besoin d'argent, et je suis incapable d'en gagner, alors que toi tu as les moyens de faire fortune, et sans te culpabiliser à tout bout de champ.

Chiara soupira, en regardant Arthur avec bienveillance,

— « *Deal* » comme dirait Jolyne, conclut-elle de guerre lasse.

Arthur laissa la porte de son atelier ouverte et les deux amoureux se retrouvèrent dans le calme de leur salon. Calme imparfait cependant car l'appartement était continuellement baigné d'une musique de fond. Arthur aimait la compagnie de la musique quand il travaillait. Il ne l'écoutait pas vraiment mais elle était pour lui comme une alternative plaisante à l'âpreté du silence, une façon de protéger sa concentration des petits grincements et cliquetis importuns que le silence eût soulignés. Le son se substituait avantageusement au bruit.

— Qu'est-ce que tu écoutes là ?

— Tchaïkovski. La valse des fleurs, je crois. Ça ne te parle pas ?

— Si.

Bien davantage qu'Arthur, Chiara était très sensible à la musique. La musique classique principalement. Elle n'était pas musicienne, mais certaines compositions pouvaient lui procurer de fortes émotions, sans qu'elle puisse vraiment en analyser la cause.

— Remarque, si ça ne te parlait pas, ce serait normal : c'est de la musique pour les pieds, ajouta Arthur en souriant.

Chiara ne comprit pas immédiatement la boutade d'Arthur, mais quand celui-ci lui prit doucement la main et l'attira sans un mot au centre de la pièce, là où il y avait un peu de place entre les chaises, la table et le canapé, elle comprit. Sans lui lâcher la main, en rivant ses yeux dans les siens, il commença à danser au lent rythme à trois temps de l'orchestre. Ses hanches, ses épaules, ses bras, ses mains, sa tête bougeaient naturellement, sans geste forcé, sans raideur. Chiara, au contraire, se sentait gauche. Elle aimait « l'idée » de danser, elle aurait adoré se mouvoir avec naturel comme Arthur. Mais pas moyen. Chacun de ses mouvements lui paraissait artificiel, une imitation maladroite de ce qu'Arthur lui donnait à voir. Alors elle lui souriait, en se dandinant du mieux qu'elle pouvait d'un pied sur l'autre. Trop consciente de son corps maladroit.

— Tu connais l'histoire de cette jeune femme pas trop sûre d'elle-même dans un club de vacances et qu'un homme a invitée à danser ? demanda Arthur tout en continuant de se mouvoir avec grâce.

— Non, répondit Chiara en souriant.

— Les deux dansent ensemble, et au bout d'un moment, l'homme commence à brancher la fille en lui posant la question traditionnelle « Vous êtes ici pour longtemps ? ». Et la fille répond « Je danse aussi vite que je peux ».

— Très drôle ! grogna Chiara. Et je te fais penser à cette fille ! Fais ton malin, va. Elle repoussa Arthur en riant.

Le jour avait déjà bien baissé, et une large pénombre avait commencé d'envahir l'appartement. En dépit d'un physique ordinaire, Arthur séduisait Chiara non seulement par sa poésie, mais aussi par le charme de la simplicité. Loin des précautions qu'elle devait prendre sans cesse dans son interaction avec ses frères ou ses parents, loin des interrogations qui jalonnaient son tout début de carrière dans la finance, Chiara trouvait auprès d'Arthur la paix de l'esprit à laquelle elle aspirait. Il ne rentrait jamais dans les méandres de ses doutes. Son intelligence était vive, mais il était avant tout un être de sensualité. Il avait beaucoup pratiqué l'escalade, non pas agrippé à des prises de résine dans des salles, mais dans la verticalité des grandes voies naturelles. Il affectionnait tout particulièrement les vertigineuses falaises des Dolomites, et savourait plus que tout le toucher de la roche de calcaire sous ses doigts. Sa granularité, ses fissures, sa température changeante lui procuraient un plaisir intense. Quand le soleil couchant donnait à la pierre des reflets roses, jaunes, gris sur le fond vert profond de la vallée, s'y ajoutait une véritable fête pour les yeux qui le ravissait. Chiara avait un jour aperçu dans le bureau de Jolyne une petite photographie d'elle qui la montrait en train d'escalader une paroi. Elle s'était fait la remarque que peut-être Jolyne aussi, sortie du monde sévère de la finance, était sensible au toucher de la pierre. Pour Arthur en tout cas, grimper, danser, sculpter, travailler la matière, qu'elle fût terre, pierre ou bois, procédaient d'une même sensibilité du corps.

À la température déjà confortable dans l'appartement s'ajoutait celle qui émanait du four, au fond de l'atelier d'Arthur, dans lequel cuisaient à haute température les derniers objets de céramique qu'il avait émaillés le matin même. Chiara alluma deux bougies pour tout éclairage de la pièce et remplaça Tchaïkovski par le troisième concerto de Rachmaninov. Elle en connaissait le début par cœur. Dès les toutes premières notes, après seulement trois mesures, le piano commençait. Mais il n'attaquait pas sur le premier temps, le temps fort, comme l'aurait fait n'importe quelle musique de fanfare. Il commençait sur le second temps, un temps faible. Comme pour inviter d'abord à la retenue. Se donner le temps de monter en énergie progressivement. Plus tard, la fougue, l'exaltation de l'orchestre s'exprimeraient à l'apogée d'un crescendo tout en puissance. Mais l'instant présent était à la douceur. Elle allait s'asseoir confortablement dans le canapé quand Arthur lui demanda d'attendre un instant. Il sortit alors de son atelier l'ébauche d'un buste en argile qu'il avait commencé à modeler dans l'après-midi.

— J'ai besoin d'un modèle pour continuer ce buste, dit-il.

Chiara sourit en comprenant le message d'Arthur. Dans la chaude pénombre de la pièce, elle demeura debout, ôta ses vêtements et offrit à la vue d'Arthur, habillée du seul chatoiement que produisaient les bougies, la volupté des courbes qu'il s'apprêtait à sculpter. Assis à quelques mètres en face de son modèle, Arthur s'appliqua pendant de longues minutes à parfaire le modelage du buste de Chiara. Puis il se leva, alla prendre dans le réfrigérateur une assiette d'épaisses tranches de mangues qu'il avait préparées, et vint les partager avec Chiara sur le canapé. Tous deux enivrés par la musique de Rachmaninov, ils laissèrent alors la suave douceur des mangues fraîches éclater délicatement dans leur bouche. Le troisième mouvement du concerto avait commencé depuis quelques minutes quand le piano débuta sa longue ascension vers le paroxysme final auquel se joindraient bientôt tous les instruments. Arthur se saisit de Chiara comme un danseur de ballet soulève sa cavalière et la porta dans ses bras jusqu'à la chambre. Les bougies brûlèrent toute la nuit.

Chapitre 4

L'estime de soi est le plus grand mobile des âmes fières.

Jean-Jacques Rousseau

Quelques mois avaient passé. Au milieu de l'année 2009, les premiers bilans avaient été tirés, même si personne ne savait combien de temps la crise allait durer encore. L'éclatement de la bulle immobilière américaine, après avoir éreinté la plupart des banques aux États-Unis et en Europe, avait précipité l'économie mondiale dans une profonde récession. Le chômage avait explosé. L'état des marchés financiers reflétait cette débâcle générale, et l'épargne de tous les particuliers un peu aisés avait été engloutie. Seuls, ou presque, au moins en Europe, les clients de la Maison Condit avaient été sauvés du naufrage. Une seule autre maison de gestion, en Écosse, était parvenue à relativement protéger ses clients, quoique dans des proportions moindres. Les clients avaient reçu leurs relevés de comptes et découvert le miracle accompli. Ce tour de force fut rapidement connu de tout le microcosme financier. Ce « microcosme » n'était d'ailleurs plus si petit. Tous les magazines destinés aux épargnants, grands et petits, d'abord en France puis au-delà des frontières de l'hexagone, faisaient leur première page sur la Maison Condit, en faisant découvrir à leurs lecteurs les prodiges dont ce « fonds d'investissement », comme ils disaient, était capable. J'étais personnellement fasciné par ce soudain revirement de l'opinion. Pour beaucoup, de diaboliques requins de la finance nous étions devenus sauveurs des bas de laine. Un peu comme des policiers qui deviendraient des héros aux yeux de leurs pires détracteurs après qu'ils eurent sauvé la vie de l'un des leurs. Ce fait d'armes majeur remplissait tout le personnel de la Maison d'une énorme fierté. Il flottait dans les couloirs de chez Condit le parfum du devoir accompli, celui aussi d'une réussite collective.

Dans le hall d'entrée des bureaux, au premier étage de l'immeuble, Zenia et David, la première aussi blonde que le second était brun, se chargeaient, assis derrière le grand bureau qu'ils avaient en partage, d'accueillir les visiteurs et de répondre aux appels téléphoniques. Sans qu'il leur fût demandé de prendre cette posture, ils rayonnaient tous deux d'une confiance souriante qui signalait qu'on pénétrait dans le hall d'une maison prospère. Zenia, dont l'accent polonais marqué annonçait une maîtrise de la langue française encore imparfaite, excellait à briser la glace :

— Bonjour Monsieur, comment allez-vous aujourd'hui ? demandait-elle aux visiteurs, y compris ceux qu'elle n'avait jamais vus auparavant. Parfois elle continuait par « Je suis ravie de vous voir. Vous avez vu comme il fait beau aujourd'hui ? Moi, ça me fait de la joie. Laissez-moi vous débarrasser de votre manteau. Comment puis-je vous rendre heureux ? »

Dans d'autres banques d'affaires, plus collet monté, ces familiarités approximatives auraient peut-être été jugées trop cavalières. Pas chez Condit.

Zenia était arrivée de Pologne un peu moins d'un an plus tôt, avec en poche un diplôme de Marketing de l'Université Kozminski à Varsovie, bien décidée à s'installer durablement à Paris. Jolie, à l'esprit romanesque mais dotée d'un fort caractère, elle voyait dans la France le pays des Lumières, la patrie de l'universalisme, celui où la tolérance et la liberté portées au niveau de valeurs cardinales seraient pour elle le meilleur gage d'un accueil bienveillant. Malheureusement, bien que sa qualité d'Européenne l'autorisât à travailler sans permis, son diplôme n'était pas reconnu en France, et son niveau initialement très scolaire en français lui avait longtemps fermé les portes auxquelles elle frappait. Son optimisme avait été mis à rude épreuve. Mais son ambition, quoique modeste, était inébranlable. Ce n'est pas une dizaine de refus qui la découragerait.

Elle avait le temps. Elle enchaîna d'abord les petits boulots, principalement à donner des cours d'anglais à de jeunes enfants dans le XVIe arrondissement, à faire quelques ménages, jusqu'à ce que, au cours d'une soirée, elle fasse la connaissance de David, qui lui expliqua que la Maison Condit recherchait une deuxième personne pour tenir l'accueil avec lui. Ce n'était pas a priori le job de ses rêves mais, d'une part, cela faisait plusieurs mois qu'elle avait sensiblement abaissé ses exigences et, d'autre part, il n'était pas sans attrait de s'imaginer responsable, aux côtés de David qui avait l'air d'un type affable, de la première impression qu'avait chaque visiteur en franchissant la porte d'entrée. De plus, il n'était pas interdit d'espérer que ce job constituât une première étape, soit au sein de la Maison Condit, qu'on disait dynamique, soit sur le marché de l'emploi à Paris. L'entretien avec Jolyne s'était très bien passé et elle avait immédiatement commencé, constituant depuis avec David un sympathique binôme.

David était moins expansif, mais son charme discret était également apprécié. Lui aussi avait dû passer l'obstacle Jolyne quelques années auparavant (« l'accueil et le service courrier sont les deux départements les plus sensibles de cette Maison » lui avait-elle dit), et son professionnalisme évident l'avait d'emblée qualifié. On ne connaissait pas grand-chose de son parcours et il semblait ne pas avoir d'autre prétention que de bien faire son métier, ce qui avait rassuré Jolyne sur sa pérennité dans l'équipe.

Sur leur large bureau commun, à gauche des deux grands écrans d'ordinateur, trônait dans un grand vase un magnifique bouquet de fleurs, que Zenia ou David changeait chaque semaine.

Derrière eux, un tableau de deux mètres par quatre de Peter Doig, très coloré, complétait l'impression générale de réussite.

De part et d'autre de l'accueil, quelques fauteuils étaient disposés en guise de salle d'attente et, sur la droite, trois marches montaient vers un long couloir dont on devinait qu'il ouvrait sur les entrailles de la Maison. En enfilade le long de ce couloir, se trouvaient les services administratifs : comptabilité, direction financière, back-office, courrier, ressources humaines, marketing. À gauche de l'accueil, derrière une double porte soigneusement fermée se trouvait le bureau de Jolyne. Son emplacement, très à l'écart des autres bureaux, résultait-il d'un désir particulier de Jolyne ? Je ne le sus jamais. Mais il avait en tout cas quelques vertus stratégiques. Tous les employés devaient passer devant ce bureau en arrivant comme en partant. Jamais Jolyne n'en avait fait un poste de surveillance. Elle n'était pas femme à se poster en vigie à la porte de son bureau comme un contremaître d'usine. Mais cette porte qui pouvait s'ouvrir à tout moment agissait comme ces caméras factices, dont on sait qu'elles ne capturent pas d'images, mais dont la présence exerce néanmoins sur notre comportement une influence dont on ne peut s'affranchir complètement. Cet emplacement contribuait aussi à entretenir pour les visiteurs le mystère du pouvoir. Quand ils poussaient la porte d'entrée de la Maison Condit et se dirigeaient vers l'accueil souriant de Zenia et David, ils voyaient sur le côté cette grande porte derrière laquelle ils pouvaient imaginer Jolyne au travail. Peut-être auraient-ils même la chance de la croiser si le hasard la faisait alors sortir de son bureau pour une raison quelconque. L'équipe des gérants se trouvait à l'étage supérieur, soustraite à la curiosité des visiteurs. Non loin de la salle de réunion, ils étaient tous réunis sur une seule plateforme, sorte de petite salle de marchés dont les pupitres étaient encombrés principalement d'écrans d'ordinateurs, de téléphones, de journaux et de notes de courtiers.

Jolyne avait eu la chance au cours des dernières années de pouvoir acquérir dans ce vieil immeuble haussmannien plusieurs appartements contigus, auxquels elle avait pu raccorder ses bureaux d'origine. Cet assemblage donnait à l'ensemble une architecture intérieure bizarre et bien peu fonctionnelle, encombrée de couloirs en virages, d'escaliers entre demi-étages, de grandes plateformes comme de petits bureaux aveugles. Mais ces incongruités contribuaient aussi à faire du cadre de travail des employés de la

Maison un lieu qui ne ressemblait à aucun autre, loin de ces espaces standardisés communs à la plupart des immeubles de bureaux. Pour compléter la singularité des lieux, des œuvres d'art choisies par Jolyne, et qui accessoirement lui offraient l'avantage de constituer des placements très rentables, étaient accrochées sur la plupart des murs. En dépit de leur grande valeur marchande, la plupart des tableaux n'étaient plus guère regardés par les employés, tant ils étaient devenus familiers (outre que les goûts de Jolyne n'étaient pas partagés par tout le monde). Nous passions devant sans plus les voir. Pourtant, et même si se déclarer heureux d'un tel environnement de travail était naturellement de bon ton, il est vrai que chacun se sentait sincèrement privilégié de pouvoir croiser chaque jour des œuvres créées par les mains de Hockney, Lavier, Barceló, Warhol, Lichtenstein, Klein, Tabouret, etc. Pour la majorité d'entre nous, ces noms ne disaient pas grand-chose, mais nous ne doutions pas qu'il s'agît de grands artistes, ce qui suffisait à nous enorgueillir de leur fréquentation quotidienne.

Dans cet environnement inspirant, le plus remarquable depuis plusieurs années, et notoirement depuis quelques mois, était que, loin de ne concerner que la gestion, bannière prestigieuse de la Maison, le sentiment d'avoir toute sa part dans cette réussite s'était diffusé à l'ensemble des employés. Toutes et tous s'enorgueillissaient des performances et de l'augmentation des actifs financiers confiés par les clients.

Il faut dire que la Maison Condit avait déjà commencé à récolter de multiples fruits de sa performance de l'année précédente. D'abord, comme espéré par Jolyne, de très nombreux clients avaient décidé de transférer une grande partie de leur épargne chez elle. C'est par dizaines de millions d'euros chaque semaine que les souscriptions nouvelles, en provenance de toute l'Europe, arrivaient au back-office. Les actifs sous gestion explosaient littéralement. Aubaine suprême, le rythme auquel affluait tout cet argent était tel qu'il ne pouvait pas être investi immédiatement. Il restait principalement placé en trésorerie, sans être exposé à aucun risque. Si bien qu'il ne perdait pas de valeur alors que les marchés continuaient de baisser. La gestion Condit, sans rien avoir à faire de plus, continuait ainsi de briller par la supériorité de ses performances. Cette manne extraordinaire de souscriptions, qui signifiait un boom parallèle des commissions de gestion engrangées, était en train de faire de la Maison Condit une entreprise soudainement très prospère. Jolyne, en tant qu'actionnaire majoritaire, engrangeait à titre personnel une véritable fortune. Mais, dans son esprit, il fallait que cette réussite profitât à tous les employés. À cette fin, elle avait distribué de très généreux bonus dès le début d'année. Il faut dire que nos salaires étaient plutôt bas par rapport à ce qui se pratiquait en général dans ce secteur. Mais le principe était qu'en en cas de très bons résultats ou de performance individuelle exceptionnelle, des rémunérations variables très conséquentes pouvaient les compléter. Ce dispositif s'avéra bien sûr très favorable cette année-là, et stimula encore l'enthousiasme collectif. Le directeur financier, Franck Shapiro, après s'être réjoui de la hausse du chiffre d'affaires, s'était initialement un peu alarmé de tant de largesses. Ce petit homme râblé, un peu bedonnant, la cinquantaine bien tassée, était le cerbère de la Maison, le gardien du temple. Son petit bureau, tout au fond du couloir, était un peu son mirador personnel d'où il surveillait les comptes de la Maison. Son rôle était d'être le rabat-joie qui s'enorgueillit d'imaginer toujours le scénario du pire en se demandant « que se passerait-il en cas d'imprévu ? ». Suspectant qu'un gérant possède toujours au fond de lui une âme de joueur, il fallait, lui semblait-il, qu'il y ait quelqu'un pour assurer le rôle ingrat de garde-fou, ce dont Jolyne convenait volontiers. Mais Shapiro s'était vite rassuré en ne doutant pas qu'en cas de période difficile, Jolyne n'hésiterait pas à couper de façon draconienne, voire à supprimer, tous les bonus. Cette flexibilité effective de la rémunération, dans l'esprit de Jolyne, était un gage de résilience pour la Maison et une source de motivation majeure pour le personnel. Elle en était l'initiatrice et la garante.

Une autre conséquence du succès de la Maison fut une avalanche de candidatures de gérants de fonds désireux de rejoindre les équipes Condit. À travers toute l'Europe, nombreux étaient ceux, la plupart du temps jeunes mais déjà en mesure d'apporter la preuve de leurs qualités, qui envoyaient leurs CV à Charles Quiniou, surnommé par tout le monde Charles Quint, le DRH de la Maison. Condit était la Maison où il fallait être. Cette force d'attraction, sans nul doute, permettrait de recruter les meilleurs et ainsi de renforcer encore les atouts de la Maison. Condit entrait dans le cercle vertueux des avantages cumulatifs, à l'instar des meilleures écuries de Formule 1 qui peuvent attirer les meilleurs pilotes, ou à celui des meilleurs athlètes qui héritent des couloirs centraux, les plus favorables, dans les courses. Le succès ne pouvait pas manquer de nourrir le succès.

Chapitre 5

Le grand orateur du monde, c'est le succès.

Napoléon Bonaparte

Tout naturellement, Carine était très sollicitée pour entreprendre de vastes tournées des grandes villes européennes afin d'expliquer aux clients la recette que la Maison Condit avait si brillamment exécutée. S'assurer qu'un maximum de clients viendrait assister aux conférences de Carine faisait partie du rôle des « commerciaux ». Ce petit bataillon de propagandistes, une trentaine de personnes environ chargées d'assurer le lien quotidien avec les clients, était dirigé par Markus, un Allemand d'une quarantaine d'années, francophone quoiqu'avec un accent très marqué. Dans l'armée Condit, Markus était le lieutenant par excellence. Meneur d'hommes, doté d'une énergie inépuisable, véritable porte-étendard de la discipline germanique, il animait de main de maître son équipe répartie dans les principales capitales européennes.

Dans toutes ces grandes villes, mais aussi dans de nombreuses localités de province, en France, en Espagne, en Italie, dans le Benelux, en Allemagne, les commerciaux réunissaient des petits groupes de 50 à 100 clients pour venir écouter Carine. Il s'agissait principalement de particuliers, mais aussi de professionnels, conseillers financiers, qui avaient eu la bonne idée de recommander depuis quelques années à leurs propres clients de placer une part importante de leurs économies chez Condit.

Ce matin-là, ces clients heureux étaient de la région lyonnaise, invités dans un hôtel du centre-ville par l'équipe locale de commerciaux. Les clients, assis comme des écoliers dans une salle de classe en contrebas de l'estrade où allait monter Carine, avaient hâte à la fois de comprendre comment la gestion Condit avait réussi son tour de force, et de connaître l'avenir auquel il fallait désormais se préparer. Lors du petit cocktail organisé en amont du discours de Carine, coupe de champagne à la main, les uns se flattaient d'avoir perçu depuis longtemps le talent de la Maison Condit, d'autres se lamentaient qu'il n'y ait pas davantage dans la profession d'équipes aussi efficaces que celle de chez Condit, d'autres encore espéraient percer le secret de leur méthode, quand la majorité néanmoins se satisfaisait d'en être les heureux bénéficiaires.

Devant un auditoire conquis d'avance, Carine s'avança jusqu'à son pupitre. Elle maintint d'abord le silence pendant de longues secondes, comme elle savait si bien le faire, et donna l'impression à chaque client qu'elle le regardait individuellement dans les yeux. Son sobre chemisier blanc porté sous un strict tailleur anthracite lui conférait d'emblée le sérieux nécessaire à la fonction. Ses cheveux bruns et longs mais tirés en arrière dans une queue-de-cheval parfaitement lissée complétaient son image de scène. Et ce sont ses mots, ses intonations, ses regards qui apporteraient le complément d'âme à sa prestation. Elle prit une longue et invisible inspiration et commença.

— Bonjour à toutes, bonjour à tous, quel bonheur d'être tous réunis ce matin, en ces temps si compliqués ! Vous n'imaginez pas combien il est réconfortant pour nous, pour toutes les équipes de la Maison Condit, de nous savoir soutenus, épaulés par des clients fidèles quand il s'agit de prendre des décisions difficiles. Votre confiance nous honore, et permettez-moi de vous dire qu'elle nous oblige !

Cette introduction suffit à déclencher une salve d'applaudissements. Le discours de Carine ensuite respira si admirablement la gratitude, l'humilité, la concordance des intérêts, l'harmonie des ambitions, qu'il fut reçu par l'auditoire comme un shoot d'euphorisant. Des années plus tard, les clients présents auraient depuis longtemps oublié les explications détaillées qu'elle leur avait données mais jamais ils n'oublieraient le bien-être, le sentiment de confiance bien placée qu'ils avaient ressenti lors de cette réunion.

Les explications n'en étaient pas moins là et permirent dc répondre aux questions que se posaient légitimement quelques clients sur la fabrication de cette performance extraordinaire. Carine sut largement réécrire l'histoire, installant le sentiment d'un mode opératoire rigoureux qui expliquait son efficacité. Hors de question de brosser le tableau d'une équipe entièrement aux ordres d'une cheffe autoritaire. Elle expliqua avec beaucoup de détails un travail d'équipe quotidien approfondi, une analyse précise et très précoce de l'état du système bancaire américain, une maîtrise technique parfaite de tous les outils de couverture des risques de marché.

— Mais ce n'est pas le plus important, ajouta Carine après ces longues explications. Tout le monde en vérité aurait pu faire la même analyse que nous. Tous les éléments étaient là, visibles aux yeux de tous. Je suis persuadée que nombreux étaient ceux qui avaient identifié les mêmes risques que nous. Non, la différence se situe ailleurs.

Carine marqua une courte pause, le temps d'attiser davantage l'attention de l'auditoire. Puis elle poursuivit.

— Elle réside dans ce moment précis, situé entre l'analyse et la prise de décision. Cet entre-deux est l'endroit qu'habite la gestion active. C'est le trait d'union qui fait se rejoindre la réflexion et l'action, et c'est là, il me semble, où réside notre force. Oh, non pas que nous soyons plus intelligents que les autres. Bien sûr que non. Mais nous avons la chance d'avoir une équipe dont la taille est idéale. Si elle était plus petite, l'équipe ne pourrait avoir la richesse de débat indispensable pour atteindre une véritable compréhension de tous les aspects d'une situation, pour écarter les idées préconçues, les biais individuels. Mais plus grande, le débat s'enliserait inévitablement dans les palabres, les postures et serait incapable de déboucher sur des décisions rapides et efficaces. Les grosses banques (le choix par Carine d'employer le mot « grosses » et non pas « grandes » n'était bien sûr pas innocent) se sont fait piéger dans cette crise en dépit de leurs moyens colossaux parce qu'à trente personnes dans une réunion, on ne peut pas réfléchir efficacement et agir. Alors je vous le dis, cette organisation de quelques gérants expérimentés, complémentaires, réunis autour d'une table pour confronter leurs arguments, nourris par le travail d'une équipe d'analystes, et le tout coordonné et supervisé par Jolyne Condit, voilà notre recette pour prendre de bonnes décisions. C'est ce format que nous chérissons depuis toujours et que nous nous attacherons à préserver pour l'avenir.

Le « mystère » était donc dévoilé, enfin confié par Carine aux fidèles clients. Les clients se regardaient les uns les autres d'un air entendu. La Maison Condit détenait donc bien le secret de la performance et le génie de sa mise en œuvre. Les idées les plus simples sont souvent les plus convaincantes. J'étais présent dans la foule ce jour-là car j'avais pu accompagner Carine dans ce déplacement, bien que je ne sois d'aucune utilité. Et j'étais abasourdi par son éloquence, a fortiori connaissant comme elle la réalité. Avec un aplomb admirable, et tout en même temps effrayant, elle offrait à ses auditeurs exactement ce qu'ils rêvaient d'entendre, et ils lui en étaient profondément reconnaissants.

— Ça ne nous intéresse pas de grandir démesurément si c'est pour devenir inefficaces, ajouta Carine. Conserver ce qui fait notre force pour vous servir au mieux, voilà toute notre ambition. Et avant qu'on se quitte, j'ai juste deux nouvelles pour vous, une mauvaise et une bonne. La mauvaise, et vous l'avez compris compte tenu de l'analyse que j'ai partagée avec vous, c'est que les marchés vont demeurer très chaotiques. On ne sort pas d'une crise de crédit en quelques semaines. Il va donc falloir continuer d'être prudents et le plus efficace possible. La bonne, c'est que nous sommes déterminés à y parvenir. Nous continuerons de gérer votre argent et celui de vos clients exactement comme si c'était le nôtre. Nous avons la même ambition que vous et, comme vous aussi, plus que tout, nous détestons perdre de l'argent. Il n'y a aucune différence entre vous et nous. Je vous remercie toutes et tous d'être venus ce matin, et vous remercie encore de votre fidélité. À très bientôt !

Pour les derniers mots de sa conclusion, Carine avait sensiblement monté le volume de sa voix, à la manière d'un politique à sa tribune qui doit couvrir à la fin d'un long discours les applaudissements des militants surchauffés. Le mythe Condit pouvait prendre son envol.

Carine descendit du podium retrouver ses commerciaux. Elle et eux se rassemblèrent un peu à l'écart de la foule, autour d'un mange-debout aménagé à leur attention, tandis que les clients étaient invités à se restaurer d'une montagne de petits fours haut de gamme offerts par la Maison.

— Formidable ! dit Markus, entouré de son équipe. Tu as été top ! Les clients sont ravis !

— Tant mieux ! Bravo pour la participation. La salle est pleine.

— Ton explication était hyperclaire. Tout le monde a compris comment vous vous y êtes pris, comment vous travaillez. Ils vont nous faire pleinement confiance maintenant. Genre « si vous avez été capables de nous protéger dans une crise pareille, alors on n'a plus rien à craindre tant que nos économies sont chez vous ». On te promet une montagne de collecte.

Carine sourit obligeamment. Il faut savoir que le modèle économique de la Maison Condit reposait sur une petite commission de gestion appliquée à la masse de capitaux gérés. Collecter de l'épargne était donc le nerf de la guerre. Les bonnes performances devaient permettre de collecter des capitaux, et la masse des fonds gérés générait les revenus. Les commerciaux étaient ainsi là pour convertir la performance des gérants en masse d'actifs sous gestion. Carine ne prononça pas un mot pendant un moment. Elle laissait l'euphorie générale pénétrer irrésistiblement les esprits. Elle connaissait aussi, mieux que personne, l'importance des silences pour capter l'attention. Les commerciaux autour d'elle sentaient qu'elle n'en avait pas complètement terminé, qu'elle avait autre chose à leur dire. Après quelques longues secondes, elle reprit en effet, après s'être assurée que son petit auditoire était prêt à l'écouter.

— Puisque vous êtes tous là, je voudrais partager avec vous une conviction. Et n'hésitez pas ensuite à la partager avec vos collègues des autres pays, s'il vous plaît.

Markus et son équipe devinrent particulièrement attentifs. Ils avaient un grand respect pour Carine, de l'estime même. Pas tant du fait de sa longue expérience, car au fond, elle n'avait rejoint la Maison Condit que depuis quelques années (personne ne savait très bien ce qu'elle avait fait auparavant). Non, ce qui lui valait une grande considération, c'est d'abord qu'ils la considéraient presque comme l'une des leurs. En plus d'être très proche de l'équipe de gestion, de Jolyne en particulier, ce qui lui permettait de s'exprimer en son nom, elle était également très proche d'eux, les commerciaux. Au contraire de beaucoup de gérants, elle comprenait l'importance du rôle des commerciaux auprès des clients. Sa difficulté aussi. Enfin, elle était aussi réputée pour sa maîtrise de l'expression orale (en français comme en anglais, d'ailleurs). C'est en partie ce qui faisait d'elle une oratrice très écoutée. Elle aimait les mots et savait les utiliser avec virtuosité. À cet égard, elle possédait également une faculté étonnante de mimétisme consistant à reproduire naturellement la manière de s'exprimer de ses interlocuteurs. Quand vous parliez avec elle, vous aviez souvent l'impression de vous entendre ou, a minima, qu'elle parlait le même langage que vous.

— Aujourd'hui notre performance sur les marchés est extraordinaire, commença-t-elle. Et donc il est naturel d'essayer d'en tirer le maximum. Nous sommes d'accord.

Tout le monde opina, Markus le premier.

— Mais ce que je veux vous dire c'est que, si tout ce que vous vendez à vos clients c'est de la performance, nous sommes morts.

L'attention des commerciaux était définitivement harponnée. Carine pouvait commencer à développer son message.

— Tout simplement parce que nous ne pourrons pas toujours être à la hauteur de cette attente. Il arrivera fatalement que nous soyons moins bons. Et si, ce jour-là, les clients sont non seulement déçus mais se sentent trahis, parce qu'on leur aura vendu l'illusion d'une machine infaillible, alors ils nous en voudront et ils nous le feront payer très cher. Nos performances aujourd'hui étant exceptionnelles, elles vont se vendre d'elles-mêmes. Il suffit que les clients en aient connaissance, ce qui ne devrait pas être très difficile vu qu'ils ont les yeux rivés sur leurs relevés annuels. C'est donc le moment ou jamais d'avoir le triomphe modeste. Ne promettez pas la lune. Ça, vous le comprenez, n'est-ce pas ?

Les commerciaux affichèrent un sourire collectif entendu. En tant qu'observateur discret, pour ne pas dire invisible, mais qui avait assisté aux fameuses réunions de gestion pendant la période de crise, j'étais convaincu que Carine redoutait que le miracle de fin 2008 n'ait été qu'un « coup », fût-il de génie, et qu'il ne préjugeait en rien des performances à venir. Elle dissimulait avec finesse sa suspicion mais elle souhaitait néanmoins préparer les commerciaux à un avenir plus difficile.

— Il vous faut donc aller beaucoup plus loin : il s'agit maintenant d'ignorer ce succès éclatant pour offrir complètement autre chose à vos clients. Quelque chose qui dépende entièrement de vous, pour que vous ne deveniez pas otages des performances qui, elles, ne dépendent pas de vous.

— À savoir ? interrogea Markus, perplexe.

— Il faut que vous donniez à vos clients ce dont tout être humain a besoin : de la compréhension, de l'empathie, de la sollicitude, de la confiance, de la complicité, de la solidarité, de la fraternité même.

— Rien que ça ? plaisanta Markus.

— Oui, rien que ça, poursuivit Carine. Parce qu'à travers vous, c'est à la marque Condit que vous les attacherez. Vous croyez qu'Apple vend des iPhones parce qu'ils fonctionnent mieux que les autres ? Ou que l'Oréal doit son succès à la supériorité de ses crèmes ? Vous ferez aimer notre marque à vos clients par les valeurs que vous véhiculerez.

— Mais de quelles valeurs parles-tu ? demanda Markus.

— Vous le savez tous très bien. Ce sont les mêmes que celles de vos clients. Nous, la Maison Condit, sommes indépendants comme vos clients, libres comme eux, honnêtes comme eux, nous aspirons à l'excellence, toujours comme eux. Vos clients doivent se voir en nous. Ou plutôt, ils doivent voir en nous ce qu'ils voudraient être. Si vous parvenez à éliciter cette identification, alors, si un jour par malheur il nous arrive de tomber à terre, ils ne nous abandonneront pas. Au contraire, ils viendront à notre secours parce qu'ils nous verront vulnérables comme eux, humains comme eux, parce qu'ils se verront dans ce qui nous arrive. Comprenez bien : vous faites le métier le plus inspirant du monde : vous vendez de l'identification ! Imaginez la force affective que vous pouvez avoir en ce moment auprès de vos clients en ne parlant pas de nos excellentes performances. Vos gestes d'amitié ne pourront pas être suspectés de détourner les regards d'une quelconque insuffisance. Ils seront perçus comme sincères et spontanés. Alors allez-y ! Connaissez les familles, la santé des enfants, leurs dates d'anniversaire bien sûr, la trajectoire de leur scolarité, leurs problèmes d'adolescence, intéressez-vous vraiment. Vous deviendrez les confidents de vos clients. Comme les conseillers sous l'Ancien Régime, devenez des confesseurs loyaux. Et au fil du temps, votre loyauté deviendra réciproque. Vos clients ne voudront pas vous décevoir. Ils nous confieront davantage d'argent à gérer *aussi* pour vous être agréables. Je suis sérieuse. Et quand nos performances laisseront à désirer, ils seront autant ennuyés pour vous que pour eux-mêmes. Ils ne voudront pas vous accabler en ajoutant le retrait de leur épargne à votre embarras. Parce qu'ils seront vos amis. Nos performances, c'est l'affaire de nos gérants, et croyez-moi qu'ils feront tout pour qu'elles demeurent excellentes. Mais la loyauté des clients, c'est *votre* affaire. Concentrez-vous sur ce qui dépend de vous : faites de vos clients des partenaires pour la vie.

Les commerciaux étaient stupéfaits de la tirade de Carine Je me souviens avoir été moi aussi presque ému ce jour-là par la force de conviction de Carine. Certes, je n'étais pas dupe, Markus et ses équipes non plus d'ailleurs, du talent rhétorique de Carine. C'était son métier d'emporter l'adhésion de son auditoire, voire de retourner son opinion si nécessaire. Mais aucun de nous ne pouvait totalement résister à son enthousiasme et à la puissance de ses arguments. Et puis, pour les commerciaux, s'entendre dire que leur métier avait une dimension qu'eux-mêmes sous-estimaient était valorisant. Relever tous ensemble le défi avait quelque chose d'exaltant. Enfin, le fait que Carine soit perçue comme une véritable proche de Jolyne complétait une sorte de sacralisation de ses messages. Carine était véritablement un atout extraordinaire au service de la Maison.

Elle conclut son monologue en trinquant joyeusement avec l'équipe. Il ne s'agissait pas pour elle d'entamer aujourd'hui une discussion avec les commerciaux. Il s'agissait d'instiller dans les esprits un message qu'elle laisserait ensuite faire son chemin. L'ambiance était festive, elle pouvait poursuivre sa tournée de conférences. Un taxi l'attendait déjà à la porte de l'hôtel pour l'aéroport. Markus lui emboîta le pas. Ce soir elle était attendue à l'hôtel Métropole à Genève, où elle tiendrait le même discours aux clients et partagerait avec les commerciaux sur place la même vision de leur mission.

Chapitre 6

Mais quel dieu es-tu, comment te décrire,
Janus à la double forme ?

Ovide

J'étais conscient que, même si son sermon aux commerciaux était sincère, Carine se réjouissait probablement de ne pas avoir à suivre son propre prêche. Car déjà à l'époque, sa préférence allait davantage à la randonnée dans le désert, à son piano ou à ses livres qu'à la fréquentation de ses congénères. « La vertu des bouquins, avait-elle confessé un jour à son ami Yves (j'en reparlerai), c'est qu'on peut discuter indéfiniment avec eux, mais qu'on peut les ignorer quand l'envie nous en prend, et qu'ils ne sont ni bavards ni bruyants ». Ce n'était pas qu'elle fût asociale. Sa compagnie était d'ailleurs souvent recherchée pour sa qualité d'écoute et sa discrétion. Pour sa culture aussi. Mais Carine m'apparaissait comme une introvertie, éprise de silence et de vie solitaire, qui se transformait radicalement dans le contexte professionnel. Si elle ne semblait pas détester la compagnie de ses semblables, il lui fallait néanmoins que cette compagnie advînt selon des modalités choisies par elle. Ces conditions remplies, elle était alors capable d'une réelle empathie. Aussi, lors de repas entre amis, quoiqu'elle n'en fût pratiquement jamais à l'initiative, elle aimait que se joigne au cénacle quelque inconnu dont elle pourrait faire la connaissance. Elle utilisait d'aillcurs souvent cette habitude comme analogie pour expliquer aux clients le principe des options sur les marchés financiers. « Voyez-vous, aimait-elle expliquer. Les options dans la gestion c'est très simple, ça fonctionne comme dans la vie. Quand je suis invitée à un dîner ou un déjeuner, j'essaie de m'arranger pour être assise à côté de quelqu'un que je ne connais pas. Au pire, je tomberai sur un raseur, et mon dîner me semblera très long. Mais au mieux, je ferai peut-être une rencontre qui changera le reste de ma vie ! C'est un risque très asymétrique en ma faveur. Eh bien c'est exactement ce qui se passe quand on achète une option : on connaît le risque maximum, c'est le prix d'achat de l'option, et le bénéfice possible est infini. L'optionalité, l'asymétrie des risques, c'est le sel de la vie ! ».

Néanmoins, était-ce de la timidité, de l'orgueil, ou encore autre chose (à l'époque je ne connaissais pas encore le passé de Carine), son introversion l'emportait la plupart du temps sur son ouverture aux autres. Dans les transports par exemple, le risque qu'un bavard impénitent s'assît à côté d'elle lui faisait choisir systématiquement une place isolée. Et quand ce premier choix n'était pas disponible, elle s'adaptait en général aux circonstances en concédant un rapide, quoique poli, bonjour à son voisin, puis replongeait vite le nez dans sa lecture pour s'exposer le moins possible au risque d'une conversation imposée.

Personne n'aurait pu croire en la voyant s'exprimer en public de façon si naturelle qu'aller vers les autres pouvait lui être si difficile. Car en présence des commerciaux, des clients ou de journalistes, elle se métamorphosait. Peut-être n'y a-t-il pas plus éloquente qu'une introvertie qui se domine, comme il n'y a pas plus fanatique qu'un athée qui s'est converti ? Mais Carine allait plus loin. Elle ne se contentait pas de jouer à la manière d'une actrice talentueuse, capable d'interpréter de façon convaincante un rôle de composition. Elle semblait *devenir* littéralement ce rôle, en annihilant toute distance entre elle et sa persona professionnelle. Elle faisait mieux que porter un masque, son visage *devenait* son masque. Elle semblait parvenir à une reddition absolue de son introversion, devenant en situation exactement ce qu'elle était supposée être.

Ces incarnations à répétition ne s'accomplissaient certes pas sans l'accumulation d'un épuisement insidieux. Mais Carine s'assurait de maintenir à tout instant un niveau d'énergie suffisant en ne s'éloignant jamais longtemps de son biotope préféré. Elle passait généralement la semaine à Paris, logée dans une chambre d'hôtel confortable qu'elle louait à l'année dans le quartier de l'Opéra, et s'en allait passer les week-ends dans sa vieille Maison, qu'elle appelait le « Cabanon » en dépit d'une taille respectable, située en bordure du village sarthois d'Yvré-l'Évêque. Elle rejoignait le Cabanon le vendredi soir, en prenant d'abord un train de la gare Saint-Lazare jusqu'au Mans, puis au volant de sa petite voiture garée au parking de la gare. Quant à ses déplacements à travers l'Europe pour donner ses conférences, elle en minimisait le désagrément en rejoignant rapidement sa chambre d'hôtel après ses interventions, invoquant chaque fois que possible une prétendue fatigue des voyages pour s'épargner celle, bien réelle, de devoir participer à des dîners avec des commerciaux volubiles. Ce qui lui demandait le plus d'énergie était de devoir participer à des cocktails professionnels ou des soirées mondaines, tous ces insupportables pince-fesses où le rôle de chacun consiste à bavarder une coupe de champagne à la main de sujets sans intérêt, avec des interlocuteurs sans attrait.

Son souci de garder la plus petite distanciation d'avec les tâches professionnelles auxquelles elle s'employait se traduisait par un véritable perfectionnisme. Quoique son intransigeance fût parfois éprouvante pour ses collègues, tous vantaient sa grande valeur : si la gestion Condit avait un peu l'ambition d'être révolutionnaire, Carine leur apportait en quelque sorte l'exigence d'un Robespierre et l'éloquence d'un Danton. Malheureusement, cela signifiait souvent pour elle beaucoup de l'isolement du premier et de l'engagement un peu excessif du second. Cette tournure d'esprit avait peut-être affecté aussi sa vie personnelle. D'ailleurs on ne lui connaissait que peu d'amis, et elle ne semblait guère faire d'efforts pour s'en construire. Je suspectais qu'une sorte de romantisme exacerbé associé à une exigence démesurée lui avait peut-être valu d'intenses bonheurs et de grandes douleurs dans sa vie amoureuse.

Jolyne avait très tôt confié à Carine la mission d'être sa plume et sa voix, instinctivement persuadée qu'elle y excellerait. Comme la plupart de celles et ceux qui côtoyaient Jolyne, Carine semblait éprouver pour elle une grande admiration, de l'affection même. Mais nous savions ou peut-être devrai-je dire ressentions tous, sans trop savoir comment, qu'elle n'avait jamais particulièrement désiré ce rôle, et qu'elle ne ressentait aucun attrait particulier pour les marchés financiers, ni pour l'aventure entrepreneuriale. Contrairement à Luc, elle n'avait pas d'histoire commune avec Jolyne, aucune expérience partagée. Son degré d'implication était donc un peu mystérieux. Elle semblait s'être parfaitement glissée dans sa fonction simplement parce qu'elle en était capable. Et supprimer toute distance avec cette fonction quand elle l'exerçait supprimait du même coup la question d'aimer ou ne pas aimer. C'était sa mission, il fallait donc qu'elle fût remplie le mieux possible, voilà tout. Il n'y avait pas de place pour le jugement. C'était en tout cas la conclusion à laquelle j'étais parvenu. Jolyne percevait très bien l'intérêt pour elle de cette suspension de l'affect : elle pourrait en toute confiance s'appuyer sur Carine, dont la loyauté dénuée d'ambition serait bien plus fiable que celle des courtisans dont l'intérêt ou les convictions pourraient, un jour, les dresser contre son autorité. Carine semblait accomplir sa tâche à la perfection par habitude. C'était le meilleur gage de fidélité.

Quelques heures après avoir quitté Lyon, Carine montait sous des applaudissements nourris les marches qui menaient au podium érigé pour elle dans la grande salle de l'Hôtel, en bordure du Lac de Genève. Elle commença.

— Bonjour à toutes, bonjour à tous, quel bonheur d'être tous réunis ce soir, en ces temps si compliqués !

Chapitre 7

La lutte contre l'injustice rend, elle aussi, la voix rauque.

Bertolt Brecht

Des semaines, des mois passèrent ainsi. Nous étions maintenant à l'automne de l'année 2009, toujours baignés par un sentiment de réussite collective. Chaque matin, les réunions de gestion se répétaient, sans grand enjeu. Depuis l'éclatement de la grande crise financière, le nouveau Président américain Barack Obama avait lancé un gigantesque plan de relance en inondant l'économie américaine de subventions, d'investissements publics, de financements bon marché, de réductions d'impôts, le tout pour quelque 800 milliards de dollars. Du jamais-vu en temps de paix. De l'autre côté de la planète, la Chine avait dépensé presque autant quelques mois plus tôt. Malgré ce déluge d'argent, l'économie mondiale continuait de plonger. Mais les marchés financiers, eux, commençaient à se redresser vigoureusement dans la perspective d'une reprise économique générale qui ne saurait tarder. Ce qui, à mon avis, introduisit le ver dans le fruit.

— Qu'est-ce qu'on a aujourd'hui ? demanda Jolyne comme chaque matin.

— C'est la fête au village un peu partout, répondit Luc. En Asie, en Europe, à New York. À mon avis, il est temps d'entrer dans la danse. Si nous restons trop prudents, on va rater la hausse des marchés.

— Qu'en pensez-vous, Ewan, Adil, Chiara ? interrogea Jolyne.

Ewan, comme souvent, répondit le premier.

— Je suis d'accord. Tous ces plans de soutien vont finir par avoir de l'effet sur l'économie réelle. Les marchés nous montrent la direction. Il faut y aller. Ça ne sert à rien d'aller contre le vent.

— Rien à ajouter, enchaîna Chiara.

— Les banques centrales y mettent du leur aussi, précisa Adil. Non seulement elles ont baissé les taux d'intérêt directeurs, mais elles se lancent maintenant dans des mesures pas du tout conventionnelles. Elles injectent des torrents d'argent dans le système par toutes sortes de moyens. C'est osé, peut-être qu'un jour, à force de donner de l'argent à tout va, elles feront exploser l'inflation mais, en attendant, le prix de tous ces actifs devrait monter.

— Quand il y a plus d'argent dans le système que d'actions à acheter, les prix montent. C'est pas bien compliqué les marchés, conclut Luc de son habituel style débonnaire.

Après avoir écouté ces avis convergents, Jolyne prit à son tour la parole.

— Je ne suis pas d'accord.

Le consensus enthousiaste autour de la table était brutalement douché. Jolyne avait prononcé sa sentence avec calme, sûre de son effet. Cette manière sèche, presque brutale d'intervenir aurait pu la rendre antipathique. D'autant qu'elle était familière du procédé. Pourtant ce n'était pas le cas, peut-être parce que nous savions tous qu'il ne s'agissait que d'un jeu de scène. Jolyne était affublée de cette sale manie d'être désagréable. Et alors ? Cette coquetterie de comportement, pour agaçant qu'il pût être, pesait peu par rapport au privilège d'être dirigés par une vraie cheffe. Nourrie par la reconnaissance de ce que nous devions à Jolyne, notre admiration pour elle s'accompagnait de toute l'indulgence qu'on accorde aux méritants.

— Tout cela, c'est de la poudre aux yeux, ajouta-t-elle. Après une crise de crédit, et Dieu sait qu'on en a eu une belle, tout le monde est traumatisé. Les Japonais ont connu ça après l'éclatement de leur propre bulle immobilière il y a vingt ans. Et ils ne s'en sont toujours pas remis. Donner de l'argent à des gens qui sont surendettés, et donc qui ne veulent plus dépenser, c'est comme pousser sur une corde : ça ne fait rien avancer. Le marché s'emballe mais rctombera quand il s'apercevra que ça ne peut pas fonctionner. On est rentré dans une crise durable. S'il vous plaît, ne soyons pas suiveurs. Notre rôle est de penser différemment du consensus. Que disent les clients, Carine ?

— Vous vous doutez bien, Jolyne. Ils sont heureux d'avoir été protégés dans la baisse, mais ils ne veulent pas rater la hausse. Comme toujours. Ils vont rapidement se plaindre si nous ne profitons pas du rebond autant que leurs petits copains chez les concurrents.

— À vous de leur expliquer. Nos concurrents les ont trahis il y a six mois, qu'ils y retournent s'ils veulent. Mais nous, nous restons attachés à la protection de leur patrimoine. On est là pour voir au-delà du court terme. Dans leur intérêt, nous allons rester prudents pour l'instant. Dites-leur.

— OK.

Les gérants marmonnèrent mais n'insistèrent pas. La réunion se termina rapidement après quelques ajustements communiqués par les uns et les autres, un point d'actualité par l'économiste, et un récapitulatif des instruments de couvertures encore en place, ceux-là mêmes qui allaient empêcher la gestion Condit de profiter de la hausse des marchés, hausse à laquelle Jolyne ne croyait pas.

*

Le dimanche suivant, Chiara avait rendez-vous dans sa famille pour le déjeuner. Elle laissa Arthur faire la grasse matinée et partit prendre un train gare de l'Est. Les déjeuners de famille n'étaient pas du tout son truc à lui. Surtout quand il savait qu'il serait encore question, comme à chaque fois, de politique ou de bisbilles entre frères et sœur. Après un trajet qui dura près de trois quarts d'heure à travers des banlieues grises, elle descendit à la gare de Noisy-le-Sec.

Les parents de Chiara, Maurice et Justine, habitaient non loin de la gare, dans le même appartement que Chiara avait connu toute son enfance.

Il ne lui faudrait pas plus d'une vingtaine de minutes à pied pour y parvenir, en passant devant son ancien lycée. Quoiqu'elle eût déserté ce quartier depuis longtemps, Chiara en gardait un souvenir attendri. Cette promenade n'était pas désagréable, mais elle était teintée d'une sorte de tristesse nostalgique. Surtout parce que la plupart des murs des bâtiments devant lesquels elle passait étaient aujourd'hui couverts de graffitis. Si seulement leurs auteurs avaient eu du talent ! Mais ils s'étaient contentés de tracer une multitude de traits noirs grossiers à la bombe et des insanités gribouillées dans tous les sens. Le mur d'enceinte de son lycée en particulier l'attristait. Ce n'était plus la longue haie de buissons doublée d'une discrète clôture grillagée qu'elle avait connue, mais de part en part un mur de ciment gris de deux mètres de haut, couvert de slogans hargneux, d'insultes et de tags bâclés. Elle se revoyait adolescente dans cette rue à s'esclaffer avec ses amies. Ce dimanche matin, la rue était vide et triste, en harmonie avec le ciel. Mais elle s'imaginait facilement que la nouvelle génération de lycéennes devait elle aussi passer chaque jour devant ce mur avec la même insouciance joyeuse qu'elle-même vingt ans plus tôt. La dégradation progressive du quartier de son enfance n'empêchait certainement pas de s'y promener avec toute la gaieté de l'adolescence. Même sous le fracas des bombes, les enfants parviennent à rire. Et ici, on était bien loin d'une scène de guerre. Elle poursuivit son chemin pendant une dizaine de minutes encore.

Puis soudain, comme un rai de lumière au fond d'une petite cour minable, elle entrevit une figure inhabituelle. Une figure qui n'était pas présente la dernière fois qu'elle était venue rendre visite à ses parents. Elle en était sûre. Une figure qui, de toute évidence, et avant même de s'en approcher, tranchait avec les expressions sans forme qui couvraient le mur qu'elle venait de quitter. Elle s'approcha.

C'était un dessin sur une grande feuille de papier collée sur le mur au fond de la cour. Il représentait un homme masqué d'un foulard, visiblement au cœur d'une manifestation, casquette dc baseball portée à l'envers, sur le point de lancer avec rage un projectile vers ses opposants. La police sans doute. Encore une expression de révolte. Sorte d'allégorie de la violence qui pouvait parfois surgir dans cette banlieue. Sauf que le projectile qu'allait lancer cet homme n'était pas une pierre, un pavé ou un cocktail molotov, mais un bouquet de fleurs. Et sur le fond clair mais déjà sale de l'affiche, dans la main rageuse du manifestant tracé en noir, le bouquet qui dépassait de son emballage de papier était coloré de jaune et de vert. Chiara s'arrêta longuement devant le fragile tableau. « Banksy se serait-il arrêté à Noisy-le-Sec ? » se demanda-t-elle. Non, impossible. Il ne pouvait s'agir que d'un plagiat. Mais cela importait peu. Certes le faussaire n'avait pas créé, il n'avait su qu'imiter. Mais il n'y avait là, de toute évidence, aucun désir de tricher, de tromper. C'était plutôt d'un éloge anonyme qu'il s'agissait. L'élève avait été inspiré par le maître et lui avait rendu hommage comme il pouvait, non sans talent. L'affiche ne survivrait certainement pas longtemps aux intempéries, à la curiosité des passants, ou aux services municipaux. Mais son auteur lui avait trouvé sa place, fût-elle éphémère, à la manière dont Jolyne avait trouvé une place au Soulages dans l'escalier qui menait à la réunion de gestion. Pour Chiara, la fresque de papier au fond de la cour sans soleil valait en cet instant tous les précieux tableaux accrochés dans les couloirs de chez Condit.

L'appartement de ses parents était situé au deuxième étage d'un grand immeuble bien entretenu. Ils l'avaient acheté il y a si longtemps que le prêt qu'ils avaient contracté alors était aujourd'hui totalement remboursé. Ils continuaient de vivre modestement mais ils pouvaient respirer. Depuis plusieurs années que Chiara et ses frères n'y habitaient plus, les deux chambres des enfants étaient inutilisées mais les parents n'avaient jamais envisagé de changer pour plus petit. Pour aller où d'ailleurs ? Et puis, pouvoir sans problème inviter à dormir les enfants était une bonne raison de le garder, même si en réalité jamais aucun des trois frères et sœur n'y avait jamais couché de nouveau depuis leurs départs respectifs. La possibilité d'héberger sa progéniture, même si elle n'était que théorique, était une commodité à laquelle Justine tenait beaucoup. L'appartement n'avait jamais changé. Chiara y retrouvait à chacune de ses visites le même papier peint dans la salle à manger, dans les tons orangés des années 70-80, défraîchi mais à peine éraflé en quelques endroits, le même poste de télévision imposant, presque aussi profond que large, les mêmes meubles, la même cuisine, la même odeur de propre mélangée à celle indéfinissable d'années de fixité. Chez les Martin on ne changeait pas quelque chose si ce n'était pas nécessaire, et on en prenait soin.

Après la guerre, les parents de Maurice avaient quitté leur village dans le Pas-de-Calais pour s'installer dans un minuscule appartement à Paris. Le père avait rapidement trouvé du travail grâce à son expérience de menuisier mais son maigre salaire faisait de chaque fin de mois un souci. Leur seul enfant, Maurice, était né peu après l'arrivée du couple à Paris. Ils lui avaient fait suivre une courte formation en mécanique avec l'espoir qu'il rentre rapidement aux usines Renault. Il avait ainsi pu commencer à travailler à l'âge de seize ans comme apprenti et les vœux de ses parents furent rapidement exaucés. Au contact de ses camarades d'usine plus âgés, l'embryon de conscience politique que lui avait donné son père s'était développé. Il avait rencontré Justine un samedi soir au bal du Moulin Rouge, au début des années 70. Le mariage fut conclu après une année de fréquentation, et il fut immédiatement évident que le jeune couple, qui devait maintenant s'installer, n'aurait pas les moyens d'habiter dans Paris intra-muros. Maurice et Justine louèrent d'abord un petit appartement à Saint-Ouen, non loin de la clinique où Maurice était né, puis entendirent parler d'un appartement disponible dans un immeuble en construction à Noisy-le-Sec, dont l'acheteur prévu venait de mourir subitement. Le promoteur avait un besoin urgent de trouver un nouvel acquéreur et l'affaire avait été conclue dans de bonnes conditions pour Maurice et Justine. À l'époque, être employé de la régie Renault conférait un statut de quasi-fonctionnaire, ce qui permit à Maurice d'obtenir un prêt sans trop de difficultés. En s'endettant pour vingt ans, le montant de la mensualité était supportable, et ils étaient enfin chez eux. Les naissances de Steve, Chiara et Marc s'étaient ensuite enchaînées. Le prénom de l'aîné avait été inspiré par la série TV *Au nom de la loi* avec Steve McQueen dans le rôle principal et pour qui Justine avait à l'époque « le béguin », comme elle disait. Chiara devait son prénom à *La cité des femmes de Federico Fellini,* film de 1979 dans lequel Chiara Mastroianni, alors âgée de huit ou neuf ans venait de faire une première et brève apparition auprès de son père, mais dont la prestation avait été coupée au montage. Maurice avait bizarrement pensé la venger en baptisant sa fille Chiara. Enfin, peut-être lassés de ces mobiles exotiques, Maurice et Justine se résignèrent à choisir pour leur cadet le premier prénom sur lequel ils tomberaient en consultant le calendrier des PTT. Ce fut Marc.

Dans la vie de Maurice, la politique était centrale. Vitale même. Et le combat pour la justice l'incarnait. Il avait transmis cette conviction à ses trois enfants, quoique chacun d'entre eux se l'eût appropriée de façon très différente. L'aîné, Steve, l'avait assez vite convertie en un rejet viscéral du « système ». Il se disait anarchiste. Nihiliste même peut-être. Il s'était marginalisé à force de fréquentations avec des bandes rencontrées aux abords de l'immeuble. Il était progressivement devenu une cause de préoccupation permanente pour Maurice et Justine, qui s'inquiétaient non seulement pour son avenir mais aussi pour chaque jour qu'il passait Dieu sait où, probablement à traficoter Dieu sait quoi avec ses potes. Il vivotait en apparence de petits boulots mais Maurice et Justine s'angoissaient de ce qu'il pouvait vraiment bien faire du soir au matin. Quant à Marc et Chiara, ils avaient vécu leur éveil à la politique de façon encore différente. Marc avait très tôt trouvé dans la lutte contre le capitalisme une cause capable de donner du sens à sa vie. Il partageait les idées de son père mais reprochait à ce dernier d'être trop timoré. Il avait beaucoup lu sur les révolutions ouvrières, et en s'appuyant sur la théorisation de « la révolte comme issue ultime de la lutte des classes », l'engagement politique était devenu sa raison d'être. Quand Maurice plaçait la générosité, la solidarité au panthéon de ses valeurs, Marc considérait que le combat résolu contre le capital était son premier devoir. Et si se battre pour l'avènement d'une société meilleure pouvait parfois nécessiter d'être un peu radical, alors soit. Il fallait d'abord abattre le système pour préparer un monde meilleur. On ne fait pas d'omelette sans casser des œufs. Le père concevait le capitalisme comme un adversaire, le fils le concevait comme un ennemi.

La vision du monde de Chiara était plus proche de celle de son père. En tout cas, elle l'avait longtemps été. Elle se souvenait que la Maison des Jeunes et de la Culture de Noisy-le-Sec avait aussi été un point de ralliement important pour elle, où l'on pratiquait toutes sortes d'activités sportives, mais aussi où on se cultivait et où on pouvait parler politique. Chiara me raconta qu'elle y était tout le temps fourrée jusqu'à ses dix-huit ans. Pendant ses trois années au lycée, parmi les congénères auxquels elle s'était liée, beaucoup étaient inscrits aux Jeunesses Communistes. Chiara appréciait particulièrement ces camarades de classe déjà politisés. Ce n'était pas tant pour leurs convictions, déjà très arrêtées, que pour leur culture générale au-dessus de la moyenne. Elle se souvenait que c'est à leur contact qu'elle avait développé sa curiosité pour la littérature, la musique, l'histoire, la philosophie. Elle y avait aussi appris à jouer aux échecs. Cette période avait constitué pour elle le premier pas de son émancipation. Si elle se sentait toujours très proche de ses parents, son esprit s'ouvrait sur l'extérieur. Et si la soif de culture à laquelle sa fille s'éveillait lui échappait complètement, Maurice ne voyait bien sûr aucun inconvénient à ces fréquentations. Néanmoins, quoique lui-même militant syndical engagé, il avait toujours refusé de prendre la carte du Parti, a fortiori d'y inscrire sa fille. Sa méfiance à l'égard des politiques ne souffrait aucune exception, pas même pour le parti communiste pour qui il votait systématiquement, dont il partageait les valeurs, mais qu'il suspectait d'être, tout autant que les autres, avide de pouvoir. Si lutte des classes il y avait, elle devait se mener à l'usine, avec les camarades. C'est là que résidait la véritable solidarité. Quand son fils cadet se considérait en guerre contre la société, lui ne voulait nullement en changer. Il se méfiait trop des utopies pour espérer le Grand Soir. Il voulait lutter pour plus de justice, lutter sans relâche, mais *à l'intérieur* du système.

Chiara avait ainsi grandi en développant une conscience de gauche sincère. Son engagement, son altruisme étaient plus individuels que ceux de son père et de son frère, plus écartés du territoire de l'affrontement, aussi plus teintés d'angélisme sans doute. Et elle se désolait que son frère fût devenu si dogmatique. Mais elle-même ne pouvait s'empêcher de s'interroger sur sa propre trajectoire. En s'engageant dans le monde de la finance, faisait-elle acte de trahison, d'imposture, de cynisme ? L'alibi d'une redistribution d'une partie de ses futurs bonus aux « bonnes œuvres » n'était-il au fond que le faux nez d'une véritable ambition professionnelle inavouée, comme le suspectait Luc ?

Quand Chiara arriva chez ses parents, Marc était déjà là et lui fit la bise rapidement. Son père l'embrassa chaleureusement et sa mère, comme à chaque fois, la serra dans ses bras comme si elle revenait miraculeusement indemne d'une aventure de tous les dangers. Chiara était toujours heureuse de retourner dans sa famille. Mais il est vrai que depuis qu'elle avait annoncé qu'elle ferait carrière dans la finance, une sorte de malaise ternissait à chaque fois les retrouvailles. Il faudrait de nouveau qu'elle défende son choix, qu'elle déroule cette fois encore les arguments habituels censés démontrer la cohérence de sa démarche. Démarche qu'elle n'allait tout de même pas déjà renier ! Elle se doutait pourtant que c'était peine perdue. Son frère ne modifierait pas son jugement. Pour lui, leur désaccord était idéologique et ne laissait de place à aucune possibilité de compromis. Toutefois, Chiara venait aujourd'hui avec une surprise qui pourrait peut-être enfin adoucir les réticences de son père.

Il était déjà treize heures et Justine suggéra que tout le monde s'attable sans tarder. Chiara s'assit la première, côté fenêtre, puis son frère à côté d'elle. En face de Chiara, son père s'installa à sa place habituelle, qui lui était comme réservée. Enfin Justine fit de même, en face de Marc, elle aussi toujours du même côté de la table, celui le plus proche de la cuisine.

— Comment allez-vous depuis le mois dernier ? s'enquit Chiara.

— Rien de nouveau, tu sais, répondit son père. Encore deux ans à tirer.

— Ton père commence à être un peu fatigué, ajouta sa mère. Surtout depuis son hépatite l'an dernier. On a hâte de pouvoir profiter du bon temps.

— Et vous avez des projets pour dans deux ans ?

— D'abord me requinquer un peu, dit son père. Et puis j'aimerais bien emmener ta mère en Italie. Florence, Rome. Ça, ça aurait de la gueule !

— Je suis sûre que vous adorerez. Je vous y vois tellement. Il faudra louer un scooter !

— Exactement. C'est ce qu'on fera, ajouta son père. La dolce vita ! Et toi, comment tu vas ? demanda son père.

— Très bien. Le métier s'avère passionnant, et je m'entends très bien avec toute l'équipe.

— Tu n'as toujours pas renoncé à te vendre au monde de la finance ?

— Ne recommence pas à l'embêter avec ça, intervint sa mère.

— Mais je ne l'embête pas. Je lui pose simplement la question. Tiens, tu connais la dernière ? Ton oncle Jean-François va se faire licencier. Et tu sais pourquoi ? Parce que sa boîte de dérailleurs s'est fait racheter le mois dernier par une grosse affaire anglaise qui veut réduire les coûts. Et comme ils veulent s'en mettre plein les poches, ils virent les gens. C'est pratique. Les actionnaires vont pouvoir s'enrichir, et Jean-François, à 55 ans, n'aura plus qu'à pointer au chômage.

— Laisse tomber, p'pa. C'est une capitaliste comme eux. Elle n'en a rien à foutre des travailleurs. Ce qu'elle veut, c'est gagner du fric, renchérit son frère Marc, qui décida qu'il n'était pas trop tôt pour commencer à cracher son venin sur sa traîtresse de sœur.

La bataille dominicale était lancée. Chiara devrait encore la mener, même elle la savait perdue d'avance. Peut-être parce qu'elle lui permettait au moins de se justifier à ses propres yeux. Si son père et son frère resteraient immanquablement sourds à ses arguments, expliciter ces derniers auraient peut-être le mérite d'apporter quelque apaisement à ses propres dissonances, qu'elle ne pouvait s'empêcher de ressentir.

— Je vous ai déjà expliqué, répliqua Chiara. Il ne s'agit pas pour moi d'être « ceci » ou « cela ». Je suis désolé pour tonton. Je ne connais pas du tout le sujet. Et tu as sûrement raison. J'espère qu'il va vite retrouver quelque chose. Je vais aller lui rendre visite. Dieu merci, ou plutôt merci aux conquêtes sociales, en France quand tu es licencié, tu n'es pas à la rue. Il aura du soutien. Mais je ne suis pas sûre qu'il faille forcément voir cette histoire comme les méchants capitalistes se payant sur le dos des travailleurs. Peut-être que oui, mais peut-être que non. Et si, pour une entreprise fermée, deux autres sont créées, c'est un système qui ne marche peut-être pas si mal. C'est ça aussi qu'il faut regarder. Et puis, as-tu vérifié, toi, que sa boîte n'allait pas faire faillite ? Si c'était le cas, plutôt que 500 personnes se retrouvent à la rue, ne valait-il pas mieux qu'elle soit rachetée, quitte à ce que quelques emplois soient supprimés ?

— Laisse tomber, j'te dis, marmonna de nouveau son frère. Elle est irrécupérable.

— Mon fils, je te rappelle qu'il ne faut jamais abandonner la discussion. Si on se parle plus, il restera quoi ? Même avec les patrons il faut toujours maintenir le dialogue. Et ici nous parlons avec ta sœur, pas avec un patron !

— À quoi ça sert de parler avec quelqu'un qui refuse de comprendre ? répliqua Marc.

Son père décida de ne pas relever.

— Chiara, ouvre les yeux, bon sang ! Je te le souhaite pas, mais tu verras que tes patrons, si un jour ils n'ont plus besoin de toi, ou que tu ne leur plais plus, ou que tu commets une bourde, ils n'hésiteront pas à te jeter. Quand on nage au milieu des requins, si on commence à saigner on est mort.

Les requins de la finance, cette image tenace.

— Je te l'ai déjà dit, poursuivit-il. Ta Jolyne n'est pas meilleure que les autres. Son ambition, c'est le profit. L'humain, c'est pas son problème. En plus, toi tu travailles maintenant dans ce que le capitalisme a de plus cynique. Vous achetez et vous vendez des entreprises, et vous vous foutez totalement des gens qui font tourner ces entreprises. Si vous voyez une boîte qui a des difficultés, la seule question que vous vous posez, c'est « comment en profiter ? ».

Maurice faisait mouche. Il savait toucher Chiara là où elle était sensible.

— Tu exagères, papa. Je pense que les gens qui travaillent chez Condit ne sont pas plus des requins que toi et moi. Et je ne crois pas que Jolyne soit ce monstre que tu t'imagines. C'est une femme intelligente, qui n'a pas froid aux yeux, qui développe son affaire et qui crée des emplois. Et, oui elle gagne beaucoup d'argent, mais elle ne le vole pas et c'est cet argent qui lui permet aussi de bien nous payer. Et pour ce qui est du métier, qu'on vende ou qu'on achète des actions ça ne change rien à rien. Une boîte ne va pas aller mal parce qu'on aura vendu des actions. Et si elle va déjà mal, ce n'est pas le fait que son action baisse qui va la faire aller plus mal. Est-ce qu'on en profite ? Oui, d'une certaine façon, pour se protéger. Mais d'abord, que les choses soient claires, c'est pas pour nous, c'est pour nos clients. Ensuite, quand une entreprise va bien, là oui on achète les actions, et si elle continue d'aller bien, tant mieux pour elle, et tant mieux pour nos clients. Il n'y a rien de cynique là-dedans. C'est un peu creux, ça oui. C'est juste des chiffres. Mais si les clients en profitent, où est le mal ?

— Où est le mal ? Je vais te dire, moi, où est le mal, enchérit son père. Vous vous enrichissez sur le travail des autres, voilà où est le mal. Si une entreprise va bien, ce n'est pas grâce à vous. Si elle va bien, alors qu'on augmente les salaires des travailleurs, plutôt qu'engraisser les actionnaires ! Tout ce que vous voulez, c'est juste gagner de l'argent sans rien faire, et enrichir vos clients. C'est ça la logique du monde de la finance.

— C'est vrai, ce « monde », comme tu dis, ne produit pas des choses concrètes. Il y a un côté un peu parasite, je te l'accorde. Mais on ne nuit à personne. Quant au désir de s'enrichir…

Marc ne laissa pas Chiara finir sa phrase :

— Ne fais pas semblant de ne pas comprendre, Chiara. Vous êtes des bourgeois qui ne pensent qu'au fric. Et vos clients, pareil. C'est ça qui est pourri.

Marc était viscéralement révolté. Sa sœur avait tourné le dos à la Seine-Saint-Denis pour aller dans les beaux quartiers, faire fortune, inévitablement changer de fréquentations. Ce geste infect de mépris de classe se doublait d'une trahison. Elle avait abandonné ses origines modestes pour rejoindre l'ennemi. Chiara savait que c'était bien là qu'il fallait trouver une défense solide, y compris à ses propres yeux.

— J'ai parfois l'impression que gagner de l'argent est pour vous une tare, poursuivit Chiara. Le simple fait d'avoir de l'argent est pour vous une injustice, même quand on ne le vole pas, même quand on travaille dur pour le gagner. J'aimerais comprendre pourquoi ce serait mal de vouloir gagner de l'argent. Est-ce que ce n'est pas ce que tout le monde souhaite ? Tu ne voudrais pas gagner plus d'argent, toi aussi, Marc ? Est-ce que l'important ce n'est pas plutôt ce qu'on fait ensuite avec cet argent ?

— Tu te fous de nous, répliqua son frère. Vous, les capitalistes, tout ce que vous voulez c'est en gagner toujours plus. Vous n'en avez jamais assez. C'est le fric pour le fric. Il n'y a que ça qui compte. C'est cette société du pognon dont on ne veut plus.

— Allez, on parle d'autre chose, intervint Justine en apportant un grand plat fumant. Surprise ! s'exclama-t-elle.

— Oh, de la brandade ! dit Chiara.

— Pourquoi tu ris ? demanda sa mère.

— Parce que ce n'est pas une surprise. Je l'ai sentie depuis le premier étage dans la cage d'escalier ! répondit Chiara en éclatant de rire. Tout l'immeuble en profite !

— Et, moi, que ça me plaise ou non, on s'en fout ? protesta Marc.

— Allez Marc, rétorqua Justine, ne sois pas grincheux, je sais que tu aimes aussi la brandade. Et puis, tu viens ici plus souvent que ta sœur, et tu sais que j'essaie à chaque fois de te faire ce que tu aimes.

Maurice se servit avec délectation. Chiara et Marc firent de même, puis Justine.

Maurice néanmoins ne put s'empêcher de relancer le débat.

— Tu sais que je ne suis pas aussi radical que ton frère. Je ne veux pas la révolution. Mais Marc a quand même raison sur l'obsession de l'argent dans ton milieu. Là où t'as pas tort, Chiara, c'est vrai, c'est que tout le monde aujourd'hui est contaminé par l'esprit bourgeois. Oui, toi aussi, Marc. L'argent, il n'y a plus que ça qui compte pour tout le monde. Qu'on soit riche ou qu'on soit pauvre. Le simple amour du travail, du travail bien fait, a disparu. Vous ne savez même plus ce que c'est, ni l'un ni l'autre. Votre grand-père, oui bien sûr il s'est battu pour les congés payés, mais il respectait d'abord le travail. Il était fier de travailler le bois de ses mains. Fier d'aller à l'atelier chaque matin. Et s'il n'était pas riche, ce qu'il voulait avant tout, c'était pas plus d'argent, c'était plus de justice. Non, Marc, il n'aurait jamais voulu « tout péter » pour se faire entendre. Et moi non plus. Tout notre monde a été pourri par la bourgeoisie, avec son obsession de l'argent. Mais ton monde à toi, Chiara, enfin celui dans lequel tu es en train de te perdre, il est juste bien plus pourri encore parce qu'il n'a plus aucune limite. Plus aucune retenue. C'est ça qui me révolte.

— Mais si ça te révolte, intervint Marc, alors pourquoi tu ne te bats pas ? Tu es en train de dire que la société est pourrie, et tu ne veux rien faire pour la changer. Il faut renverser tout ce bordel. Mettre fin au capitalisme qui est corrompu de l'intérieur. Il n'y a pas d'autre solution.

— Arrête de réciter des slogans, rétorqua son père. Les classes laborieuses ont toujours été les premières victimes du chaos. Le bordel, tôt ou tard, c'est toujours récupéré par les fachos. Les gens ne peuvent pas vivre dans l'insurrection permanente. À un moment, ils finissent par en avoir marre et ils mettent au pouvoir un dictateur pour rétablir l'ordre. Et alors adieu les libertés, adieu la justice. Le rétablissement de l'ordre est utilisé pour tout justifier. La force n'est jamais du côté des pauvres.

Chiara, soudain silencieuse et seule au milieu de champ de bataille, mesurait la distance qui séparait ses projets boulevard Haussmann de ses racines à Noisy-le-Sec. Elle s'attendait à ce feu d'accusations en venant aujourd'hui. Depuis qu'elle avait choisi ce nouveau métier, c'était la même chose à chaque visite chez ses parents. Mais son cuir ne s'épaississait pas. La blessure ressaignait à chaque fois. Les critiques lui faisaient mal. Elle n'était pas une traîtresse. À chaque fois, elle était proche de capituler et de reconnaître son impuissance. Soit en s'effondrant en larmes, soit simplement en s'en allant. À quoi bon dépenser tant d'énergie, se prendre tant d'affronts à tenter de convaincre, sans aucun espoir d'y parvenir ? Son frère était sincère. Mais il était pris dans la nasse de l'engagement politique, qui exige de ne jamais concéder aucun doute, aucune hésitation, aucune nuance. Son père, lui, se considérait tenu par un serment de loyauté à l'égard de ses camarades. Sa conscience de classe n'était pas négociable. Demeurer fidèle à son combat d'une vie était une question d'honneur autant que de conviction. Le père et le fils, chacun à sa manière, étaient liés par leurs engagements. Ficelés.

Jusqu'à ce qu'elle me raconte cette histoire, bien plus tard, je n'avais aucune idée de l'intensité de ce combat intérieur que se livraient en Chiara son ambition chez Condit et son éthique personnelle, issue de son milieu familial. Elle était vraiment déchirée. Ce jour-là, comme tous les autres jours, elle devait tenter de s'expliquer, encore et encore, pour sa famille, mais aussi pour elle-même. Elle admirait l'attachement de son père à sa morale à l'ancienne. Elle y voyait une forme de noblesse de l'esprit qu'elle aurait voulu émuler. Quant à la radicalité des accusations de son frère, elles ne retiraient rien à l'authenticité de son engagement. La discussion méritait d'être sans cesse réengagée.

— Bien sûr qu'il y a des inégalités choquantes, reprit-elle. Mais des castes de privilégiés, il y en a partout, y compris dans les quelques pays communistes qui ont prétendu le contraire. Peut-être même là plus qu'ailleurs. Sous les régimes de Pol Pot ou sous Staline, le mot d'ordre était « égalité absolue ». Tu vois ce que ça a donné ? Parce que la justice, c'est pas l'égalité absolue, Marc ! L'égalité des chances oui, mais pas l'égalité des résultats. Il faut bien que le mérite soit récompensé. Ne serait-ce que pour que les pauvres puissent réussir s'ils ont le talent et la niaque pour ça. Refuser l'inégalité par le mérite, ce serait justement revenir au temps où les aristos avaient tous les privilèges, sans aucun autre mérite qu'être bien nés.

Chiara pensait là s'être engagée sur un argument difficilement réfutable. Elle poursuivit.

— Alors oui, l'excellence est inégalitaire. Tu ne seras jamais Mozart, et moi non plus. Mais c'est indispensable de l'accepter si on veut qu'il y ait de la justice, et aussi du progrès, des médecins pour nous soigner, des ingénieurs pour concevoir ton iphone. Tu voudrais une société sans riches, Marc ! Mais ça n'a pas de sens. Ce serait une société totalitaire. Ce qu'il faut, c'est que les riches soient utiles à la société.

— En devenant riche, tu vas dévoiler ta vraie nature, Chiara, attaqua Marc. Vanter le mérite comme tu le fais est une vieille astuce du capitalisme pour justifier l'ordre social. Mais ça ne prend pas. Personne n'est dupe. Il n'y a pas d'égalité des chances dans ton système. Il y a, à un bout, quelques-uns qui possèdent des milliards, et qui ont droit à tout et, à l'autre bout, des millions de gens qui n'ont rien. Il y a les dominants et les dominés. Et c'est l'argent qui dirige tout. Les travailleurs restent exploités par le capital. C'est aussi simple que ça.

Chiara échouait à dépasser ce dialogue de sourds qui reprenait au même endroit à chaque réunion familiale. Sa mère en était mortifiée. Quoique son mari fût un athée résolu, elle avait gardé la foi catholique de son éducation de jeune fille. Sa fréquentation de l'église Saint-Etienne, au bout de la rue, n'était guère assidue. Et sa foi était proche de celle qu'on dit « du charbonnier », guère réfléchie, guère approfondie. Mais sa conscience chrétienne était sincère et la mettait naturellement du côté de la justice, de la bonté, de la générosité. La cellule familiale était là où son amour du prochain trouvait son emploi le plus immédiat. Elle se moquait pas mal qu'en dépit de tous ses discours sur l'égalité, son mari, par tradition patriarcale, la cantonnât pour ainsi dire à la cuisine. Presque en cachette, elle était la seule à la maison qui trouvât son bonheur dans les livres, fussent-ils des romans d'aventures et de princesses. Elle aurait tant aimé que toute la famille se retrouve simplement, le plus souvent possible, pour partager le bonheur d'être ensemble. Et au lieu de cette image idéalisée, elle devait supporter ces débats politiques qui ne menaient jamais à rien. N'aurait-on pas pu juste mettre toute la politique de côté et savourer la chance d'être réunis, débattre plutôt du goût de la mousse au chocolat qu'elle venait d'apporter sur la table ? Trop de sucre ? Pas assez reposée ? Marc et Chiara, quand ils étaient enfants raffolaient de la mousse de leur mère.

— Allez, on parle d'autre… tenta-t-elle.

— S'il te plaît, Justine, interrompit Maurice. On parle de sujets importants. Je veux dire une chose à chacun de vous, les enfants, et ensuite on passe à autre chose. Toi Chiara, tu peux raconter tout ce que tu veux sur l'usage que les riches font de leur argent etc., etc., il faut que tu comprennes qu'à un certain moment, voir une infime minorité de privilégiés gagner des sommes astronomiques devient juste insupportable. Et toi Marc, je sais bien que l'histoire de France est une suite de révolutions, mais aujourd'hui on est en démocratie. Alors la violence, c'est fini. En plus, ce n'est pas le bon moyen pour lutter contre le capitalisme. Le peuple ne nous soutiendra pas si tout ce qu'on lui propose c'est le bordel. Allez, maintenant on arrête cette discussion pour aujourd'hui. Et merci à maman pour ce délicieux repas, comme toujours.

Justine sourit. Elle était fière de ce chef de famille capable de mettre fin à la querelle en donnant raison à sa fille sur la forme, à son fils sur le fond, et en passant à autre chose. Le temps n'avait jamais pu éroder la force de ce lien qu'elle entretenait avec Maurice, fait d'une admiration mutuelle, d'une tendresse infinie. Près de quarante ans après leur première rencontre, Justine était toujours transportée par le sérieux de son mari, sa difficulté presque congénitale à sourire, qui dissimulaient un cœur « gros comme ça », comme elle disait. Il était pour elle l'exact contraire de tous ces Tartuffes, ces cœurs secs qu'elle évitait comme la peste. La générosité de Maurice n'avait d'égal à ses yeux que la pudeur qu'il manifestait à exprimer ses sentiments. Sa sensibilité était trop sincère pour oser s'exposer en plein jour. En retour, Justine incarnait pour Maurice ce qu'il respectait plus que tout : la bonté toute simple. Et cette bonté n'était en rien une faiblesse à ses yeux. Au contraire, elle conférait à Justine une sorte de force que Maurice lui enviait parfois. Elle ne participait pas à ces combats auxquels lui croyait dur comme fer, et dans lesquels il avait entraîné ses fils. Elle ne manifestait aucun intérêt pour la politique, même motivée par les meilleures intentions. Mais elle se souciait d'essayer de faire le bien autour d'elle. Elle préférait aimer plutôt que se révolter. Chiara brûlait d'admiration pour son père et d'affection pour sa mère. Elle regrettait seulement que son père réduisît le rôle de Justine à celui de bonne ménagère qui s'efface derrière son mari. Et que celle-ci l'acceptât volontiers. En dépit de tout l'amour que Chiara portait à sa mère, celle-ci était bien un anti-modèle pour elle. Jamais elle ne serait aussi soumise. C'est pour cela que, même si les discussions tournaient systématiquement en rond, elle ne cédait pas face à son père et son frère. Ne jamais lâcher. Pour cela un peu aussi qu'elle voulait se frotter au monde de la finance, réputé si machiste. Pour cela aussi probablement qu'elle admirait tant Jolyne et Carine.

—Parle-nous d'Arthur, enchaîna Maurice. Comment va-t-il ?

Chiara convint de passer à un sujet plus neutre. Depuis qu'elle leur avait présenté Arthur, Maurice et Justine avaient toujours exprimé à son égard une attitude bienveillante. Mais celle-ci tenait principalement au devoir qu'ils se faisaient de ne pas interférer dans les histoires de cœur de leur fille. Car, à la vérité, Arthur ne les enthousiasmait pas. Pour Justine, cet artiste aux cheveux crépus qui vivait aux crochets de Chiara ne pouvait être qu'une passade. Elle le trouvait poli et attentionné. Il prenait soin de toujours venir avec un bouquet de fleurs pour elle. Il semblait gentil avec sa fille. Mais elle trouvait néanmoins que quelque chose clochait. Arthur ne semblait pas habiter la même planète. Et puis, elle avait beaucoup de mal à lui arracher deux mots. Maurice ne savait pas non plus trop quoi penser d'Arthur. Certes, il ne pouvait pas lui reprocher de s'être vendu au capitalisme. Mais être artiste, ou pire, prétendre l'être, rentrait dans une case que son esprit avait du mal à étiqueter. Sculpter des « figurines », comme il disait, ne pouvait pas vraiment être assimilé à un travail. Or, comme il disait aussi, « le travail est tout de même ce qui nous définit ! ». Il avait également pu constater qu'Arthur était bien incapable de participer à aucune discussion politique. Ou en tout cas qu'il s'en gardait bien. Chiara leur avait expliqué, ce qui n'avait rien arrangé, qu'Arthur était simplement réfractaire à la tentation de vouloir tout expliquer, tout intellectualiser. À commencer par l'art d'ailleurs, dont il détestait parler. Vivre, c'était pour lui ressentir, c'est-à-dire saisir la réalité par les sens. Voir plutôt que comprendre. Mais il faut croire que ce qu'il voyait n'avait rien en commun avec ce que Maurice voyait. Arthur demeurait un point d'interrogation qui, à vrai dire, n'intéressait guère Maurice. Et ce dernier ne pouvait s'empêcher de craindre pour sa fille qu'Arthur n'ait pour toute ambition que de vivre à ses crochets.

— Arthur va bien, merci, répondit Chiara. Il travaille toujours beaucoup. Et avec son talent, je suis convaincue qu'il va bientôt percer. Il va d'ailleurs faire sa première expo dans un mois, à Honfleur.

— Eh bien, dis-lui qu'on lui souhaite bonne chance, dit Maurice.

En stoppant les débats et en changeant de sujet, Maurice avait fait entièrement retomber la tension. Chiara apprécia ce retour au calme. Elle était pourtant très embarrassée. Non pas qu'elle eût préféré poursuivre la polémique. Mais elle était maintenant confrontée à un douloureux dilemme. Car toute sa cohérence, toute la preuve de sa bonne foi étaient restées dans sa poche. Elle avait touché son premier bonus et elle pouvait enfin le partager, comme elle en avait expliqué l'idée à Luc. Et ce partage devait commencer par ses parents. Elle devait sortir de sa poche un chèque de dix mille euros qu'elle avait apporté comme cadeau à ses parents. Mais pouvait-elle prendre le risque de rouvrir le débat contre le souhait de tout le monde et en particulier de son père ? L'idée de donner le chèque en cachette à sa mère lui traversa l'esprit. Elle eut l'idée aussi de le remettre à son père au dernier moment, pour éviter toute discussion. Pourquoi ne pas aussi remettre à plus tard la remise du cadeau ? Ce n'était peut-être juste pas le bon moment après une telle discussion. Mais la symbolique du geste lui tenait à cœur et ne pouvait pas être traitée à la va-vite. Et ne faut-il pas suivre sa conscience, et en accepter les conséquences ? Elle n'allait tout de même pas avoir honte d'un acte de générosité. Et ses parents, même si elle s'attendait à ce qu'ils refusent d'abord poliment – « Tu es folle », « Pas question », « C'est beaucoup trop » – seraient tellement contents au fond d'cux et accepteraient finalement les larmes aux yeux. Dix mille euros, c'était pouvoir changer de voiture, s'offrir un week-end à Rome, peut-être dépanner un copain dans le besoin à l'usine, refaire enfin les papiers peints.

Elle et sa mère avaient commencé à débarrasser la table, tandis que les deux hommes étaient restés à table, probablement à parler football en attendant le café. Une fois dans la cuisine, et à voix suffisamment basse, Chiara décida de se jeter à l'eau en s'adressant d'abord à sa mère.

— Maman, tu sais que j'ai touché ma première prime le mois dernier. Eh bien, comme promis, j'ai décidé de la partager, et je me suis permis de vous apporter un cadeau.

— Comme c'est gentil ma chérie. Il fallait pas ! Et qu'est-ce que c'est donc ?

— C'est juste une partie du bonus, et vous en ferez ce que vous voulez.

— Tu veux nous donner de l'argent ?

— Oui, c'est ça. D'abord pour vous remercier de tout ce que vous avez fait pour moi depuis toujours. Et puis parce que je peux. Et que je n'ai pas besoin de cet argent. À l'avenir, je partagerai surtout avec les associations qui comptent pour nous, celles qui ont tellement besoin qu'on les aide. Mais cette année, je voulais juste vous dire que je vous aime en partageant d'abord avec vous. Voilà, c'est tout.

— C'est très gentil mais je ne pense pas que ton père acceptera ça. Tu le connais.

— Aide-moi à le convaincre. S'il te plaît.

Justine serra sa fille dans ses bras. On entendait rire dans la salle à manger.

Chiara et sa mère y retournèrent avec un sourire complice. Chiara tenait la cafetière fumante. Justine apportait les tasses.

— Ça va les hommes ? plaisanta Justine, un peu comme on se racle la gorge avant de commencer un discours.

— Je ne vous ai pas demandé comment allait Steve, enchaîna immédiatement Chiara.

Elle avait soudainement pris peur et reculé devant l'obstacle. Et plutôt qu'enfouir sa gêne dans des futilités, parler de cinéma, de la météo, elle fit un autre choix, comme si renoncer à aborder immédiatement le vrai motif de sa visite n'était possible qu'au profit d'un sujet grave. Et puis, elle avait besoin de prendre des nouvelles de son frère aîné, même si c'était à chaque fois raviver la souffrance de tout le monde. Comment aurait-on pu discuter pendant des heures et faire comme s'il n'existait pas ? Il était l'absent qui hantait tous les esprits.

— On ne sait rien, répondit son père. Une tristesse contenue avait soudainement figé son visage. On ne sait plus où il vit, de quoi il vit, ce qu'il fait. Il ne répond plus sur son portable. Que veux-tu que je te dise ?

L'impuissance à laquelle Maurice était réduit, l'inquiétude, les interrogations jamais résolues le torturaient. Qu'aurait-il dû faire différemment ? Que faire maintenant ?

— Tu avais bien besoin de revenir là-dessus, Chiara ! reprocha Justine.

Sa mère était meurtrie au plus profond de son être par l'absence de Steve. Mais, en attendant de le retrouver un jour, échéance dont elle ne doutait pas une seconde, sa priorité était de prendre soin du reste de la famille. Elle considérait que toutes ces conversations ne servaient à rien, si ce n'est à se chamailler ou à s'angoisser. Parler des choses qui fâchent, c'est vraiment chercher à se faire du mal. Et puis, ça ne ferait pas revenir Steve pour l'instant. Ainsi, en dépit de ses propres sentiments, Justine se comportait comme si son fils avait disparu pour de bon, et qu'elle eût été dans le déni. Elle préférait changer de sujet. Pourquoi ne pas se réjouir plutôt d'être ensemble ce dimanche, des beaux jours qui arrivent, de la glycine qui a commencé à fleurir dans la cour en bas ?

L'atmosphère s'était de nouveau alourdie.

— Tu as vraiment le chic pour mettre l'ambiance ! se navra encore Justine.

Personne n'avait envie d'enchaîner après ça. Marc était bien tenté de risquer une plaisanterie mais il se retint.

— Bon, allez, je sors les cerises à l'eau-de-vie, s'exclama Justine. Dans les tasses à café c'est excellent.

— Merci maman, pas pour moi, répondit Chiara.

— Bonne idée, répliqua Marc. Envoie !

À défaut de trouver le moment idéal, Chiara décida qu'elle ne pouvait pas retarder davantage l'instant où elle révélerait à son père le projet qu'elle formait en venant déjeuner aujourd'hui. Ou en tout cas, la promesse qu'elle s'était faite et que cette visite lui permettait de réaliser.

— Papa, j'ai quelque chose à te dire. Enfin, plutôt quelque chose à te donner.

— Allons bon !

— Mais promets-moi d'abord de ne pas te mettre en colère et que ça ne rouvre pas notre discussion de tout à l'heure.

— Tu m'inquiètes, Chiara. Pas de promesse sans savoir de quoi il retourne ! répondit son père, mi-amusé, mi-soucieux. Alors de quoi s'agit-il ?

— Voilà : tu te souviens de mes réelles motivations pour rentrer chez Condit. Je sais que ça ne t'avait pas convaincu à l'époque, et je m'étais juré de te prouver un jour que mes intentions n'avaient rien de honteux, bien au contraire.

— Continue, dit son père perplexe.

— Eh bien cette année, pour la première fois, je suis en mesure de faire un peu de bien autour de moi grâce au salaire, au bonus pour être plus précise, que m'a versé Jolyne. Je vais donc en reverser une partie aux associations dont on avait discuté.

— OK, poursuivit son père d'un ton de plus en plus interrogateur.

— Et pour vous remercier de tout ce que vous avez fait pour moi depuis toujours, je veux aussi partager avec vous.

— Attends, je ne suis pas sûr de bien comprendre, répondit son père. Tu veux nous donner de l'argent ?

— C'est juste un cadeau, parce que je peux, et parce que vous en avez plus besoin que moi. S'il te plaît, papa, accepte. Fais-moi plaisir !

Chiara pressentait que la partie serait difficile.

— C'est hors de question, Chiara. Je ne veux pas de ton argent, et certainement pas de celui que t'a donné ta patronne. Et n'insiste pas.

Chiara ne savait trop comment continuer. Fallait-il insister ? N'était-ce, comme elle l'espérait, qu'une rebuffade de pure forme, et son père se laisserait finalement convaincre, en étant au fond de lui très heureux ?

— Il pue ton argent, Chiara, intervint Marc. C'est de l'aumône de milliardaire. Ce n'est pas un cadeau, c'est une insulte. On n'en veut pas de ton fric.

Marc s'était sans complexe substitué à son père, comme si le cadeau lui était destiné.

— Mais… tenta Chiara.

— J'ai dit « n'insiste pas » répéta son père. Je ne le dirai pas une troisième fois. Je suis triste que tu aies cru que je pourrais accepter. Depuis que tu es petite j'ai essayé de t'inculquer la valeur des choses qui n'ont pas de prix. L'honneur, le travail, la dignité, et j'en passe. Il semblerait que j'ai échoué. Malgré tout ce que je t'ai dit, tout ce que j'ai essayé de te montrer, tu crois encore me faire plaisir en me donnant de l'argent. Et de l'argent qui vient d'une banque d'affaires en plus. Chiara, ma fille, tu me déçois profondément.

Ces mots étaient dévastateurs pour Chiara.

— Garde ton argent et restons-en là.

Le ton qu'avait pris Maurice était sans appel. Car sa déception était réelle et profonde. Le geste de Chiara, pour généreux, bien intentionné qu'il fût, était porteur d'une désillusion abyssale pour lui. Il s'en voulait probablement d'être aussi dur avec sa fille, sa fille chérie. Mais l'indécence de ce cadeau était pour lui comme le symbole d'une distance infranchissable. Quant à Justine, elle était surtout peinée que sa fille ait choisi de ruiner ce déjeuner de famille. Il n'y avait plus rien à ajouter. Marc parvint à se taire et Chiara, le souffle coupé, ne parvenait plus à penser. Elle se leva de table, comme hébétée, et se dirigea lentement vers l'entrée prendre son manteau. Sa mère se précipita pour l'embrasser avant qu'elle s'avance sur le palier. Chiara ne broncha pas. Son père resta assis.

Chapitre 8

Notre métier est de porter la plume dans la plaie.

Albert Londres

Dans les bureaux de la Maison Condit, je voyais bien chaque matin que le ver poursuivait sa progression dans le fruit, réunion après réunion. La fin de l'année 2009 approchait et les performances n'avaient toujours pas décollé.

— Luc, à vous, commença Jolyne comme d'habitude.

— Les marchés continuent de progresser à peu près partout, répondit Luc. Rien de très nouveau. Toujours cette idée que les banques centrales font tout pour faire monter les marchés, et elles espèrent avec ça relancer la mécanique économique. Je ne sais pas si ça marchera, mais en attendant la première étape fonctionne : les marchés montent. Même les bourses dans les pays émergents en profitent, l'Asie, l'Amérique Latine, alors même que la planche à billets tourne principalement aux États-Unis et en Europe.

— Et nous, nous sommes toujours à la remorque du mouvement, poursuivit Ewan.

— Oui, à force de rester prudents, nous sommes en train de perdre toute l'avance prise l'année dernière, renchérit Adil.

— Vous m'avez déjà dit tout ça, répondit Jolyne. Je ne vais pas encore vous expliquer ce qui se passe. Les marchés restent fragiles. Nous devons rester « anti-fragiles ».

— Que voulez-vous dire ? intervint Chiara, surprise par son propre aplomb. Nous sommes juste prudents, non ? On souffrira moins que les autres s'il y a de nouveau un coup de torchon parce que nous sommes moins exposés au risque des marchés. Mais en attendant, notre prudence nous fait perdre du terrain sur le marché et sur les concurrents. Si par le mot un peu bizarre d'« anti-fragile », vous voulez dire gagner réellement dans le cas d'une nouvelle crise, profiter de nouveau d'une période de chaos, alors ça voudrait dire spéculer carrément à la baisse. C'est ça ?

Chiara marqua une pause. Elle comprit immédiatement après l'avoir prononcée que cette remarque était une double critique à l'égard de Jolyne. Critique de son manque d'audace aujourd'hui, mais également de son imprudence de l'an passé. Trop tard, il fallait maintenant poursuivre.

— Ou alors, si, il y aurait une solution, ajouta-t-elle : acheter des options de vente sur les indices actions. Chiara avait bien retenu la leçon de Carine sur les vertus de l'optionalité. Coût certain mais plafonné, et gains potentiels infinis. Le regard de Carine croisa le sien et esquissa un discret sourire, qui l'encouragea à continuer.

— Ce serait exactement comme acheter une police d'assurance. Si les marchés continuent de monter, au pire on aura acheté ces options pour rien et on ne récupérera pas le coût d'achat. Cette « police d'assurance » n'aura servi à rien. Mais on ne perdra pas grand-chose vu qu'elles ne sont pas très chères en ce moment. Pas grand monde ne ressent le besoin de se protéger. Mais s'il y a effectivement une nouvelle crise, alors la valeur de ces options de vente montera au ciel parce que tout le monde voudra en acheter, et nous enregistrerons des gains élevés. Donc, je résume, si on veut vraiment être « anti-fragiles », comme vous dites, on sait ce qu'il faut faire : il faut acheter des options de vente.

Jolyne paru agacée par cette leçon donnée par une moussaillone. Mais elle ne releva pas.

— Qu'en pensez-vous, Luc ? interrogea Jolyne

— Je suis d'accord avec Chiara, ça pourrait être une bonne idée. Je peux regarder les prix.

— Tout cela est trop compliqué, coupa immédiatement Jolyne, sans même effectuer le tour de table habituel. Je ne suis pas d'accord. Ces options qui vous plaisent tant, ce sont les banques qui les vendent. Et elles adorent vous proposer des choses complexes parce que ça leur permet de vous les vendre bien plus cher que ce qu'elles valent réellement. Nous ne sommes pas là pour engraisser les banques. Oubliez ça.

La discussion était close avant même d'avoir commencé. Les semaines et les mois se succédaient ainsi. Chaque matin ou presque, la réunion des gérants se soldait par un même constat de désaccord. Jolyne restait convaincue qu'il fallait accepter de prendre un peu de retard par rapport aux concurrents en demeurant très prudents. Dans l'intérêt des clients. Ils comprendraient. Tous les autres gérants étaient d'avis qu'il était grand temps de prendre davantage de risques, d'investir l'argent des clients pour leur faire profiter de la hausse des marchés. Ils étaient d'avis aussi de sophistiquer un peu la gestion. Le recours aux options proposé par Chiara méritait d'être envisagé si on voulait rester au niveau des meilleurs. L'utilisation d'outils informatiques pointus aussi. Mais l'aversion de Jolyne pour les solutions un peu complexes était instinctive. Elle reflétait son grand scepticisme à l'égard de la modernité. En matière de gestion comme ailleurs. Sauf en art, étonnamment, où, alibi discutable, elle pouvait se flatter d'aimer la modernité. Les autres gérants voyaient dans ce blocage une obsession aveugle. D'ailleurs, bientôt ce seraient les fondements mêmes du métier qui seraient bouleversés par l'irruption de l'intelligence artificielle. Il fallait s'y préparer dès maintenant. Mais Jolyne demeurait inflexible. Les débats chaque matin, si l'on peut dire qu'il y avait débat, entre Jolyne et ses gérants demeuraient certes apparemment centrés sur l'analyse des marchés. Mais ils reflétaient désormais de plus en plus souvent un véritable conflit sur la philosophie du métier. Comment gérer les risques sans être timoré ? Comment pondérer réflexion, intuition et technologie ? Il me semblait qu'un conflit de tempéraments, peut-être aussi de générations, commençait à fortement parasiter l'efficacité des décisions de la Maison Condit. Le ver s'attaquait au cœur du fruit.

C'est à l'issue de cette réunion que se produisit l'accident fatal, l'épisode funeste qui, à mon avis, précipita l'enchaînement de tous les autres pour Jolyne. Yves, le « dircom », l'attendait depuis un moment dans son bureau pour la briefer avant son prochain rendez-vous, dans une demi-heure, avec deux journalistes du *Financial Herald.* C'est Carine qui avait convaincu Jolyne de le recruter un an plus tôt. Ils se connaissaient depuis l'enfance et avaient l'un pour l'autre une grande affection ainsi qu'une totale confiance. Yves était très discret, presque invisible. Mais sa retenue était son arme de protection massive. Il maîtrisait à merveille cet art de parler bas pour qu'on vous écoute davantage. Et puis rarement ai-je rencontré quelqu'un qui comprenne si finement combien l'écoute est le fondement de la communication. La discrétion d'Yves faisait aussi de lui un confident particulièrement fiable pour nous tous. Il connaissait probablement davantage de secrets sur la Maison Condit que n'importe qui. C'est enfin lui qui, dans l'ombre, supervisait les campagnes de publicité et s'assurait que les médias continuassent de regarder la Maison Condit avec des lunettes teintées de rose. Or cette image tenait bien sûr beaucoup à celle de Jolyne, l'âme de l'entreprise, la fondatrice et patronne de la Maison Condit. Sa réputation était décisive pour attirer de nouveaux clients. Yves conseillait ainsi Jolyne dans toutes ses interventions publiques. Mais ce rôle de conseil était une gageure, car guider Jolyne en matière de communication était aussi indispensable que vain.

— Asseyez-vous, Yves, je vous écoute, commença Jolyne après s'être installée derrière son vaste bureau.

— Madame Condit, comme je vous l'ai dit, il s'agit d'une interview très importante. Ce n'est pas à vous que je vais apprendre l'importance du *Financial Herald*, sa réputation, et son influence.

— Alors pourquoi me le dites-vous une nouvelle fois ?

Jolyne était visiblement sortie de sa réunion de gestion de fort mauvaise humeur. Mais Yves la connaissait suffisamment bien pour ne pas se froisser. Il était familier de son goût pour les formules aussi abrasives qu'inutiles et savait qu'il fallait être capable de passer outre.

— Vous allez rencontrer Philip Clark et sa jeune collègue Betty Brocher. Philip est le responsable du bureau de Paris du *FH*, Betty est une stagiaire. Elle est franco-anglaise, et lui est un pur produit de la bonne société londonienne.

— OK, *what else*?

— On ne connaît naturellement pas les questions qu'ils vous poseront, mais on peut penser qu'ils reviendront sur votre gestion de la crise de l'an passé.

— Naturellement.

— Philip et Betty ne sont pas des journalistes véritablement spécialistes des marchés, qui eux sont principalement basés à Londres. Le bureau de Paris du *FH* a été créé pour suivre l'actualité locale, même si bien entendu il couvre principalement les sociétés financières. Autrement dit, vos interlocuteurs sont des généralistes. Ne soyez pas trop technique. Attendez-vous à avoir des questions plus personnelles, plus « people ». Par ailleurs, ne sous-estimez pas la stagiaire. Ils prennent souvent des jeunes très futés et qui, en plus, ont à cœur de faire impression. Les stagiaires ont tendance à jouer les ingénus et à poser les questions les plus vicelardes.

— Vous ne me faites pas confiance?

— Je fais juste mon métier, Jolyne. Je vous ai mis dans votre dossier les trois derniers articles rédigés par ce binôme.

— Oui, j'ai vu. À trois reprises, ils étrillent des banques françaises, ce qui n'est pas pour me déplaire.

— Mais ça explique aussi pourquoi je vous recommande la plus grande prudence. Ce sont des journalistes qui aiment la polémique. Gardez toujours à l'esprit qu'il vaut mieux un journaliste frustré de n'avoir rien obtenu qu'un journaliste ravi d'être parvenu à extorquer une citation croustillante. Je vous rappelle la règle d'or: considérez que tout ce que vous pourrez dire pourrait se retrouver en première page du *Financial Herald* demain matin.

Jolyne sourit d'un air entendu.

— Carine connaît bien ces deux journalistes, poursuivit Yves. Ça pourrait être une bonne idée qu'elle participe au rendez-vous. Vous voulez que je la prévienne ?

— Pourquoi pas ? Qu'elle vienne avec tous les chiffres, en cas de besoin.

La présence de Carine, avec son expérience des médias, rassurait grandement Yves. Peut-être rassurait-elle aussi Jolyne au fond d'elle-même, quoiqu'elle n'eût, naturellement, besoin de personne. Il fallait d'ailleurs qu'il n'y ait aucune ambiguïté à ce sujet. Que Carine vienne avec des tableaux de chiffres (performances, niveaux de marchés, dates, etc.), fort bien. Mais qu'elle se fasse discrète pendant l'interview. Les journalistes n'étaient pas là pour elle.

— Ils seront là dans quinze minutes. Les règles sont toujours les mêmes : nous pourrons relire les citations, ce qu'ils mettront dans votre bouche avec des guillemets, mais nous ne pourrons pas relire l'article avant sa publication. Ni son titre.

Yves sortit du bureau et s'en alla confirmer à Carine qu'elle serait du rendez-vous, comme il le lui avait laissé pressentir. Lui-même y serait, comme toujours, mais uniquement dans une fonction de greffier, en retrait, muet et transparent. Dix minutes plus tard, David prévenait Jolyne, Carine et Yves que les journalistes étaient arrivés. Il les avait installés dans le salon Eugénie, une pièce claire et sobrement décorée, donnant sur le Boulevard Haussmann. Carine et Yves rejoignirent Jolyne dans son bureau et, avec les quelques minutes de retard auxquelles Jolyne était attachée, ils entrèrent dans le salon.

— *Hello Lady and Gentleman !* s'exclama Jolyne avec un grand sourire.

— Bonjour Madame, bonjour Carine, Bonjour Yves, répondirent ensemble les deux journalistes.

Chacun prit place autour de la table ovale, David apporta trois thés et deux cafés (il connaissait les habitudes des participants de la Maison et avait pris la commande de Philip et Betty en les installant.). Betty sortit un enregistreur numérique qu'elle posa sur la table — « ça ne vous dérange pas ? », « je vous en prie » — et un bloc-notes. L'interview pouvait commencer.

— Je suis à vous, commença Jolyne.

— Bien, d'abord merci de nous recevoir. Yves m'a dit que vous étiez très occupée, entama Philip.

— Ça dépend pour qui ! plaisanta Jolyne. Vous êtes des visiteurs importants !

Philip sourit.

— Félicitations en tout cas. Les performances de votre Maison l'an passé ne sont pas passées inaperçues. J'imagine que vos clients sont contents.

— Naturellement.

— Et vos concurrents doivent vous envier !

— J'imagine.

La légère nervosité que trahissaient peut-être la brièveté de ses réponses et ses jambes croisées sous sa chaise n'empêchait pas Jolyne d'afficher son assurance, confortée par son nouveau statut de « star des marchés ». Elle redoutait les idées cachées derrière les questions, mais qu'ils y viennent !

— J'ai envie de vous demander, quelle est votre recette ?

Après seulement quelques secondes d'entretien, Philip entamait son investigation. Il n'y avait aucune raison à ce stade de suspecter que, par sa question d'une grande banalité, il sous-entendît que les performances de la Maison Condit puissent être sujettes à caution. Mais il sollicitait tout de même une explication. À tort ou à raison, Jolyne y perçut un danger. Se souvenant des conseils prodigués par Yves, elle s'abstint de répondre avec trop de précision. Elle ne souhaitait ni rentrer dans une explication des décisions prises en octobre dernier, ni s'offusquer de ce qui n'était probablement qu'une question de pure curiosité. Betty semblait néanmoins scruter les moindres expressions sur le visage de Jolyne.

— Vous vous doutez de la réponse, dit Jolyne en souriant. Il n'y a bien sûr pas de recette. Juste du travail, du jugement, et de la prise de décision.

Philip choisit d'enchaîner. Probablement reviendrait-il sur ce sujet par une autre voie un peu plus tard.

— En tout cas, vous êtes célèbre désormais de l'autre côté de la Manche. Un gérant français, une femme de surcroît, qui dame le pion aux meilleurs gérants britanniques, voilà bien une performance qui impressionne, croyez-moi.

— Pourquoi cela devrait-il être impressionnant ? répliqua Jolyne.

Yves sentit que le journaliste était déjà parvenu à crisper Jolyne. C'est dans un de ces moments que l'expérience de Carine eût été utile. Mais impossible pour elle d'intervenir maintenant pour dévier les paroles trop caustiques. Elle était réduite à un rôle d'observatrice. Elle ne pouvait qu'espérer que Jolyne résisterait à la tentation de croiser le fer.

— Tout ce que je veux dire, c'est que c'est très inhabituel.

Jolyne ne put se retenir de se lancer dans un de ces longs sermons qu'elle affectionnait.

— Ce qui est inhabituel, expliqua-t-elle, c'est une crise financière de cette ampleur. Cet événement a fourni à chaque investisseur une magnifique occasion de montrer de quoi il ou elle, était fait. Et on a vu. Quand les marchés montent continuellement, n'importe quel idiot peut se croire génial. Jusqu'à ce que le soufflé retombe et le fasse se fracasser sur ses illusions. C'est la hausse continue de la bourse qui crée le danger. Parce qu'elle fait croire aux naïfs que c'est facile. Qu'il n'y a qu'à se laisser porter. Ils se précipitent alors en masse pour profiter de l'aubaine. Elle encourage à prendre toujours plus de risques, jusqu'à même s'endetter pour acheter. C'est ce qui s'était passé en 1929. C'est ce que le marché immobilier américain avait connu aussi depuis dix ans. La hausse continue favorise naturellement la spéculation, l'achat sans aucune justification économique, juste l'envie de participer à la fête et la confiance qu'il y aura bien un plus idiot que vous qui se présentera pour acheter vos actions le jour où vous voudrez les vendre. Beaucoup plus cher bien sûr. Ces tendances peuvent durer longtemps, surtout si aucun régulateur, aucun gouvernement n'ose percer la bulle avant qu'il ne soit trop tard. Mais un jour, la bulle éclate d'elle-même. C'est inéluctable. Et tout le monde est surpris parce qu'aucune raison particulière ne semble avoir provoqué le retournement. Mais c'est comme un ballon gonflé à l'hélium, vous comprenez, ça finit inévitablement par éclater en prenant de l'altitude. Ou, si vous préférez, comme Alexandre le Grand, qui un jour fait demi-tour. Pourquoi ce jour-là plutôt que la veille ou le lendemain ? Personne ne sait. Il faut simplement admettre que la possibilité d'une progression à l'infini est une illusion. Est-ce si difficile à comprendre ? Les gens ont ceci d'étonnant qu'ils se comportent de façon irrationnelle dès qu'ils s'aventurent sur les marchés financiers : quand ils font leurs courses au supermarché, ils n'aiment pas payer cher. Eh bien, sur les marchés financiers, figurez-vous que c'est l'inverse : plus les prix montent plus ils veulent acheter !

— Intéressant en effet, dit Betty, en notant dans son carnet quelques mots saisis de la tirade de Jolyne.

— C'est pour ça qu'ils ont besoin de nous, poursuivit Jolyne. Quant à votre observation que je suis une femme française, vous ne pensiez pas que le talent était lié à la nationalité ou au sexe, n'est-ce pas ?

Le sourire qui accompagnait chaque réplique de Jolyne se chargeait de maintenir à la discussion une tonalité cordiale, en dépit de l'agacement qu'elle peinait déjà à dissimuler.

— Non, bien sûr que non. D'ailleurs je ne pense rien, je me contente de poser des questions, vous savez.

Jolyne mourait d'envie de suggérer à Philip de penser davantage avant de poser ses questions, mais elle parvint in extremis à s'en empêcher. Elle crut bon de poursuivre sur ce thème néanmoins.

— Je ne suis pas « une femme » ici. Je ne suis pas « une Française ». Je suis Jolyne Condit. Je ne suis pas la représentante d'une catégorie ou d'une autre. Et il en va ainsi dans toute la Maison Condit. Nous sommes une famille de personnes qui ne se définissent pas par leur état civil ou le hasard de leur naissance mais par leurs actes et ce qu'ils ou elles pensent librement et individuellement.

— Ne vous énervez pas, Madame Condit, dit Betty. Nous respectons tout à fait ça. Nous sommes seulement heureux que les femmes, qui sont encore très minoritaires dans votre profession, puissent tirer une certaine inspiration de votre réussite.

— Vous n'avez toujours pas compris, chers amis. Je dois décidément mal m'exprimer. Je ne suis pas le porte-étendard d'une quelconque communauté. Vous saisissez ? Je vous prie de ne pas me réduire à ça. Pourquoi ne pourrais-je être tout autant une source d'inspiration pour des hommes ?

Jolyne était très réfractaire à la tendance qu'elle voyait se développer dans les médias d'une essentialisation de toutes sortes de minorités. Mais qu'avait-elle besoin d'être aussi offensive face aux journalistes ce jour-là ? Malheureusement, cette sorte d'exaspération rentrée qui marquait les propos de Jolyne en ce début d'entretien fut très mal reçue par les journalistes. C'est peut-être à ce moment-là qu'ils décidèrent de régler leur compte avec Jolyne quelques jours plus tard. Yves blêmissait sur sa chaise. Et Carine se mordait les lèvres.

— Très bien. Permettez-moi donc de revenir sur cette performance remarquable, poursuivit Betty. Parce que nous avons remarqué qu'en fin d'année, vous ne vous êtes pas contentée de protéger vos clients de la crise, vous leur avez fait gagner de l'argent. C'est très impressionnant. Comment peut-on faire gagner beaucoup d'argent à ses clients quand la bourse s'effondre ?

La perche tendue par Betty était un peu grosse. Cette entrevue, dans l'esprit de Jolyne, tournait à l'interrogatoire « à l'anglaise », plein de pièges tendus derrière les compliments de façade. Il était hors de question pour elle de reconnaître que la gestion Condit aurait, d'une quelconque manière, spéculé à la baisse. Idée beaucoup trop inflammable dans les mains de journalistes. Elle sentait qu'il lui fallait continuer d'éviter toute incursion réelle dans le domaine des actes de gestion effectués l'an passé. Rester dans les généralités philosophiques. Filer les métaphores plutôt que se laisser acculer à devoir répondre comme une accusée. Et puis ces journalistes, comme l'avait précisé Yves, n'étaient pas des connaisseurs avertis des marchés et ne pourraient saisir convenablement des explications trop techniques.

— Dans des marchés en crise, répondit Jolyne, si on ne progresse pas, on subit la loi de la chute des corps, qui est d'accélérer dans la chute. De plus, les comportements deviennent encore plus irrationnels. Par conséquent, ce n'est plus le calcul qui vous sauve, c'est le jugement. On ne peut pas disséquer le chaos, tout ce qu'on peut faire c'est y échapper. Donc, nous avons utilisé notre jugement, et nous avons agi promptement. Voilà tout.

— Mais votre jugement vous a amenée à vous positionner pour un effondrement des marchés, dont vous avez finalement profité, n'est-ce pas ?

— Je ne vais pas ici vous faire un cours sur nos techniques de gestion. Nous avons correctement anticipé la gravité de la situation, donc nous avons très largement couvert les portefeuilles pour protéger l'argent de nos clients. Nous nous sommes positionnés sur des actifs refuge et nous avons eu raison, voilà.

— Et si finalement les marchés avaient rebondi ?

— Il ne vous aura pas échappé, mademoiselle, que notre gestion est active. Nous aurions réagi. On ne va pas réécrire l'histoire.

Les deux journalistes comprirent qu'ils ne tireraient rien de plus de Jolyne sur ce sujet. Carine réprima un léger soupir de soulagement. Jolyne ne s'en sortait pas si mal pour l'instant, fût-ce sur un ton qui échouait totalement à dissimuler son agacement.

— Sauf erreur, vos performances cette année ont été beaucoup moins brillantes. Que s'est-il passé ? interrogea Philip.

— Chers amis, d'abord, je vous ferai remarquer que l'année n'est pas tout à fait terminée. *The fight is not over until it's over* ! Mais surtout, vous n'ignorez pas que la qualité d'une gestion ne se mesure pas à la petite semaine. Notre mission c'est de faire fructifier l'épargne de nos clients à long terme. Leur permettre de s'offrir une retraite confortable dans dix ans, quinze ans, vingt ans. Revenez me voir à ce moment-là et, si vous le voulez, nous regarderons ensemble si nous avons bien travaillé.

Le sourire de Jolyne, plus commandé que jamais, avec ces yeux clairs, brillants d'acuité, continuait d'accompagner ses reparties pour tenter d'en émousser un peu le mordant.

— Je comprends votre objectif sur le long terme, Madame Condit, poursuivit la stagiaire Betty. Mais tout de même. Dans des marchés beaucoup plus « faciles » cette année, si vous me permettez l'expression, vous semblez moins à votre aise. Doit-on considérer que vous êtes davantage une gérante pour temps de crise ?

Carine sentit venir le danger. Mais que pouvait-elle y faire ? Elle n'allait pas s'interposer et répondre à la place de Jolyne ! Les journalistes, comme l'avait prédit Yves, cherchaient du grain à moudre pour leur article. Et si l'exploit réalisé pendant la crise n'avait été qu'un coup de chance ? Ou si Jolyne était comme une pianiste qui subjugue son public en jouant un morceau formidable, jusqu'à ce qu'on découvre qu'elle ne sait jouer que ce morceau ?

— Permettez-moi de vous expliquer, répondit Jolyne. Qu'est-ce qu'investir ? C'est choisir d'ignorer les vaguelettes du quotidien, les mouvements de marchés inconséquents, pour ne pas manquer les grandes vagues qui pourront nous porter très loin.

— Mais n'est-ce pas au risque de s'obstiner sur une fausse conviction ?

— Mademoiselle, vous avez raison. Tenter de gagner, c'est risquer de perdre en effet. C'est l'âme de toute compétition. N'importe quel sportif vous le dira. C'est même le sel de la vie. Pas de vie sans risque. J'entends souvent cette fadaise selon laquelle l'être humain aurait soi-disant « horreur de l'incertitude ». Mais imaginez un monde uniquement fait de certitudes, ce serait désespérant ! Sur les marchés, l'incertitude est le matériau même de notre travail. Il faut donc réfléchir, travailler, pour tirer de cette incertitude une vision. C'est très difficile, et c'est ça qui est passionnant.

Carine connaissait bien le refrain de Jolyne sur les vertus de la difficulté. Jolyne déroulait avec un certain brio. Mais Carine humait aussi l'orage imminent. Combien de temps encore le sourire de plus en plus forcé dont Jolyne accompagnait ses rebuffades parviendrait-il à reporter le moment où l'électricité dans l'air provoquerait un éclair ?

— Ne voyez rien de personnel ou d'hostile dans nos questions Madame Condit, assura Philip. Nous essayons simplement de comprendre, pour pouvoir ensuite expliquer à nos lecteurs. La majorité des gérants ont beaucoup souffert l'an passé, et ils se reprennent avec vigueur cette année. Vous, c'est tout le contraire. C'est ce paradoxe que nous essayons d'élucider.

En continuant d'agiter leur chiffon rouge, les journalistes allaient-ils parvenir à faire déraper Jolyne ?

— Très bien, alors laissez-moi vous expliquer deux trois choses, répondit Jolyne. D'abord, « se reprendre avec vigueur » cette année, comme vous dites, ne sert à rien si vous avez ruiné vos clients l'année passée. L'épargne des gens n'est pas la même chose qu'un joli graphique dans le *Financial Herald*. Si vous êtes ruiné, c'est fini pour vous. *Game over*. C'est très important que vous compreniez ça. Et vos lecteurs par la même occasion. Gérer ce n'est pas la même chose que suivre des courbes sur un écran ou dans un journal, c'est se frotter à la réalité. La bourse, c'est comme les mathématiques, vous savez. Vous pouvez lire tous les livres de mathématiques que vous voulez, ça ne fera pas de vous un mathématicien. Faites une multiplication ou une division, et là oui, vous commencez à en devenir un. Placez donc vos économies en bourse, et revenez me voir dans deux ans. Je gage que vos questions seront plus aimables.

— Mais… tenta d'enchaîner Philip.

— Laissez-moi poursuivre, s'il vous plaît.

L'agacement de Jolyne était dangereusement monté d'un cran. Elle n'hésitait plus à interrompre les journalistes, et s'adressait à eux presque comme à des enfants. C'est elle qui savait, et c'était à eux d'écouter. Il y avait dans cette rudesse un risque évident. Mais, allez savoir pourquoi, Carine ne pouvait s'empêcher d'admirer aussi ce franc-parler. Carine était maîtresse en son royaume, personne ne pouvait lui dicter quoi penser ou quoi dire. Elle était sans filtre, ou presque. Si on ne l'aimait pas telle qu'elle était, alors soit. Elle n'allait pas essayer de se changer pour plaire. Et si parfois, assez souvent même, elle savait se montrer séductrice, c'était par jeu. Il n'en restait pas moins que son ego, ou sa force de caractère, l'encourageait dans l'illusion qu'elle pouvait « imposer » qu'on l'aime. Ou au moins qu'on la respecte, voire qu'on l'admire. C'est là qu'elle se trompait.

— Dans notre métier, la paranoïa est indispensable. C'est elle qui permet de rester en vie. Donc, oui, nous sommes très prudents en ce moment. Je vous passe les détails de nos analyses qui nous encouragent dans ce sens. Nous sommes comme des alpinistes qui effectuent une longue course en montagne. Nous devons viser le sommet mais faire attention aux crevasses, et ne pas nous laisser guider par nos émotions.

— OK…

— Je n'ai pas terminé. Vous nous opposez à la majorité des autres gérants. Très bien. Mais comprenez bien que ce sont les minorités qui font bouger les choses. Je dirais même qu'elles mènent le monde. Les majorités ne font que suivre. L'histoire du monde est faite ainsi, de petits groupes, parfois d'individus seuls, qui par leur volonté, leur ténacité, leur indépendance d'esprit prennent un jour une autre direction, et qui, ce faisant, en inspirent d'autres qui les rejoignent, et de fil en aiguille, la majorité rejoint la minorité. Toutes les révolutions ont commencé par la détermination de minorités. En bourse, c'est la même chose. Ce sont quelques loups solitaires qui un jour jugent que le moment est venu d'anticiper un retournement du marché. Pendant un temps ils sont seuls. On les accuse d'être dans l'erreur, on les critique. Puis on réfléchit un peu. On se rend compte qu'ils sont peut-être davantage des précurseurs que des *losers*. Et puis leur audace commence à séduire, à attirer quelques suiveurs, et c'est ainsi qu'un mouvement commence à se former, d'ampleur de plus en plus grande. Une nouvelle tendance générale se crée. Retenez bien cela, chers amis. Le monde, les marchés ne sont pas une démocratie, où la majorité imposerait ses préférences à la minorité. Ce sont les minorités qui font bouger les choses.

— Merci pour cette leçon, Madame Condit. Puisqu'on est sur le sujet de la démocratie, il se dit parfois que vous décidez un peu tout, que votre gestion est un peu un « *one woman show* ». Y a-t-il du vrai dans cette réputation ?

— Il se dit beaucoup de bêtises, vous savez. Puissiez-vous contribuer à en rectifier quelques-unes ! La gestion n'est pas une démocratie en effet. La majorité n'a pas forcément raison. En revanche le travail d'équipe y est essentiel. Je suis entouré de talents formidables, qui prennent leurs décisions en toute liberté, après avoir confronté leurs idées au jugement des autres. Je m'efforce principalement de faire en sorte que cette alchimie fonctionne. En tant que directrice des Investissements, bien sûr il peut m'arriver de trancher quand les débats s'enlisent. C'est à ça que sert une cheffe. Mais chacun est fondamentalement libre.

— Vraiment ?

— Absolument.

Il sembla à Carine que les regards dubitatifs des deux journalistes se tournèrent discrètement vers elle. Elle sut garder un visage parfaitement serein.

— Bon, admettons. Passons à un autre sujet, si vous le voulez bien. Nous avons regardé votre bio. Vous avez créé votre société il y a maintenant une vingtaine d'années, et on peut dire que c'est une « *success story* ». À quoi attribuez-vous cette réussite ?

— Je pourrais vous répondre que le succès c'est 90 % de transpiration, 5 % de talent et 5 % de chance. Mais la formule est éculée. De plus je pense qu'elle est fausse. Je ne vous dirai pas dans quelles proportions. Il faut beaucoup travailler bien sûr, et je veille à ce qu'on travaille tous beaucoup dans cette Maison. Mais il faut aussi être capable de sortir le nez du guidon, de prendre du recul. C'est pour ça que j'affectionne les journées vides, qui ne sont pas polluées par des discussions sans intérêt. Mais ne le prenez pas pour vous bien sûr. Je préfère consacrer l'essentiel de mon temps à penser.

— Je me permets d'insister : quelle part attribuez-vous à la chance, au hasard dans votre réussite ?

— Ah, la chance ! Je sais bien qu'il est d'usage d'attribuer ses succès à son talent, et ses échecs à la malchance ! Vous devez entendre ça souvent. Je ne tomberai pas dans ce travers. Bien sûr que la chance se fait un plaisir d'intervenir. C'est pour cela qu'il ne faut pas juger les décisions à leur résultat immédiat. La pire des décisions peut paraître honorable quand elle triomphe dans l'immédiat. On croit voir la valeur dans ce triomphe, même s'il ne s'agit que de la bonne fortune d'un coup de dés. Seul le temps long vous apporte la véritable réponse, cher ami. Car, sauf à croire que certains sont bénis par le destin, la chance ne peut pas faire la différence éternellement. Dans la durée, toutes les faces d'un dé sortent en mêmes quantités.

— Sauf si les dés sont truqués, bien sûr, dit Betty en souriant.

Jolyne ne releva pas et se contenta d'ajouter une dernière observation.

— La chance est aussi un état d'esprit. Je ne recruterai jamais un gérant qui se considérerait malchanceux.

— Juste par curiosité, Madame Condit, en tant que professionnelle, que pensez-vous de l'affaire Bernard Madoff ?

Mentionner à ce moment de la discussion cet homme d'affaires New-Yorkais, dont l'escroquerie d'une ampleur sans précédent avait ruiné des milliers d'épargnants et fait pendant plusieurs mois les gros titres de toute la presse financière, ne pouvait pas être innocent.

— Je n'ai pas grand-chose à dire sur Madoff, répondit Jolyne. Lui avait truqué les dés en effet. Avec beaucoup de talent d'ailleurs. Voilà tout. Et, Dieu merci, il a fini par être démasqué. Comme quoi les crises ont du bon. Elles débusquent ceux qui se cachent. En tout cas, retenez que ce que faisait Madoff n'a rien à voir avec notre métier. Chez Condit, nous faisons de l'artisanat, du cousu main. On essaie d'avoir raison le plus souvent possible, et parfois on se trompe. C'est dans la nature du métier. Il suffisait de remarquer que Madoff ne se trompait jamais pour flairer la supercherie. Ce n'était pas très difficile. Mais tout le monde préférait crier au génie plutôt que se poser les bonnes questions.

— Puisque nous sommes sur le sujet, la délinquance financière, la spéculation à outrance, qu'en pensez-vous ? Ce sont des problèmes majeurs de votre secteur, à votre avis ?

— De grâce, ne confondez pas tout ! Et aidez vos lecteurs à ne pas tout confondre ! Spéculer n'a rien ni de honteux, ni de délictueux ! Spéculer n'est rien d'autre que de se livrer à une réflexion, raisonner pour tenter de s'approcher de la vérité, et avoir le courage d'agir en conséquence. C'est tout. Ça existe depuis la nuit des temps. Vous-mêmes, vous spéculez quand vous faites l'hypothèse qu'il va faire beau et vous sortez sans parapluie. La vie est une suite de spéculations. Tout simplement parce que, comme je vous l'ai déjà dit, le monde est fait d'incertitudes. Spéculer sur l'évolution future des marchés n'est pas d'une autre nature. Et si des traders spéculent en bourse, même en y ajoutant la grossièreté de parler de fric plutôt que d'argent, cela ne fait pas d'eux des criminels. Ils réfléchissent, ils prennent des risques, ce qui n'est pas déshonorant.

— Mais…

— Attendez ! Maintenant vous me parlez de délinquance, et ça n'a rien à voir. La délinquance est toujours un problème ! Et je vous encourage à enquêter dessus et à rendre public tout ce que vous découvrirez. D'ailleurs, si vous voyez de la tricherie et vous ne la dénoncez pas, pour moi ce sera vous le tricheur. Malheureusement, la tricherie est un travers qui menace tout le monde. Je dirais même qu'il aime particulièrement venir corrompre les meilleures intentions. Qui peut prétendre, même le plus honnête d'entre nous, qu'il n'a jamais triché ? Le problème, quand vous trichez pour la première fois de votre vie, c'est si vous découvrez que vous gagnez. Un peu. Que faites-vous alors ? Peut-être que vous recommencez. Après tout, il n'y a que le premier pas qui coûte. C'est alors que vous devenez un tricheur. Il faut donc être extrêmement vigilant. Et sans aucune tolérance. D'autant que je vous accorde bien volontiers qu'il y a dans le monde de la finance plus de tentations qu'ailleurs. Ça fait longtemps que le grand banditisme a compris qu'il y a davantage de sommes à convoiter sur les marchés que dans les bijouteries. Mais ça n'a rien à voir avec notre métier.

— Très bien. Changeons de sujet, si vous le voulez bien. Qu'est-ce qui vous fait penser que votre modèle, celui d'une Maison indépendante, relativement petite, en tout cas par rapport aux géants de la finance mondiale, puisse survivre ? Vous avez contre vous des concurrents beaucoup plus puissants, avec beaucoup plus de ressources. Et puis l'accès à la technologie ne va-t-il pas devenir de plus en plus important ? Vous ne pouvez pas être aussi bien équipés dans ce domaine que les grandes banques.

— Écoutez, mademoiselle, ces mastodontes ont l'agilité propre à leur taille, la capacité de décision propre aux grands comités, l'originalité propre à leur industrialisation. Ce ne sont pas les dinosaures qui ont le mieux traversé l'épreuve du temps, si je ne me trompe. Quant à l'accès à la technologie, dites-vous bien que tous les modèles informatiques, tous les algorithmes du monde ne suffiront jamais à représenter les vagues qu'un voilier devra affronter en passant le Cap Horn. Seul un skipper peut gérer l'incertitude. Vous voulez une autre analogie ? L'invention du cinématographe par les frères Lumière. Ça avait été une percée technologique extraordinaire. Très bien. Mais quelle valeur aurait-elle eue s'il n'y avait pas eu des créatifs comme Méliès ensuite pour la faire vivre ? Réfléchissez, seule l'indépendance donne la liberté de créer, d'inventer. La technologie aura toujours besoin de réalisateurs, de « *doers* ».

Betty noircissait d'une écriture fine et serrée son petit calepin noir. Ses notes viendraient plus tard en soutien de l'enregistrement audio qui continuait. Jolyne ne semblait pas fatiguée. Elle enchaînait les tirades ininterrompues, accumulait les métaphores, pensant éviter du même coup les pièges des journalistes.

— M'autorisez-vous une dernière question, s'il vous plaît ? demanda Betty d'un air doucereux.

Jolyne opina d'un léger sourire.

— Vous efforcez-vous dans votre gestion de favoriser des investissements qui vont dans le sens du respect de l'environnement, de l'écologie ?

— Pour être honnête, je ne m'attendais pas, venant de vous, à cette question rebattue. Elle envahit littéralement les médias. Vous êtes d'habitude un peu plus au-dessus des modes.

Jolyne, en faisant cette remarque faussement élogieuse, tentait d'émuler devant ses interlocuteurs cet art qu'elle ne reconnaissait pourtant qu'aux Anglais raffinés de savoir combiner dans un même souffle flatterie et vacherie. Pas sûr néanmoins que Philip et Betty apprécieraient cet hommage à la perfidie de leurs compatriotes.

Elle continua.

— Je ne serais pas surprise que dans quelques années le souci de l'écologie prévale sur celui de la performance. Mais nous n'en sommes pas encore là. Pour l'instant, notre raison d'être à nous, petite société de gestion, c'est de satisfaire la demande de nos clients. Or, jusqu'à nouvel ordre, quand ils nous confient leurs économies, c'est d'abord pour qu'on les fasse fructifier. Moi, j'ai une obligation à l'égard de nos clients, et vous la connaissez. Je me vois mal leur dire dans quelques années « Vous n'êtes pas plus riches que lorsque vous m'avez confié vos économies, voire nous vous avons appauvris, mais c'était pour la bonne cause ».

— Eh bien, nous n'allons pas prendre davantage de votre précieux temps. Merci de votre accueil. Je pense que nous avons suffisamment de matière pour envisager un article intéressant.

Carine aurait aimé que ce fût la crainte de commencer à croire au génie de Jolyne qui décidait les deux journalistes à mettre fin à l'entretien. Mais rien n'était moins sûr. Tout en rangeant son carnet et l'enregistreur dans son sac, Betty trahit son état d'esprit en s'autorisant une dernière question provocatrice.

— Madame Condit, pardonnez-moi de vous le dire comme ça, mais ne pensez-vous pas être un peu orgueilleuse ?

— Orgueilleuse ? Bien sûr que je suis orgueilleuse ! Quelle drôle de question !

— Que voulez-vous dire ?

— Tout simplement que je ne peux pas me contenter de battre les concurrents. Je dois battre aussi les marchés, surtout quand ils s'effondrent. Je dois me lever chaque jour avec cette ambition. Ne jamais renoncer, même quand le défi semble immense. Bien sûr que ça demande de l'orgueil. Vous savez, le vrai courage n'est pas forcément très spectaculaire. Ça consiste souvent à simplement tenir quand tout le monde vous dit que vous avez tort. Ce qui n'est pas si facile. Se dire le soir « Ça n'a pas marché aujourd'hui, mais je ne m'avoue pas battue. J'essaierai de tenir encore demain ». L'orgueil, dans ce métier, c'est votre colonne vertébrale.

— Très bien, merci beaucoup.

Après avoir été chaleureusement salués et raccompagnés jusqu'à l'accueil par leurs hôtes, les deux journalistes récupérèrent auprès de Zenia leurs imperméables laissés à la réception et quittèrent apparemment satisfaits la Maison Condit. Carine, Jolyne et Yves se retrouvèrent dans le bureau de Jolyne. Un silence s'installa quelques instants, comme à la fin d'une représentation, quand le dernier mot a été dit, quand la dernière note s'est tue, quand toute la tension dramatique retombe enfin, et qu'on ne peut dire encore à coup sûr si le silence sera brisé dans un moment par des applaudissements ou des huées.

Sans toujours dire un mot, Jolyne interrogea Carine des yeux.

— Je ne sais pas, répondit Carine. Je trouve que vous vous êtes très bien tirée de toutes leurs questions. Je ne cesse d'être admirative de votre énergie. Je n'aurais jamais eu le punch dont vous avez fait preuve pendant tout ce combat. Mais c'était bien un combat. Et c'est ça qui m'inquiète. Mon souci, c'est l'éclairage qu'ils souhaiteront donner à la discussion. Ces journalistes ont visiblement voulu aborder cette interview comme un rapport de force. Or, de ce point de vue, vous avez clairement gagné le match aux points. La question est de savoir s'ils accepteront de s'avouer vaincus. Est-ce qu'ils ne voudront pas prendre leur revanche sans opposition, la plume à la main ? Accessoirement, j'espère aussi qu'ils ignorent que Méliès a fini par être écrasé par l'industrie de l'image…

— J'ai tout enregistré, ajouta Yves. Je m'assurerai qu'ils ne mettent pas dans votre bouche des mots que vous n'avez pas prononcés.

Jolyne, elle, était furieuse.

— Je sais bien que le pire a toujours côtoyé le meilleur chez les journalistes, commença-t-elle. Mais tout de même ! Comment ces pisse-copie tous justes bons à commenter sans comprendre, ces journaleux plus avides de révélations que d'information ont pu être aussi hostiles ?

— Ils font leur métier, rétorqua Carine.

— Je connais leur métier. J'ai été moi-même journaliste pendant quelques mois, il y a bien longtemps. À cette époque, je me souviens, il y avait bien sûr déjà des torchons. Mais le métier bénéficiait encore d'un certain prestige. Il fallait apprendre à juger ce qui mérite d'être dit ou imprimé, et ce qui ne le mérite pas. Apprendre aussi à transmettre la vérité à ses lecteurs.

— Quelle vérité, Jolyne ?

— Je sais bien, Carine, que rapporter une vérité complexe, nuancée ne paye pas. Même à l'époque, le public trouvait déjà souvent beaucoup plus confortable qu'on lui dise quoi penser. Qu'on le bombarde de certitudes simplistes, ou de rumeurs croustillantes. Mais voilà, il y avait encore des journalistes qui avaient une éthique d'acier et qui résistaient à la tentation de la facilité. J'en ai connu. Certains très bien. Mais je n'en connais plus. Vous en connaissez, vous, Carine ?

— Vous avez sans doute raison. Le métier à certainement perdu de sa noblesse. Mais je veux croire qu'il reste bien quelques chevaliers.

— Le problème, c'est pas que les questions de ces deux idiots soient difficiles. Si seulement ce n'était que ça ! C'est qu'ils nous forcent à aligner des généralités et des éléments de langage préfabriqués pour ne pas tomber dans leurs pièges. Ils encouragent leurs interlocuteurs à la médiocrité. C'est insupportable. J'espère ne pas être tombée trop bas dans cette médiocrité.

— Peut-être pas assez, se risqua Yves.

— Au lieu de me passer de la pommade, notez que je ne veux plus voir ces deux-là. Ils devront se contenter de Carine la prochaine fois. Allez, *back to work* !

L'amertume de Jolyne était profonde. Elle, si habituée à édicter ses vérités sans appel du haut de son autorité de patronne, avait dû accepter de batailler pendant près d'une heure avec des adversaires sur lesquels elle n'avait pas d'emprise, et qui ne l'admiraient pas. Cet exercice avait relevé pour elle du chemin de croix. Elle n'avait pas pu jouer de son pouvoir de séduction. Par-dessus tout, elle avait souffert du miroir intraitable que les deux journalistes avaient tendu vers elle.

Chapitre 9

Un tableau, c'est comme une odeur de frites. Ça ne s'explique pas.

Pablo Picasso

Au tout début de l'année 2010, peu de temps après que le *Morning Meeting* quotidien eut pris fin, le téléphone de Carine sonna dans le bureau qu'elle occupait, juste à côté de la plateforme où officiaient les gérants.

— Vous avez une minute ?

Jolyne avait coutume de convoquer ses collaborateurs dans son bureau par cette question lapidaire. En adoptant cette formule devenue presque systématique qui feignait le souci de leur disponibilité, elle leur intimait en réalité l'ordre de venir immédiatement sans en dévoiler la raison. Cette omission aurait pu n'être qu'une simple économie de temps. Mais toutes celles et ceux qui étaient familiers de ses appels savaient bien qu'il s'agissait pour Jolyne d'aborder en position de force la discussion à venir. Son interlocuteur était sollicité sans préparation pour s'exprimer sur un sujet auquel, elle, avait réfléchi au préalable. Tout échange débutait ainsi sur un déséquilibre dont Jolyne s'assurait qu'il fût d'entrée de jeu en sa faveur. Car d'un jeu il s'agissait en effet, au moins pour Jolyne. Cette expression un peu dérisoire du pouvoir était devenue une manie presque touchante qui ne surprenait plus personne. Mais elle pouvait tout de même parvenir à vous déstabiliser si, comme un étudiant lors d'un examen, vous redoutiez particulièrement que tombe un sujet mal maîtrisé. C'était le cas de la plupart d'entre nous, à chaque fois que nous entendions le fameux « Vous avez une minute ? ». Mais Carine était différente de nous. Elle semblait presque se délecter des tactiques de Jolyne. Après avoir frappé avec fermeté, elle tourna la poignée, poussa la lourde double porte qui garantissait la confidentialité de tout ce qui pouvait être dit dans le bureau de Jolyne, et entra. Par le seul fait de ne pas attendre d'être autorisée à entrer, Carine marquait une première touche, sans que cela constituât un *casus belli* puisque, au fond, elle ne faisait que s'empresser de répondre à l'invitation de sa patronne.

Comme d'habitude ostensiblement affairée, Jolyne ne leva pas les yeux de l'écran d'ordinateur qui se situait sur la gauche de son bureau, côté fenêtre, et lui faisait ainsi tourner le dos à la porte d'entrée. Carine referma lentement la porte derrière elle et fit quelques pas pour venir s'asseoir face au bureau. Jolyne n'avait toujours pas levé les yeux. Quelques secondes d'attente peuvent sembler très longues quand votre interlocuteur ignore entièrement votre présence. Jolyne reprenait l'avantage.

Sous un haut plafond relié aux murs blancs par des corniches de plâtre, l'arrangement de son bureau révélait discrètement les cicatrices d'une vie pleine mais cabossée. Un petit meuble bas à sa droite était encombré de gros ouvrages d'art qui semblaient endormis là depuis longtemps. Au milieu des livres se nichait, dans un cadre de verre tourné en direction du bureau, une petite photographie jaunie. Carine connaissait l'histoire de cette photo. Elle datait visiblement de plusieurs décennies et montrait Jolyne, avec des cheveux longs et encore très blonds, tenant dans ses bras sa fille Carla âgée de deux ou trois mois. Le cliché avait été pris quelques jours avant que le syndrome de la mort subite du nourrisson l'emporte. Pour une raison que je ne connaissais pas encore, seule Carine savait la façon dont la perte incompréhensible de cette enfant, qu'elle avait à peine connue, avait affecté Jolyne. Carine me raconta plus tard que les yeux de Jolyne étaient toujours restés secs, et que son couple n'avait pas survécu à l'épreuve. Son mari semblait avoir été bien plus dévasté qu'elle par l'accident. En tout cas, leurs façons respectives de souffrir et de gérer leur douleur avaient été diamétralement opposées. Jolyne s'était réfugiée dans un quasi-mutisme qu'elle ne dépassait qu'en s'investissant plus que jamais dans ses passions, dont son métier. Son mari Matthew aurait voulu qu'ils parlent ensemble à l'infini de leur tragédie, qu'ils épuisent leur souffrance en la disant l'un à l'autre, qu'ils traversent main dans la main ce calvaire. Mais leur tragédie commune avait introduit un coin entre eux. Une distance d'incompréhension ne cessa de se creuser jour après jour et deux ans avaient suffi pour qu'elle devienne infranchissable. Ils s'étaient séparés sans colère, Matthew dans une tristesse proche de la détresse, Jolyne avec une plaie profonde mais refermée, dont le souvenir lui rappellerait à chaque instant qu'il n'y a pas d'autre choix que trouver la force d'accepter la vie. Elle ne s'était jamais remariée, n'avait jamais eu d'autre enfant, demeurant éternellement soucieuse de vivre sans s'attacher. Sa vie intime serait à jamais barricadée, soustraite aux tourments des sentiments.

Derrière la discrète photo familiale, une autre semblait se cacher davantage encore. C'était un cliché qui montrait son frère Paul et leurs parents tout sourire dans la salle à manger de la vieille maison familiale. Son père et sa mère étaient tous deux décédés aujourd'hui. Son frère aussi, depuis longtemps. Paul s'était donné la mort seulement quelques semaines après le décès de Carla. Cet enchaînement sordide ne pouvait répondre pour Jolyne à aucune autre logique que la cruelle loi des séries. Paul avait eu à peine connaissance du passage sur terre de sa nièce. Jolyne et lui se fréquentaient peu à l'époque car lui vivait aux États-Unis, dans le New Jersey, avec sa femme et leurs deux garçons. Il était dépressif depuis plusieurs années. Leur couple battait de l'aile. Le petit restaurant qu'ils possédaient et à la construction duquel ils avaient travaillé ensemble jusqu'à l'épuisement était en train de péricliter. Un jour il renonça à lutter. Ce deuxième drame d'affilée pour Jolyne suscita énormément de compassion de la part de ses amis. Ses parents étaient anéantis. Mais toute cette peine autour d'elle ne l'avait pas aidée. Elle l'avait asphyxiée plutôt. Et de nouveau elle ne dit rien ou presque, sauf à ses neveux qu'elle essaya de réconforter du mieux qu'elle pouvait. Elle s'était longtemps demandé si elle aurait pu faire quelque chose pour empêcher l'irréparable. Puis elle avait commué son supplice quotidien en doux souvenir de son frère, en gardant à portée de son regard cette photo prise au temps où il aimait la vie. Elle serait forte pour lui désormais. Nous savions tous, ou presque, cette histoire. Je ne sais pas très bien comment d'ailleurs. Elle faisait partie d'une sorte de culture collective dans la Maison Condit, même si on n'en parlait pas. Elle rendait la détermination froide qui émanait la plupart du temps de Jolyne plus humaine et, s'il en était besoin, excusable.

Sur la tablette au-dessus de la grande cheminée, derrière le bureau de Jolyne, trônait une photographie d'une tonalité toute différente. Elle la montrait radieuse au milieu d'un petit groupe, uniquement constitué d'hommes, tous en combinaisons multicolores sur un tarmac en Provence, rassemblés autour d'elle après sa première victoire en compétition nationale de voltige planeur en 2001. Une autre photo encore, celle-ci en noir et blanc, la montrait en train d'escalader, visiblement en tête, le versant sud de l'Aiguille Verte, près de Chamonix. Le cliché était pris d'assez près, probablement par son second de cordée. À côté de ce cadre, des dizaines de cartes de vœux reçues depuis le début de l'année prenaient tout l'espace restant sur la tablette. Une partie d'entre elles avaient été envoyées par des clients, dont la plupart n'avaient jamais rencontré Jolyne, mais qui avaient souhaité exprimer leur gratitude. Ce geste inhabituel dans ce milieu habituellement si indifférent reflétait non seulement leur reconnaissance sincère mais aussi la nature personnelle, presque filiale, de leur lien avec la Maison Condit. D'autres cartes de vœux, nombreuses elles aussi, provenaient de vagues connaissances de Jolyne. Le nombre d'inconnus qui se déclaraient soudainement fidèles depuis toujours, et qui lui souhaitaient du succès maintenant qu'il était arrivé, avait explosé depuis quelques mois.

Au pied du bureau, le vieux parquet en chêne Point de Hongrie était jonché de quotidiens financiers froissés que Jolyne avait négligemment jetés au sol après les avoir parcourus depuis son arrivée ce matin. Je me souviens que cette habitude chez elle m'agaçait prodigieusement. Pourquoi ne pas jeter les journaux dans la corbeille une fois lus ? Mais cet amoncellement de journaux fripés, à peine lus, disait certainement quelque chose du mépris que Jolyne éprouvait pour les médias (et que l'épisode de l'entretien avec les deux journalistes avait confirmé). Bien sûr, se tenir au courant de l'essentiel sur les sujets économiques et financiers peut paraître indispensable dans ce métier. Mais qu'y a-t-il, en effet, de véritablement essentiel dans le foisonnement des informations disponibles jour et nuit dans les journaux ou sur les écrans ? Et pendant combien de temps une information reste-t-elle utile ? Depuis qu'Internet relie le monde en temps réel, a fortiori le monde financier habité de traders répartis sur tous les fuseaux horaires, quand une information un peu significative devient publique, elle est immédiatement prise en compte par les marchés. Vous liriez intégralement le *Financial Herald* chaque matin que vous ne pourriez qu'apprendre ce que les marchés savent déjà. L'information, en devenant immédiatement et universellement partagée, a perdu toute sa valeur. Comment lui accorder désormais beaucoup plus de prix qu'à la désinformation, qui peut tout autant faire bouger les marchés ? Alors à quoi bon s'encombrer d'une lecture approfondie des journaux ? Jolyne avait depuis longtemps emprunté un chemin plus personnel. Elle parcourait le monde, celui qu'elle considérait comme « son » monde, à la manière d'une promeneuse beaucoup moins préoccupée d'analyse financière que de rencontres, de visites, de découvertes paradoxales, de rapprochements improbables qui stimulent l'imagination et peuvent un jour être source d'idées lucratives. Elle passait beaucoup de temps à flâner dans les villes, les aéroports, les entreprises, les magasins à l'affût d'observations qui pourraient piquer sa curiosité et se prêter à la réflexion. Elle n'avait pas bluffé sur ce sujet dans son explication aux journalistes du *Financial Herald*.

Son bureau était envahi d'un amoncellement de papiers gribouillés de son écriture très appuyée et à peine lisible, de plusieurs blocs-notes, de carnets, de stylos et crayons à papier, certains dispersés, d'autres comme réfugiés dans un joli gobelet en métal chromé, deux panières débordantes de courrier en attente (« ce qui est véritablement urgent remonte toujours » disait-elle), d'une reproduction en petit format du baiser de Brancusi qui lui servait de presse-papiers, de son éternelle tasse de thé fumant et d'une vieille théière en porcelaine que Zenia venait lui remplir régulièrement. Cette dernière se chargeait aussi chaque matin de renouveler l'eau légèrement sucrée du petit bouquet de mimosa jaune vif qu'accueillait aujourd'hui un vieux vase transparent placé au coin du bureau.

Deux grandes fenêtres séparées de deux ou trois mètres ouvraient sur le Boulevard Haussmann et apportaient une douce luminosité à la demi-douzaine de tableaux qui ornait les murs du bureau.

Jolyne leva enfin les yeux et se tourna face à Carine. Elle ne rompit pas le silence cependant. Son regard intense, plongé dans celui de Carine, l'interrogeait de nouveau, toujours sans un mot. Après plusieurs interminables secondes, elle asséna sèchement la question qui lançait le sujet pour lequel elle avait apparemment convoqué Carine :

— À quoi jouez-vous ?

Cette question n'appelait pas de réponse bien sûr. Il s'agissait de toute évidence de tancer Carine. Lui faire le reproche de quelque chose. Quelque chose de répréhensible qu'elle avait dû commettre, et avec légèreté en plus. En ne nommant pas le méfait, elle installait tout de suite Carine dans la position de faiblesse de l'inculpée qui ne sait pas de quoi on l'accuse. Mais dans les petites batailles des silences, des regards et des mots, Carine ne craignait pas Jolyne. Cette attaque, toute théâtralisée qu'elle fût, ne pouvait pas être bien grave. Ce n'était qu'une fois de plus l'expression du style de management à l'ancienne de Jolyne, appuyé sur un rappel régulier du rapport de force en sa faveur. Rien de bien méchant. Carine décida donc de s'emparer de la maîtrise du silence. Elle ne répondit pas immédiatement à Jolyne, et fixa à son tour son regard dans celui de Jolyne. Il était important que cette concentration muette fût neutre, sans animosité. Qu'elle n'apparaisse pas comme une effronterie, qui eût été irrespectueuse. Elle n'était que la poursuite paisible de la séquence entamée par Jolyne dans une tonalité faussement mystérieuse. Après avoir bien marqué son terrain, Carine put ainsi renvoyer la balle dans le camp de Jolyne d'un tranquille « Je vous écoute ». Jolyne dut poursuivre.

— On me dit que vous encouragez les commerciaux à passer sous silence nos performances auprès de leurs clients.

Ce n'était donc que cela ! Visiblement, une âme zélée s'était assurée que la cheffe ne fût pas isolée dans sa tour d'ivoire, coupée des réalités du terrain. Cette petite dénonciation procédait d'une pratique dont les courtisans de Jolyne étaient coutumiers, car ils savaient Jolyne friande de tout ce qu'elle pourrait utiliser, le moment venu, en manifestation de son omniscience. Carine devait-elle rentrer dans cette discussion ? Justifier son message aux commerciaux, expliquer qu'il était un peu plus subtil que cela ? Devait-elle essayer de vérifier son intuition que le déplorable agissement que brandissait Jolyne avait probablement été remonté à son attention par Markus. Il était le commercial avec l'accès le plus facile à Jolyne, et Carine savait que son message avait heurté de front le principe de la rémunération de ses équipes, directement lié au volume de collecte. Carine avait en fait encouragé les commerciaux à réduire leur rémunération ! Il n'y avait rien d'étonnant, ni même d'injustifié, à ce que Markus s'en offusquât. Rentrer dans un débat d'arguments avec Jolyne n'aurait mené nulle part. Et Carine n'avait pas l'énergie combative de Jolyne.

— Vous avez vu notre collecte, répondit Carine, je ne dois vraiment pas être très écoutée ! Ou alors c'est qu'en effet, laisser nos performances parler d'elles-mêmes suffit.

En adoptant ce ton mi-ironique, mi-académique, Carine risquait d'agacer Jolyne. Mais elle lui envoyait aussi le signal que ces mesquineries n'étaient pas de son niveau. Jolyne se garda d'approfondir l'allusion, sentant qu'elle se serait engagée sur un terrain dont elle ne maîtrisait pas tout le relief. Elle se contenta d'un marmonnement étouffé qui signifiait que la réponse de Carine ne la satisfaisait pas mais qu'elle aurait l'indulgence d'en rester là. Cette rapide capitulation, peu fréquente chez Jolyne, confirmait que la véritable raison de sa convocation de Carine était probablement ailleurs.

— Tiens, puisque vous êtes là, donnez-moi votre avis, enchaîna Jolyne. Elle se leva, contourna son bureau et invita Carine à l'accompagner près du mur entre les deux fenêtres.

— Que pensez-vous de ma dernière acquisition ?

Jolyne et Carine se tenaient devant un tableau d'environ un mètre sur un mètre cinquante qui représentait une luxuriance de végétaux dans les tons vert et orangé, des philodendrons semblait-il, entassés comme sous une serre, et accompagnés d'un petit personnage féminin chamarré de couleurs chaudes aussi, discrètement situé en bas à droite du tableau. Carine peinait à croire que Jolyne lui ait demandé de descendre pour lui demander son avis sur un tableau. Mais ainsi était Jolyne.

— Qu'en pensez-vous ?

— Je ne sais pas.

— Réfléchissez.

— Désolée mais je ne suis pas très douée pour réfléchir sur l'art.

— C'est un tableau de Sam Szafran, vous connaissez ? La question de Jolyne était férocement lestée d'un « quand même » presque audible. Carine, à défaut d'être sensible à la peinture autant qu'elle l'était à la musique, pourrait au moins avoir une connaissance livresque des grands peintres contemporains !

— De nom, répondit Carine.

— Bon, je ne vais pas vous dérouler son CV. Vous irez sur Wikipédia si ça vous chante. Le point important, c'est que ce peintre nous parle de ce qu'est le talent, voire le génie.

— Fichtre.

Jolyne fit mine d'être indifférente à l'ironie.

— La question du talent nous concerne, chère amie. Vous êtes d'accord ? Elle se pose en art, naturellement en sport, mais elle se pose aussi chaque jour dans notre métier avec toutes ces têtes d'œuf qui voudraient nous faire croire que tout est affaire de technique, que seul ce qui est mesurable existe, qui croient dur comme fer que les maths peuvent tout résoudre. Si un type comme Szafran peut nous faire toucher du doigt ce qu'est le talent, à quoi ça tient, ce que ça implique, on n'aura pas perdu notre temps, non ?

Carine sentait qu'elle allait difficilement échapper à l'un de ces discours savants que Jolyne aimait parfois asséner à ses interlocuteurs. Mais elle comprit aussi que Jolyne, après les avoir écartées d'un revers de main, était probablement encore à réfléchir aux questions de « ces idiots de journalistes ». Elle réfléchissait aussi certainement aux critiques que les clients et son équipe elle-même lui adressaient de plus en plus concernant ses décisions d'investissement. Les performances des fonds Condit continuaient de souffrir. Jolyne pouvait-elle prétendre encore longtemps avoir raison contre tous, et contre les chiffres eux-mêmes. Son instinct lui dictait la réponse. Mais peut-être avait-elle besoin de se rassurer elle-même, à sa manière, sur le bien-fondé de son obstination inflexible, sur la conception qu'elle avait de son génie et qu'elle jugeait la distinguer de tous ses concurrents.

— Je vous l'ai dit, je vous écoute.

— Bon, sachez d'abord que ce type est totalement autodidacte. Il est né dans le quartier des Halles, « entre les putes et les marchands » comme il dit. Il n'est pratiquement pas allé à l'école. Il a réchappé par miracle à la rafle du Vel'd'Hiv', contrairement à la plus grande partie de sa famille. Il aurait pu très mal tourner, mais c'est comme si ce destin lui avait donné un instinct de vie, une force de survivant. Il est devenu avide de liberté. Et puis il a découvert la peinture. Mais s'il était visiblement sensible à la beauté, aux formes et aux couleurs, avait-il le talent pour devenir peintre ?

Carine opina d'un regard qui tentait d'exprimer le plus vif intérêt.

— Question légitime, vu qu'il s'était fait retoquer à l'examen d'entrée des Beaux-Arts. Vous me direz, Cézanne aussi y avait échoué, donc il y avait encore de l'espoir. Et effectivement, l'ami Sam s'est vite remis de sa déception. On dirait que ça l'a même encore fortifié. Au début, comme les autres de l'époque, il s'est mis à l'art abstrait. Mais un beau jour, coup de tonnerre, il se rebelle. Il se remet au figuratif ! Rendez-vous compte : quand tous les intellectuels ne jurent que par Malevitch, Mondrian, Rothko, etc., il se met à peindre des choux ! Est-ce que ce n'est pas un geste de libération extraordinaire ?

— En tout cas, c'est un geste étonnant ! Et vous savez pourquoi il a fait ça ?

— Je ne suis pas sûre. Peut-être que ça vient de son parcours : les camps d'Auschwitz, c'était la négation de la figure. Les déportés n'étaient plus que des matricules. Peut-être que Szafran a voulu redonner sa beauté au figuratif. Peut-être que ça n'a rien à voir, je n'en sais rien. Peut-être qu'il trouvait simplement l'art abstrait ennuyeux. Mais dans tous les cas, il s'est arraché à la pensée dominante, et a donné à voir ce que plus personne ne regardait. Il a proposé de nouvelles règles, et à force de talent il les a fait reconnaître. D'ailleurs, c'est ce qui lui fera rencontrer Giacometti ! Génial, non ?

Carine comprit que Jolyne voulait partager sa découverte d'une sorte de nouveau phare qui l'aiderait à naviguer parmi ses propres intuitions.

— J'imagine facilement combien cette conception du génie doit vous convenir.

— Mais c'est la seule, Carine ! Faire prévaloir la supériorité de la liberté. Aujourd'hui, les artistes contemporains prétendent être transgressifs. Très bien. Mais qu'ont-ils encore de transgressif quand ils sont devenus totalement institutionnalisés ? Tous les musées publics se les arrachent. Il est devenu totalement conformiste de se dire transgressif. Vous savez que Szafran devait faire une grande exposition à Beaubourg ? Eh bien une confrérie des peintres abstraits les plus en vue s'est liguée et a obtenu du Musée qu'il annule le projet. Szafran était trop dérangeant pour la pensée unique de l'art abstrait !

— Je vous vois venir. Vous êtes convaincue que notre petite Maison, qui n'est déjà plus si petite, non seulement peut, mais doit tenir tête aux géants de la finance, c'est ça ?

— Mais oui, chère Carine, si notre métier n'était qu'affaire de technique, il y a longtemps que des ingénieurs en auraient écrit les règles. Et ils en sont loin. Le talent, Carine, le talent. Tout est là. C'est le seul moyen de déjouer le raisonnement majoritaire. Et ça ne peut se faire qu'à partir de la liberté. Parce que l'intelligence est de son côté. Les marchés financiers sont comme une reproduction miniature de la vie. Si vous pensez comme tout le monde, si vous agissez comme tout le monde, alors vous aurez les mêmes résultats que tout le monde. C'est inévitable. Et quand les marchés s'effondreront, comme ça a été le cas il y a deux ans, l'épargne de vos clients fera de même. Le talent c'est d'abord oser la liberté d'être différent, Carine ! Quand on investit, c'est comme lorsqu'on gravit une montagne, ou comme lorsqu'on improvise en jazz j'imagine, on est contraint par quelques règles très strictes, mais après on doit avant tout user de sa liberté.

Pendant un instant, Jolyne marqua une pause, puis continua, comme après réflexion sur ce qu'elle venait de dire.

— Il y a là une sorte d'association qui m'a toujours fascinée.

Jolyne jouissait de sa liberté comme d'une passion. Dans son métier bien sûr, mais peut-être encore davantage en tant que cheffe, totalement indépendante, seule maîtresse à bord. Elle vivait intensément sa liberté dans cet engagement. « Même quand j'échoue, cet échec c'est le mien » aimait-elle à dire.

— Et l'histoire de Szafran continue, ajouta-t-elle. Un beau jour, il fait un truc inouï. Il décide cette fois de lâcher la peinture à l'huile pour se mettre exclusivement au pastel ! Autrement dit, il décide de se consacrer à une technique que plus personne n'utilise depuis Degas ! Et ceci pour une bonne raison : c'est affreusement compliqué. Je ne sais pas si vous le savez, mais c'est un processus infernal.

Carine comprit qu'elle allait maintenant prendre un cours sur le pastel. Pas inintéressant en soi, mais symptomatique du goût immodéré de Jolyne pour les métaphores.

— Le principe c'est de mélanger des pigments, c'est-à-dire de la couleur en poudre, végétale ou minérale, à du blanc, principalement de la craie. Mais pour réaliser ça, il faut d'abord utiliser un liant, qu'on fait évoluer pour rendre le futur pastel soit plus dur, soit plus sec ou plus gras. Puis la poudre doit être « mouillée » et broyée pour produire une pâte homogène. C'est ensuite qu'ont lieu les mélanges à partir d'un bac de couleurs et d'un bac de blanc, dans des proportions pesées au gramme près, pour produire tous les dégradés voulus. Ensuite, il faut encore presser la pâte dans un torchon pour en extraire l'eau en excès avant de la malaxer à la main pour en faire des bâtonnets. Et il faut attendre encore ensuite des semaines de séchage avant de pouvoir utiliser les pastels.

Irréprochable, Carine continuait d'accorder au monologue de Jolyne la plus grande attention.

— Et pourquoi Szafran, lui qui n'a pas un sou de côté, décide de se vouer au pastel, alors que c'est hors de prix à cause de tout ce procédé extraordinairement exigeant qu'aucune machine ne peut automatiser ? Eh bien d'abord parce que ça lui donne accès à plus de mille nuances de couleurs. Et ça c'est extraordinaire pour lui. Vous imaginez. Ensuite parce qu'il y voit une beauté, une vérité tactile dans l'élaboration du pastel. Dans son utilisation aussi. Il adore tartiner ses toiles de cette matière. Vous savez que c'est très exigeant : il faut protéger la toile de la poudre de pastel qui peut tomber des bâtonnets, il faut utiliser des caches, incliner la toile. Mais ce qui est extraordinaire c'est que les possibilités de variations sont illimitées. Par exemple, savez-vous qu'il existe en pastel autant de nuances de vert qu'il y a de jours dans l'année ? Vous imaginez la puissance à laquelle Szafran accède ! Peindre des choux ou des philodendrons devient ainsi rien de moins qu'une porte d'accès à un monde infini. Voilà. Accepter la difficulté. La chercher même. A fortiori celle qui ne se voit pas de l'extérieur. Voilà l'autre leçon de Szafran. Je suis sûre que c'est pareil en musique. Bach, Mozart étaient des bourreaux de travail, j'imagine, non ?

C'est donc là que Jolyne voulait en venir. Carine ne répondit même pas. Fallait-il que Jolyne ait besoin de se rassurer pour digresser ainsi sur les vertus de la liberté, de la difficulté et de l'indépendance.

— Szafran est obsessionnel. Il faut creuser, creuser jusqu'à l'essentiel, être passionné jusqu'à l'obsession. De la difficulté naît la vérité. En art, tout ce qui est évident est vulgaire.

— Je serais plutôt d'accord, et il n'y a pas qu'en art.

— Voilà qui me rassure ! Et chez nous, évident veut dire dangereux. C'est pour ça que je ne supporte pas ces gérants qui se targuent à tout bout de champ d'investir sur de soi-disant convictions en ayant réfléchi une heure. Ce ne sont pas des convictions. Ce sont au mieux des avis, des opinions, que le premier mouvement de marché balaiera en une seconde. Ils n'ont aucune idée de combien c'est difficile, laborieux, de se forger de réelles convictions, celles qui vont vous donner la force d'aller contre l'avis de tout le monde. Je repense à ces foutus journalistes. C'est ça qu'ils ne comprennent pas.

Carine connaissait parfaitement les thèses de Jolyne, qu'elle avait souvent entendues, sous une forme ou une autre. Elle se garda donc de la relancer immédiatement. D'autant qu'elle, elle avait une véritable aversion pour les discours sur l'art, qu'elle trouvait toujours boursouflés, artificiels. Elle n'avait aucun appétit pour l'intellectualisation de tout ce qui s'adresse avant tout aux sens. En cela, elle se serait accordée avec Arthur, le compagnon de Chiara. Pour Carine, l'art contemporain était le sommet de la supercherie. Et que dire du marché de l'art, qui berne tous ces idiots en leur faisant prendre le prix d'une œuvre pour sa valeur ? Que dire de tous ces snobs avec leurs commentaires oiseux, leurs formules stéréotypées pour faire croire qu'ils y comprennent quelque chose ? Mais Carine serait toujours indulgente à l'égard de Jolyne. Pour elle, Jolyne n'était pas une snob. Un tableau pouvait réellement l'émouvoir. Carine suspectait même que le goût de Jolyne pour la peinture contemporaine constituait en réalité une sorte de ruse de la pudeur pour dissimuler une sensibilité plus profonde. Elle était persuadée que, quand il arrivait parfois à Jolyne de ressentir cette petite corde intime vibrer en elle, elle s'assurait immédiatement que son mouvement restât soigneusement caché. Comme une faiblesse inavouable. Son goût pour la peinture contemporaine, aussi sincère qu'il fût, ne pouvait être invoqué que pour illustrer la noblesse de l'exigence, de l'indépendance d'esprit, de l'ambition. Il en allait d'ailleurs de même pour sa façon de flâner, de humer le monde, pour sa « sprezzatura », qui n'avaient d'autre mobile officiel que la recherche de l'efficacité. Carine était convaincue que, même si Jolyne était capable d'une grande dureté parfois, son enthousiasme pour l'art n'était pas l'alibi commode d'une personnalité impitoyable. Pour elle, les postures autoritaires qu'adoptait si souvent Jolyne n'étaient que la mise en œuvre de codes propres à l'univers aristocratique de la finance où se côtoient souverain, courtisans et serviteurs, et où la forme dans ses détails les plus mesquins doit rendre compte des hiérarchies et des privilèges. J'avais confiance dans la lucidité de Carine sur Jolyne, qu'elle connaissait beaucoup mieux que moi. Jolyne était peut-être, au fond, une belle âme.

— Je peux entendre toutes vos observations, Jolyne.

— Mais ?

— Mais à condition de les oublier ensuite. Excusez-moi, mais, quand j'écoute, ou quand je regarde une œuvre, je préfère me taire. Et puis autre chose : pour moi, l'art ça doit d'abord être un acte gratuit. On le fait d'abord pour soi. Vous m'excuserez, mais c'est un peu différent dans notre métier.

— Je vous l'accorde, Carine ! je vous l'accorde. Je ne confonds pas. Mais les deux peuvent coexister. L'art et le business. Prenez Lionel Terray, il était l'un des plus grands artistes de l'alpinisme, n'est-ce pas ? Et il l'était avant tout en tant qu'*amateur* d'alpinisme.

Jolyne repartait dans ses comparaisons. Carine avait l'impression d'avoir remis une pièce dans le jukebox.

— Mais en parallèle il travaillait aussi comme guide professionnel, parce qu'il lui fallait bien vivre. Certes, il considérait qu'il sortait alors du champ de l'art. Ce qui lui pesait d'ailleurs. Son bonheur c'était la gratuité du geste, sans autre utilité que l'effort vers un sommet. C'est d'ailleurs lui qui m'a inspiré tout le respect que j'ai pour ce beau mot d'*amateur*. Très bien. Mais je suis persuadée que, même quand il emmenait ses clients dans des courses en montagne, il essayait d'y mettre de la beauté. C'est comme ça ! On peut être professionnel et passionné.

Jolyne aurait pu en rester là. La discussion durait depuis déjà près d'une heure, Mais à la surprise de Carine, Jolyne bifurqua dans une nouvelle direction.

— Puisque nous sommes entre nous, Carine, je voudrais aussi avoir votre avis sur le passage du temps.

Décidément, ce n'était pas du tout pour lui faire des reproches que Jolyne avait convoqué Carine dans son bureau. C'était pour philosopher sur l'art, et maintenant sur le passage du temps ! Derrière les doubles portes, en la seule présence de Carine, l'implacable Jolyne avait ressenti le besoin de poser l'armure. Au moins momentanément.

— L'art ne progresse pas, vous êtes d'accord, n'est-ce pas ? Keith Jarret n'est pas un « progrès » par rapport à Mozart. Pas davantage que Picasso ne peut être déclaré « meilleur » que Raphaël.

— Je vous l'accorde.

— D'ailleurs, ça a probablement à voir avec le talent, justement. Le talent, et que dire du génie, est hors du temps, bien sûr. Est-ce que ce n'est pas pour ça que ces peintres modernes, ceux dont s'était détaché Szafran, font parfois n'importe quoi ? Faute de pouvoir faire « mieux », ils veulent seulement faire différent. Comme si « faire différent » pouvait suffire !

— Admettons, Jolyne. Où voulez-vous en venir ?

— Eh bien, je suspecte que le savoir-faire en matière d'investissement ne progresse pas davantage. Pas de ligne du temps qui façonnerait un quelconque progrès.

Jolyne était devenue étonnamment pensive en prononçant ces mots. Elle affichait un regard que Carine lui voyait rarement. Un regard soucieux, tracassé. Elle n'était pas la Jolyne dominante habituelle, quand elle posa la question qui la tourmentait tellement.

— À partir de quel moment le bénéfice d'une longue expérience individuelle commence à plier devant les inconvénients du vieillissement, devant l'usure des facultés ?

Pour la première fois, Carine entendait Jolyne confesser une sourde inquiétude sur son âge qui avançait, et sur ses compétences professionnelles, les seules qui lui importassent, qui diminueraient bientôt. Un aveu de faiblesse sidérant venant d'elle. Carine se garda de tenter une réponse à cette trop lourde interrogation. Au contraire, elle profita de ce que Jolyne avait baissé sa garde pour conclure sur un sujet qui lui semblait infiniment plus important que le poids de l'âge.

— Jolyne, vous êtes toujours d'une vitalité que nous vous envions tous. Ce n'est pas ça dont vous devriez vous préoccuper.

— Ah oui, et de quoi donc ?

— Vous avez longtemps observé ce tableau de Szafran, qui vous a inspiré beaucoup de rapprochements avec votre métier.

— Oui, et alors ?

— À aucun moment vous ne m'avez parlé du personnage qui apparaît dans le tableau, en bas à droite. Vous ignorez l'être humain présent dans le tableau. C'est peut-être à ça que vous devriez réfléchir.

Carine réalisait soudainement, juste après l'avoir prononcée, l'audace de sa remarque. Trop tard pour l'édulcorer. Jolyne ne répondit pas. Elle parut comme foudroyée. Ce détail dans le tableau changeait peut-être tout, disait l'humanité de Szafran, et elle l'avait négligé. Son regard avait ignoré cette petite partie aussi sensible qu'essentielle du tableau, comme elle ignorait la sensibilité des êtres humains autour d'elle. L'observation de Carine frappait terriblement juste. Un long silence s'ensuivit. Je ne saurai jamais exactement ce que ce bref moment de dévoilement intime procura dans la psyché de Jolyne ce jour-là. Peut-être s'amorça-t-il une petite transformation, fût-elle muette. Jolyne n'était pas tout entière faite de granit. En tout cas, elle se reprit rapidement.

— Bon, allez, assez discuté. À propos, Carine, j'ai vu quelques candidats ces derniers jours pour la gestion, dont un qui me parait pas mal. Il faudra que vous le rencontriez. Je vais demander à Sophie d'organiser ça.

Sophie, l'assistante personnelle de Jolyne était d'efficacité redoutable, et d'une discrétion absolue. Jolyne ayant souvent besoin de son concours pour la mise en œuvre concrète de ses décisions en tant que patronne de la Maison, elle ne pouvait à peu près rien lui cacher. Mais elle avait pu vérifier au fil du temps que cette confiance était bien placée. La conscience professionnelle de Sophie, doublée de son admiration sans borne pour sa cheffe, faisait d'elle une assistante d'une fiabilité totale. Jolyne appréciait aussi sa personnalité affirmée. Car ce dont elle avait besoin n'était pas d'une docile exécutante, mais d'une alliée jamais à court d'idées ou d'initiatives, capable de tenir la pression en toutes circonstances. Sophie était cette personne-là.

— Vous voulez renforcer encore l'équipe de gestion, demanda Carine ?

— On n'est jamais trop fort. Et je n'ai pas dit que je voulais l'agrandir.

— Je ne vois pas qui dans l'équipe justifierait d'être remplacé.

— Réfléchissez.

— Je ne vois pas. Vous ne pensez pas à Chiara tout de même ?

— Je n'ai pas dit cela.

— J'ai mentionné Chiara simplement parce qu'elle est la dernière entrée. Elle est notre moussaillon. Mais précisément, il me semble beaucoup trop tôt pour estimer sa valeur. Vous l'avez recrutée pour son potentiel, et je ne vois aucune raison de ne pas continuer de miser sur elle pour l'instant. Il est beaucoup trop tôt pour juger, dans un sens ou dans l'autre. En plus, ce n'est pas elle qui vous coûte encore très cher.

— Nous verrons. En attendant, vous me direz ce que vous pensez de ce candidat quand vous l'aurez vu.

Comme un point final au débat, Jolyne et Carine entendirent frapper à la porte. C'était Zenia. Après être prudemment entrée dans le bureau et avoir refermé la double porte derrière elle, elle s'adressa à Jolyne.

— Madame Condit, c'est Monsieur Boucher. Il est à la réception. Il avait rendez-vous ce matin avec Patrick, son commercial. Mais avant de partir, il a demandé si vous auriez juste une seconde à lui accorder pour vous serrer la main. Ça lui ferait tellement plaisir !

Philippe Boucher était un client important. Un conseiller en gestion de patrimoine parisien qui, au fil des années, avait placé chez Condit une grande partie de l'épargne financière de ses propres clients. Très tôt, bien avant que la Maison jouisse de sa nouvelle renommée, il avait été séduit par son style, qui tranchait d'emblée avec celui de ces grandes banques un peu toutes identiques. Et s'il avait rendu visite aujourd'hui à son commercial, c'était pour lui annoncer que, à la suite de la performance miraculeuse des fonds Condit pendant la crise, il avait décidé de concentrer encore davantage l'argent de ses clients dans ces fonds.

— Bon, dites-lui d'attendre un peu à la réception, je vais venir le saluer. Carine, je vous laisse retourner travailler. Il faut que je salue ce bon Philippe Boucher.

— Bien sûr. À plus tard.

Carine se dirigea vers la porte pour sortir du bureau en même temps que Zenia, mais Jolyne l'interpella une dernière fois.

— Et, soyez gentille, vous me faites collecter ces commerciaux, n'est-ce pas ! Je compte sur vous.

Carine esquissa un sourire et sortit en compagnie de Zenia. Devant la réception, elle croisa Philippe Boucher qu'elle salua chaleureusement « Bonjour Philippe, Jolyne va pouvoir venir vous saluer dans un instant ». Puis elle remonta à l'étage.

Il se passa plusieurs minutes avant que Jolyne sorte de son bureau, visiblement très occupée, n'ayant sans nul doute consenti à interrompre l'examen de dossiers importants qu'en témoignage de sa considération pour Monsieur Boucher. Venir le saluer devant la réception plutôt que l'inviter dans son bureau donnait de la dynamique à ce geste de politesse, une touche de proximité, et en même temps conservait derrière ces doubles portes, le mystère du repaire où le génie de Madame Condit se déployait chaque jour.

— Bonjour Monsieur Boucher, comment allez-vous ? C'est gentil de venir nous voir.

— Bonjour Madame Condit, merci beaucoup de prendre le temps de venir me saluer. Je voulais juste vous dire merci, vous dire qu'on n'oubliera pas ce que vous avez fait pour nos clients quand tout allait mal, et vous dire que nous sommes très nombreux à penser la même chose. Voilà, c'est que je voulais vous dire.

Dans son émotion, Philippe Boucher s'était littéralement précipité pour délivrer son message d'un seul trait. Sur ces paroles, il serra ardemment la main de Jolyne.

— C'est très gentil, Monsieur Boucher, ne vous inquiétez pas, on va continuer.

— Je vois bien que c'est un peu plus dur cette année, mais je vous fais confiance !

— Eh bien vous avez raison, Monsieur Boucher ! Vous m'excusez, il faut que je file, j'ai du travail. Mais je voulais absolument vous saluer. Allez, à très bientôt, et merci encore de votre confiance.

Jolyne adressa à Philippe Boucher un sourire radieux en lui serrant de nouveau la main, comme s'ils étaient des amis de toujours, et retourna vers son bureau.

— Au revoir, Madame Condit, et je compte sur vous !

Chapitre 10

Du moment qu'on voit ma tête en page 1, je me fous de savoir ce qu'on dit de moi en page 17.

Mick Jagger

Il était à peine 8 heures du matin, le lundi 18 janvier 2010. Je m'en souviendrai toujours. Nous avions tous déjà découvert l'ampleur du désastre. Jolyne était dans son bureau pour préparer la réunion de gestion à venir quand elle lut à son tour l'article de Philip Clark. Son titre apparaissait en première page et renvoyait à un long développement en page 10 du *Financial Herald*, dans la section « *Asset management* ». Yves s'assit silencieusement en face du bureau de Jolyne. Cette dernière lui avait demandé de descendre immédiatement. Jolyne continuait de lire, de relire une troisième fois l'article. Yves se tenait prêt à essuyer la bourrasque. Jolyne avait le visage empourpré de colère et, les mâchoires serrées, elle leva finalement les yeux en dévisageant Yves, sans un mot. Après quelques secondes, l'orage éclata.

— Rappelez-moi pourquoi je vous paie, demanda Jolyne.

— …

— Pour protéger l'image de la Maison, asséna-t-elle. Avez-vous le sentiment d'avoir fait votre boulot ?

Avec ces fausses questions, Jolyne extériorisait un peu de son indignation. Accessoirement, elle faisait mine de rejeter sur Yves toute la responsabilité de ce fiasco.

— Je suis moi aussi très déçu par cet article, Madame Condit, répondit-il penaud.

— Que voulez-vous que je fasse de votre déception ? Commençons par le titre « *La reine de l'incertitude* ». Peut-on imaginer formulation plus ambiguë ? On dirait que c'est moi qui suis incertaine ! C'est inouï.

— Comme je vous ai dit, le titre des articles est décidé par le rédacteur en chef, expliqua Yves. Ce n'est même pas Philip qui a décidé de celui-ci. On ne peut rien y faire. Mais si le corps du texte n'était pas ce qu'il est, ce ne serait pas un problème. Ce titre est énigmatique. Il pourrait être interprété favorablement. Si seulement la suite vous dépeignait clairement comme celle qui est capable de gérer l'incertitude, tout irait bien.

— Remarquez, vu la teneur de l'article, vous avez raison, le titre aurait pu être pire. Pourquoi pas « la reine des tricheuses » tant qu'à faire ?

Jolyne n'entendait pas cacher sa hargne. Elle ne put s'empêcher de lire à voix haute plusieurs passages de l'article. Histoire probablement de s'assurer qu'Yves prenait bien la mesure du fiasco.

Dans un premier temps, l'apparence inébranlable de cette patronne et fondatrice du fonds d'investissement Condit, confortablement installée dans son luxueux bureau au premier étage d'un immeuble cossu du centre financier de Paris, en impose. Cette dame est sans nul doute, depuis ses prouesses remarquées lors de la grande crise financière, une incarnation de la réussite, fût-ce sur le tard.

— Première vacherie à l'anglaise. Et en plus, on ne les a pas reçus dans mon bureau mais dans une salle de réunion on ne peut plus simple. Ils affabulent dès le début.

Mais rapidement, on découvre que son assurance, sa confiance en elle-même, n'ont d'égale que son adresse à éluder les questions.

— Cette attaque est complètement gratuite. Yves, n'ai-je pas répondu à ses questions ?

— Pas comme ils l'espéraient, je suppose.
Jolyne continua la lecture.

Le désir manifeste de Jolyne Condit de ne pas rentrer dans le détail sur la façon dont elle a généré une performance pour le moins surprenante au cœur de la crise financière de 2008 laisse perplexe. A fortiori quand on sait aujourd'hui à quel point des artifices comptables ont permis à certains de ses concurrents, souvent autrement plus reconnus, et parfois de longue date, de faire illusion. D'ailleurs, quand on interroge Jolyne Condit sur les agissements de Bernard Madoff, elle ne cache pas son admiration : « Il avait beaucoup de talent ». À sa décharge, quand on suggère que la chance a pu l'aider, elle, à afficher des performances extraordinaires, elle le reconnaît de bonne grâce et confesse qu'elle ne recruterait jamais un gérant qui se dirait malchanceux.

— Mais quelle bande de crapules ! Leur mauvaise foi, leur art consommé de dénaturer mes propos est pire que ce que je craignais.

Madame Condit ne se considère rien moins qu'à l'avant-garde du métier de la gestion, à la tête d'une élite de « happy few », sorte de Prométhée au service des épargnants. C'est tout juste si elle ne pense pas que c'est elle qui décide de la direction des marchés. Elle nous déclare sans hésiter : « Nous sommes des précurseurs, pas des losers ». Ses larges sourires seraient presque irrésistibles s'ils n'étaient ostensiblement utilisés pour essayer de faire passer les affirmations les plus contestables. Ainsi, Madame Condit ne croit absolument pas à l'investissement au service de l'écologie. Et elle n'hésite pas à attaquer directement ses pairs, eux qui pourtant ont le mérite d'y consacrer beaucoup de talent et d'énergie.

—Ah, et pour finir en beauté, écoutez ça.

Finalement, il nous semble que nous sommes ressortis de notre entretien avec Madame Condit avec plus de questions que de réponses. Comment la gestion Condit a-t-elle réellement fait pour offrir à ses clients une performance positive sur leurs avoirs quand tout s'écroulait ? N'a-t-elle pas pris des risques inconsidérés, qui par chance, se sont avérés payants ? La reine Condit n'est-elle pas si imbue de son talent qu'elle en devient dangereuse ? N'a-t-elle réellement que mépris pour les investisseurs qui se soucient de l'environnement ? L'avenir apportera peut-être les réponses. Mais nous sommes très dubitatifs après cette première rencontre avec Madame Condit sur sa capacité à réitérer ses performances passées. D'ailleurs le comportement récent de ses fonds l'année passée a été particulièrement médiocre.

Certes Jolyne s'était focalisée sur les passages les plus ouvertement agressifs de l'article. Elle omettait délibérément de citer quelques paragraphes qui s'efforçaient, quoique timidement, de rétablir un certain équilibre des arguments en rappelant la performance effective des fonds pendant la crise et en reconnaissant la maîtrise intellectuelle de Jolyne (quoiqu'en la qualifiant de « feu d'artifice verbal »). Mais cette dernière était à la fois profondément blessée et révoltée par cet article. Et c'était bien compréhensible. Nous étions tous médusés. Comment, pourquoi, ces deux journalistes avaient-ils décidé de s'en prendre à elle, et avec autant de violence, autant de mauvaise foi, en sélectionnant soigneusement les citations, en les déformant puis en les convoquant en dehors de tout contexte pour étayer leurs accusations ? Était-ce par pur chauvinisme ? Sexisme ? Agissaient-ils sur commande d'un rédac' chef aux intentions cachées ? Un concurrent influencerait-il l'opinion des deux journalistes, voire de toute la rédaction du *Financial Herald* ? Pourquoi le succès de Jolyne inspirait-il cette hostilité plutôt que l'admiration, comme celle dont les clients faisaient preuve ? Personne n'en savait rien. Jolyne était attaquée, et il fallait réagir.

— On ne peut pas laisser passer ces inepties. Ce ne sont que mensonges et insultes. Yves, vous commencez par envoyer un correctif à toutes leurs âneries. Préparez-moi un texte.

— On peut bien sûr demander un droit de réponse en apportant tous les correctifs, répondit Yves. Mais est-ce vraiment dans notre intérêt ? Ça risque d'attirer encore davantage l'attention sur cet article.

— Alors quoi ? Il est hors de question de ne pas réagir.

— On peut aussi appeler le rédacteur en chef et signaler notre mécontentement, mais ça ne changera rien.

Jolyne pianota quelques touches sur son téléphone.

— Vous avez une minute ?

Quelques instants plus tard, Carine entrait. Au contraire de sa patronne, elle semblait très calme. Ses yeux, aussi noirs que ceux de Jolyne étaient clairs, n'indiquaient aucune nervosité. Elle avait parfaitement anticipé la tonalité de l'article du *FH*. La réaction de Jolyne aussi. Une fois de plus, elle allait venir à son secours. Il eût visiblement été préférable que les journalistes se contentent de Carine pour l'entretien. Mais de temps en temps, ils ne peuvent se satisfaire d'une porte-parole. Et Jolyne elle-même avait voulu en découdre. Elle découvrait pour son malheur ce qu'il peut en coûter de vouloir croiser le fer avec des journalistes.

— Comment suggérez-vous qu'on combatte ces conneries ?

— Que veulent-ils obtenir par cet article ?

— Je vous dispense de vos devinettes. Qu'est-ce qu'on fait ?

— On commence par identifier le piège, et dans la mesure du possible, on évite d'y tomber.

Je ne comprendrais qu'un peu plus tard, grâce aux confidences de Chiara, pourquoi Carine était particulièrement sensible aux tactiques de provocations qui sont autant de pièges qu'il faut absolument savoir éviter.

— Expliquez-vous. On perd du temps.

— Ces journalistes, pour une raison que nous ne connaissons pas, veulent vous nuire. Donc ils écrivent un article à charge. Mais ils n'ont rien de concret à se mettre sous la dent. Par conséquent, ils en sont réduits à vous planter des banderilles dans le dos et à agiter une muleta devant vous.

— S'ils voulaient me rendre furieuse, c'est sûr qu'ils ont réussi leur coup. Donc, si je comprends bien, vous me dites qu'il me faut être plus intelligente qu'eux et ne pas charger à mon tour. C'est ça ? Rentrer dans mon box bien sagement, et tant pis pour les dégâts à mon image. C'est hors de question. Yves, vous me préparez une lettre adressée au rédacteur en chef du *FH* qu'on leur demandera de publier. Et s'ils refusent, nous nous offrirons une demi-page de publicité dans un autre canard pour publier notre lettre.

— Vous foncez droit vers la rapière, dit Carine

— Vous avez mieux à proposer ?

— Céder à la provocation est un réflexe qui vous fait tomber dans le piège de l'adversaire.

— Puisque vous êtes si futée, on vous écoute.

— Je ne suis pas magicienne. Bien sûr que ce tissu de malveillance va donner une image fausse et négative à certains de leurs lecteurs qui ne vous connaissent pas. Est-ce une catastrophe ? Non. Vous aurez toujours des détracteurs. En revanche, d'une part tout le monde ne lira pas cet article, c'est pour ça qu'il ne faut pas en augmenter la visibilité, et d'autre part une grande partie des clients qui vous connaissent déjà bien seront presque autant révoltés que vous de ces sottises. Il reste les clients potentiels, ou pas encore fidélisés, qui pourraient avoir d'une manière ou d'une autre connaissance de cet article et se laisser influencer. Ceux-là sont importants parce que leur opinion n'est pas encore faite. C'est d'eux dont il faut s'occuper.

— Yves, demanda Jolyne, vous voyez l'idée de Carine ?

— Oui, et je suis tout à fait d'accord avec elle.

— Le contraire m'aurait étonné, laissa fuser Jolyne.

— Je ne vois qu'une stratégie, poursuivit Yves. Allumer des contre-feux. Tu es d'accord Carine ?

— Bien sûr. Nous avons suffisamment de clients et de journalistes qui nous portent aux nues pour générer des tas d'article favorables qui dilueront très largement le poison de celui-là. Ceux qui s'intéressent à vous liront nos articles.

— Je me réserve la possibilité d'attaquer le *FH*. Ce sont des crapules. En attendant, je suis d'accord pour qu'on adopte votre méthode. Vous vous chargez des interviews ou c'est à moi de corriger le tir ? Yves, qu'en pensez-vous ?

— Je pense qu'il ne faut pas que vous donniez à voir une dirigeante qui soudain paniquerait en accordant quantité d'entretiens parce qu'un article lui a été défavorable. Vous êtes aux commandes. Vous n'êtes pas là pour passer votre temps à communiquer.

— Je suis d'accord avec Yves, confirma Carine. En plus, si ça ne fonctionne que partiellement, il vaut mieux que cette fois les tirs soient ciblés sur moi que sur vous.

— OK, on fait comme ça et j'ai hâte de lire les prochains articles. Allez, au travail.

— Pour l'amélioration des performances, je vous laisse faire, ajouta Carine avec un léger sourire.

Chapitre 11

Si on commence par des certitudes, on finit par des doutes. Si on commence par des doutes, on finit avec des certitudes.

Francis Bacon

De nombreux mois avaient passé. Les marchés financiers avaient continué de se reprendre tout au long de l'année 2010 et la Maison Condit n'en avait toujours pas profité. Les journalistes n'avaient pas eu tort sur ce point. En ce printemps de l'année 2011, la prudence obstinée de Jolyne pesait maintenant très lourdement dans les performances. Les clients avaient jusque-là été très patients, se souvenant de la prouesse réalisée au moment de la crise. Mais leur constance commençait à sérieusement s'émousser. Toutefois, le vent des marchés semblait tourner de nouveau et la réunion ce matin-là allait inévitablement être consacrée à ce sujet.

— On vous écoute, entama Jolyne.

— C'est la débandade, répondit Luc.

— Je ne vous le fais pas dire.

— Je crois qu'on va passer un été de merde.

— Vous ne pensez pas tous les deux qu'on a vu le pire ? se risqua Adil. On a eu le Printemps arabe, Fukushima, ça va peut-être aller, non ?

— Si vous ne voyez toujours pas le baril de poudre sur lequel l'Europe est assise, ça devient inquiétant, Adil, rétorqua Jolyne.

— Même aux US, ça ne va pas fort, surenchérit Luc. Il se dit que les agences de notation sont sur le point d'abaisser la note de la dette souveraine des États-Unis. Si c'est le cas, ça va être un bordel !

— Imaginez, Adil, qu'au milieu de toutes ces mauvaises nouvelles, les États-Unis perdent leur notation AAA, insista Jolyne. Autrement dit que ce pays, le plus puissant du monde, commence à être considéré lui aussi comme un investissement risqué. Comment se comporteront vos banques européennes ?

— Bien sûr, dans votre scénario du pire, tout va à la cave. Mais le pire n'est jamais sûr. Je vous trouve tellement pessimiste !

— Je vais vous expliquer une bonne chose Adil : la gestion, ça ne se limite pas à choisir les risques qu'on veut prendre. La clé c'est d'être capable de choisir ceux qu'au contraire, on ne veut *pas* prendre. Les vrais risques, ceux qui pourraient vous tuer. Ils sont peu nombreux et vivent cachés la plupart du temps. Mais ils ne vous accordent aucun droit à l'erreur. C'est ceux-là qu'il faut être capable de repérer et d'éviter. La gestion c'est ça : choisir par soustraction. C'est ce qu'on a fait il y a trois ans, et c'est ce qu'il faut faire de nouveau aujourd'hui.

Jolyne pressentait la possibilité imminente que le château de cartes des marchés s'effondre de nouveau. Sa prudence excessive depuis plus de deux ans allait enfin être validée. Et il était hors de question que la Maison Condit soit ensevelie maintenant sous les décombres. La réputation de la Maison Condit était en jeu. Quand on a ses économies chez Condit, on ne perd pas d'argent, même en période de crise. A fortiori quand le coût de cette prudence a été si élevé.

Au sortir de la réunion, Chiara alla prendre un thé dans la petite pièce qui faisait office de cafétéria de l'étage. Mi-salle de réunion, mi-cuisine, elle constituait au bout du couloir un lieu privilégié, qu'il s'agisse de décompresser ou simplement de se retrouver à quelques-uns pour papoter. Quelques fauteuils et une petite table y avaient été installés afin que les employés puissent venir y faire une pause quand ils le souhaitaient. Le café, le thé, une fontaine à eau, un four à micro-ondes, un petit réfrigérateur à côté d'un évier étaient mis à disposition gratuitement et justifiaient que tout le monde appelle « cuisine » ce petit réduit. Quelques esprits chagrins voyaient dans ces largesses la manifestation d'une forme de paternalisme visant principalement à augmenter la productivité, notamment au moment de la pause déjeuner, en permettant au personnel de rester sur place au lieu de perdre du temps à sortir déjeuner dans le quartier. Les mêmes grincheux faisaient remarquer que la direction encourageait d'ailleurs l'usage fréquent de la cuisine. Je me souviens du reproche que m'avait un jour fait Charles Quint de ne pas suffisamment la fréquenter. Car, en agissant ainsi, je ne participais pas suffisamment la socialisation et la communication informelle dans l'entreprise ! Il faut bien reconnaître que le souci apparent du bien-être des employés, associé à de généreuses rémunérations, n'était probablement pas étranger au fait que, jusqu'à présent, la direction était parvenue à éviter l'émergence de tout syndicat au sein de la Maison Condit. À quoi aurait-il servi ? Cela faisait un souci de moins pour le directeur général Philippe Sursé, placé naturellement sous l'autorité de Jolyne, dont la mission était de s'occuper de toutes les questions d'organisation, de gestion de l'entreprise dans lesquels Jolyne n'avait théoriquement pas le temps de s'impliquer. Philippe était un excellent administrateur. Diligent et expérimenté. Jolyne n'en exigeait pas moins qu'il la consultât pour avis sur presque tout. C'était « sa » Maison. L'obsession du détail n'est-elle pas le propre de tous les entrepreneurs ? Et si cette obsession peut parfois faire perdre de vue l'essentiel, Jolyne se flattait précisément d'être capable de penser stratégiquement tout en flairant les détails qui méritaient son attention. Philippe était souvent très frustré de devoir soumettre les moindres de ses décisions à Jolyne. Mais, comme nous tous, il trouvait en échange de sa soumission la consolation d'un salaire confortable. De plus il était bien obligé, lui aussi, de convenir de la légitimité incontestable de Jolyne. Et – qui sait ? – peut-être au fil du temps parviendrait-il à gagner sa confiance au point qu'elle lui laisse un peu plus la bride sur le cou.

À la cuisine, Chiara rencontra Adil, qui était venu quelques instants plus tôt se servir un expresso.

— Ça va, Adil ?

— Très bien, merci.

— Pas facile, en ce moment, hein ?

— Quoi donc ? demanda Adil.

— Tout. Décider s'il faut prendre du risque, s'il faut tenir tête à Jolyne, s'il faut vraiment craindre une rechute des marchés.

— À mon avis Jolyne a atteint son niveau d'incompétence.

— Waouh ! C'est sévère !

— Mais c'est la vérité. Je pense que ça nous arrivera à tous avec l'âge. Malheureusement, pour Jolyne c'est maintenant. Elle est dépassée.

— Que veux-tu dire ?

— Jolyne a eu une intuition de génie il y a trois ans, très bien. On lui reconnaît tous ce mérite. Mais ce coup de maître s'est maintenant retourné contre nous. Elle a peur que notre image d'invincibilité, qui nous a amené des tonnes de souscriptions, s'effondre si nous étions cette fois victimes de la moindre baisse des marchés. Résultat, Jolyne est paralysée. Elle voit des risques partout et n'ose plus les prendre.

— Au moment où, selon toi, il faudrait en prendre.

— Ce n'est pas ton avis ?

— Qu'est-ce que j'en sais ? Prédire si le marché va monter ou baisser, j'avoue que ça me dépasse un peu.

— En un sens, tu n'as pas tort : anticiper le marché, c'est hyperdifficile. Mais, en même temps, c'est justement là qu'on peut faire une énorme différence quand on a raison. Pour info, c'est l'ADN de cette Maison, depuis sa création par Jolyne. Demande à Luc. Le problème, c'est que, pour les raisons que je t'ai expliquées, Jolyne ne parvient plus à raisonner correctement. Elle prône sans cesse le travail, l'approfondissement des sujets, mais elle n'est plus capable de faire elle-même ce qu'elle exige des autres. Elle fuit le risque, voilà tout. Et ce qu'elle risque surtout, c'est de nous faire tout perdre après nous avoir fait tout gagner.

— Je débute dans ce métier, comme tu sais. Je suis loin de tout comprendre encore. Toi qui es expérimenté, quel conseil principal tu me donnerais ?

— Il faut y croire et se donner à fond. Et alors l'avenir est à toi. C'est pas plus compliqué que ça.

— Je n'ai aucune réticence à travailler beaucoup. Simplement, je me demande si ce métier est fait pour moi.

— Tu m'excuseras, mais je ne suis pas très patient avec les états d'âme. « *You're in or you're out* » comme dirait Jolyne. Les règles du jeu sont simples. Tu performes, t'es payé. Et il faut reconnaître que Jolyne n'est pas mesquine. Tu performes pas, t'es viré. Il n'y a pas de rente dans ce métier. C'est la justice du système. À la première alerte, ton bonus s'effondre, à la deuxième t'es dehors. Mais si t'es bon, tu palpes.

— C'est une forme de justice, en effet.

— Maintenant, si tu préfères la sécurité de l'emploi avec un petit salaire gentiment garanti, c'est pas la bonne adresse. C'est pas la bonne adresse pour le prestige non plus. Nous, tu sais, on n'est que des épiciers. On essaie juste de gratter un peu de fric comme on peut sur les marchés. Les seigneurs, ce sont les banquiers d'affaires, ceux qui pilotent des fusions et acquisitions, ceux qui conseillent les sociétés. C'est pas le même monde. Peut-être que c'est ça que tu devrais faire.

— Peut-être.

— C'est à toi de voir. Personne ne peut choisir à ta place.

— Bien sûr, excuse-moi.

— *No problem.* Va peut-être voir Carine si tu te fais des nœuds au cerveau. Je pense qu'elle sera beaucoup plus compréhensive que moi. Je te laisse, j'ai des achats sur le feu.

— Bien sûr. Merci du conseil.

Chiara n'était pas entièrement surprise, mais impressionnée tout de même par la véhémence des reproches qu'Adil faisait à Jolyne. Il reconnaissait les mérites passés de sa chef mais ne croyait plus en elle. Il faut croire qu'il restait parce qu'on était toujours bien payé chez Condit. Ou alors, se faire embaucher chez un concurrent n'était pas si facile. Adil, au fond, faisait partie des rouages du système. Sans se poser beaucoup de questions, il essayait simplement de rester cohérent. Chiara accepta l'idée qu'en effet, parler avec Carine l'aiderait peut-être à y voir plus clair. Carine la sage, Carine qui sait prendre le temps d'écouter. Celle vers qui on se tournait en confiance chez Condit pour toutes les questions un peu délicates. Plutôt qu'aller tout de suite retrouver ses écrans, Chiara décida d'aller lui rendre visite dans son bureau. Sa porte était ouverte, comme toujours.

— Excuse-moi Carine, je pourrais te voir cinq minutes aujourd'hui ?

— Bien sûr, quand tu veux. Maintenant, si ça te va.

— Super, je viens avec mon thé.

— Vas-y, assieds-toi.

— Tu vas bien ?

— Très bien, merci. Qu'est-ce que je peux faire pour toi ?

— Oh, je voudrais simplement prendre un peu de ton temps pour te demander conseil. Que tu m'expliques un peu la façon dont tu vois les choses. Et puis, toi tu connais parfaitement la Maison, tu connais bien Jolyne. Ça me serait très utile que tu m'expliques un peu comment tout fonctionne. Ce que je fais ici est très intéressant mais j'avoue que je me pose encore quelques questions.

À l'évidence, Chiara ne savait elle-même pas très bien à quelles questions elle cherchait une réponse. Son interrogation ressemblait davantage à une quête un peu confuse, intime. Où mettait-elle les pieds exactement ? Quelle était sa véritable motivation ? Cette dernière suffisait-elle ? À l'époque, elle était bien loin d'imaginer où ce questionnement finirait par la mener.

— Écoute, je ne suis pas sûre de bien saisir ce que tu me demandes. S'il s'agit du fonctionnement de la gestion, je ne suis pas la mieux placée pour te conseiller. Je ne suis pas gérante. Je ne suis que porte-parole, ou VRP de Jolyne si tu préfères.

— Pour représenter la Maison partout, tu la comprends forcément. Et puis, j'ai l'impression que tu es bien davantage qu'une porte-parole.

— Tu te trompes.

— Désolée, mais je ne crois pas.

— Si tu considères que gérer les petits problèmes dont personne ne souhaite s'occuper est un élargissement de mes responsabilités, alors pourquoi pas, répondit Carine en souriant. Par exemple, aujourd'hui je dois tenter de résoudre un souci rencontré par nos commerciaux.

— Ah ?

— Ça t'intéresse que je t'explique ?

— Volontiers.

— Très bien, ça te donnera une idée de mes grandes prérogatives. Voilà ce dont il s'agit : le « souci » m'a été refilé par Jolyne. Il concerne, si j'ai bien compris, un gros client, un certain Camille Lamarre, client d'Anne, l'une de nos excellentes commerciales. Ce client aurait apparemment notifié à Markus qu'il souhaite changer d'interlocuteur. Il n'a rien à redire du service offert par Anne mais il souhaite changer de commercial pour une personne du sexe opposé. Les RH me disent que Markus lui a poliment répondu que ce critère n'était pas recevable. Mais le client aurait alors changé de ton et menacé de retirer toute l'épargne de ses clients si sa demande n'était pas satisfaite. « La concurrence serait ravie de l'aubaine et, après tout, a-t-il ajouté, les performances récentes de la gestion Condit ne sont vraiment plus brillantes ». Markus a naturellement remonté le problème jusqu'à Charles Quint, puis Jolyne, qui s'en est immédiatement déchargée sur moi. « Ça, c'est pour vous, m'a-t-elle dit. Je vous fais confiance. On ne va quand même pas perdre aussi bêtement près d'une vingtaine de millions d'en-cours ».

— Comment vas-tu t'y prendre ?

— Je ne sais pas. Je pense que je vais rencontrer le client et lui expliquer de nouveau que chez Condit, on est là pour satisfaire les besoins de clients, mais qu'il n'est pas possible de choisir son commercial sur la base du genre. Pas plus que sur celle de la race, de la religion ou des opinions politiques. Si j'arrive à y mettre suffisamment de pédagogie et à introduire un peu d'humour, il devrait se laisser convaincre.

— Et si le client retire tout son argent ?

— Et s'il bluffait ? Nous verrons bien.

— Tu aimes ton métier ?

— Je doute que ce soit une des grandes questions que tu te poses.

— OK, c'est plutôt la question que je me pose à moi-même.

— Et tu voudrais que je t'aide à y répondre ?

— Ewan, Luc, Adil aiment visiblement leur métier. Et ils sont à fond dedans. Ils n'ont aucun « état d'âme » comme dit Adil.

— Et toi, tu te demandes si ce monde est fait pour toi ?

— Un peu. Tu me permets de t'expliquer ?

— Vas-y.

Chiara raconta dans le détail à Carine avec quelle force sa famille déplorait, voire condamnait, son choix de venir travailler chez Condit. Elle raconta comment son père l'avait littéralement chassée de chez lui quand elle lui avait offert une part de son bonus. Combien ce malentendu la peinait, sans pour autant lui faire abandonner l'espoir de convaincre un jour son père et son frère de la sincérité de ses intentions. Les convaincre que profiter de ses rémunérations confortables pour en redistribuer une bonne part à ceux qui en ont besoin, c'était combattre le capitalisme de l'intérieur, le parasiter. Détourner les profits qu'il génère pour être utile aux autres.

En racontant son trouble, Chiara avait laissé les larmes lui monter au bord des yeux.

— En embrassant cette carrière dans la finance, intervint Carine, tu veux lui donner du sens, mais ton père ne le comprend pas, en tout cas pas encore. Ou plutôt, ce sens ne fait pas le poids face à ses principes. Symboliquement, tu as tourné le dos à son monde. Et maintenant, c'est physiquement que tu es écartée. Si je peux me permettre un conseil, retourne voir ta famille rapidement. L'absence ne gagne rien à durer. Même les plus grands héros, même Ulysse, même Thésée ont eu des retours difficiles auprès de leurs familles parce qu'ils étaient partis trop longtemps. Et puis, j'entends que tu admires une certaine noblesse d'esprit chez ton père. Il croit visiblement en certains principes sacrés pour lui mais, à ce que tu m'en dis, il n'est tout de même pas dans la foi aveugle. Un véritable dévot sacrifierait sa fille plutôt que sa foi. Je n'ai pas l'impression que ton père soit dans ce cas. Il n'est sûrement pas prêt à renoncer à toi sur l'autel de la lutte des classes. Cours-y vite.

Chiara ne dit rien.

— Mais dis-moi, je reviens à ton métier, poursuivit Carine. La question est de savoir si le sens que tu veux lui donner suffira pour t'y sentir à ta place, malgré tout ce que tu viens de me dire.

— Je pense que oui, et puis le métier est intellectuellement stimulant.

— Fais attention tout de même. Se sentir à sa place, c'est être capable de vivre intensément, de s'investir sans arrière-pensée. C'est ressentir un véritable élan qui te porte chaque matin. On peut vivre sans cela, bien sûr, beaucoup de gens le font. Mais à long terme ça peut devenir pesant.

— Tu te sens à ta place, toi ?

Carine ne répondit pas, se contentant d'un sourire.

— On n'est pas ici pour parler de moi, finit-elle par lâcher. Que dirais-tu de venir passer l'après-midi à la maison un dimanche ? Quand il fait beau mon jardin est agréable. On pourra discuter autant que tu le voudras. C'est à une heure de train de Saint-Lazare.

Il était exceptionnel pour Carine d'inviter une collègue chez elle. Sa réputation d'un naturel plutôt solitaire en dehors du cadre professionnel coïncidait en général avec un strict cloisonnement de sa vie privée. Mais la façon dont Chiara l'avait sollicitée l'avait encouragée à faire exception. D'abord, en tant que « *rookie* » dans la Maison, Chiara avait besoin d'un mentor. Aussi, elle sentait une sorte d'affinité spontanée avec elle. Enfin, il y avait cette idée de recrutement que Jolyne avait mentionnée et dont il n'était pas impossible que Chiara fasse un jour les frais. Par loyauté à l'égard de Jolyne, Carine ne pouvait l'en informer. Mais il n'était certainement pas trop tôt pour aider Chiara à ouvrir les yeux sur les pièges cachés du métier.

— Super, c'est très sympa de ta part. Dans une quinzaine de jours, tu serais libre ?

— Parfait, je t'envoie mon adresse. En attendant, j'appelle le client d'Anne.

— Bonne chance.

Chapitre 12

Le jazz est un bon baromètre de la liberté.

Duke Ellington

La ligne SNCF était visiblement ancienne, la locomotive plutôt poussive, les sièges, recouverts de feutrine, défraîchis. Et les panoramas traversés n'avaient pas été féeriques. Petit à petit, les paysages de banlieues morcelés avaient fait place aux océans de céréales. De blé d'abord, puis de maïs aux grains fripés, déjà presque prêts à être récoltés. Dans le calme de ce début d'été seulement rythmé par le tac-tac régulier des roues qui passaient sur les joints entre les rails, le trajet de Chiara jusqu'à la gare du Mans avait été paisible. Elle l'avait vécu, elle la citadine, comme une transition entre deux mondes, de celui de l'efficacité et de l'impatience, qui lui était de plus en plus familier, à celui d'une calme sagesse, qu'elle imaginait s'incarner dans cette province modeste. Elle s'apprêtait à passer plusieurs heures avec Carine, qu'elle connaissait très peu, pour lui parler de préoccupations assez intimes. Qu'est-ce qui lui avait pris de venir s'exposer comme ça ? Une confiance d'instinct en Carine sans doute. Et puis, après tout, c'est Carine qui lui avait rapidement proposé de venir passer l'après-midi au Cabanon au lieu de se contenter d'une brève discussion dans son bureau. Elle était curieuse aussi de mieux la connaître.

Lorsqu'elle aperçut Carine qui l'attendait sur le quai de la gare, c'était presque comme si elle retrouvait une vieille amie.

— Ça me fait très plaisir de te voir ici, lui dit-elle en descendant sur le quai. Merci pour l'invitation. En plus, te voir habillée autrement que dans un strict tailleur sombre, j'avoue que c'est sympa.

Cette remarque fit sourire Carine.

— Cette tenue est un peu mon péplos. Ici la priorité est au confort et au plaisir. Tu as bien fait de venir toi aussi en mode « week-end ». Quoique toi, tu oses toujours la couleur !

Carine la conduisit jusqu'au Cabanon à bord de son vieux fourgon. Il suffit alors à Carine de soulever légèrement une clenche mangée par la rouille pour que s'ouvre son petit portillon, et les deux femmes qu'une bonne vingtaine d'années séparaient entreprirent d'abord une promenade dans le petit jardin attenant à la maison.

— C'est un coin que j'entretiens assez peu, dit Carine en ouvrant la marche sur un petit chemin caillouteux. J'aime ce fouillis. En plus, ça me permet de le mettre au crédit d'un geste en faveur de la biodiversité, ajouta-t-elle en souriant.

Soudain Carine s'arrêta.

— Tu as entendu ? demanda-t-elle.

— Quoi donc ? Un oiseau ?

— Oui, tu entends cette succession régulière d'un petit cri court suivi d'un autre un peu plus long et plus grave d'environ une quarte ?

— À peu près.

— C'est une mésange charbonnière. Mes arbres en sont garnis. Il y a encore quelques années elles ne chantaient que jusqu'à l'été. Aujourd'hui, elles s'expriment jusque tard dans l'automne. Elles sont très bavardes, mais pas très imaginatives. Elles s'aventurent rarement au-delà de ces deux tons. Parfois trois ou quatre, mais guère plus.

Chiara acquiesça.

— Là, écoute celui-là.

— J'écoute.

— Lui, c'est le ténor, le caïd du bocage. C'est autre chose. C'est le merle noir. Entends comme sa voix est puissante, sa mélodie beaucoup plus riche. C'est étonnant comme les notes que cet oiseau produit sont agréables à l'oreille humaine. Maintenant là, sur ta gauche, c'est un pinson, tu l'entends ? Il est très mélodieux aussi. Si tu ne l'as pas entendu, pas d'inquiétude : tu vas l'entendre encore.

Il chante toujours la même chanson. Une sorte de descente plus ou moins chromatique. Jolie mais presque mécanique. Là, écoute, c'est la fauvette à tête noire.

Chiara se concentra.

— Son chant est aussi très agréable, dit-elle.

— En effet, mais lui encore ne fait que répéter toujours la même formule. On l'entend avec plaisir, mais que peut-il véritablement exprimer s'il ne fait que reproduire indéfiniment les mêmes schémas ?

— J'en perçois un autre je crois, là.

— Mais oui, tout à fait ! C'est Tatum !

— Tatum ?

— Oui, comme Art Tatum. Je l'ai baptisé ainsi à cause de son art de l'improvisation. Il est le seul capable de modifier autant son chant à chaque instant.

— Un rossignol ?

— Bravo ! Un rossignol philomèle. Il a élu domicile dans ce châtaignier. C'est un fidèle. Il revient chaque année au printemps, mais on ne le voit quasiment jamais. Il faut se contenter de l'écouter. Dans quelques semaines il repartira pour l'Afrique. Son chant est mélodieux comme celui du merle, mais un peu moins puissant et je le trouve plus plaintif, moins moqueur. Mais surtout, il est incroyablement varié. C'est comme s'il ne jouait jamais deux fois les mêmes notes, ou en tout cas pas de la même manière. Je me dis qu'il chante parfois sa tristesse comme le faisaient les tout premiers musiciens de blues.

— Pourquoi pas? répondit Chiara, amusée par cet anthropomorphisme un peu facile.

— Tu sais que son nom renvoie à la mythologie grecque ? Une histoire raconte les mésaventures de la belle Philomèle. Sa sœur Procné était mariée à l'horrible Térée, roi de Thrace. Ce dernier, irrésistiblement attiré par la beauté de sa belle-sœur, décide de lui tendre un piège : il l'entraîne dans une bergerie où il la viole et lui tranche ensuite la langue pour l'empêcher de parler. L'époque était violente ! Térée parti, Philomèle brode sur une toile blanche le récit de son viol par son beau-frère en lettres de pourpre et envoie la tapisserie à sa sœur Procné. Celle-ci découvrant ce qui s'est passé, décide de venger Philomèle en tuant le fils de Térée, dénommé Itys. Et pour échapper à la colère du père violeur, les deux sœurs se métamorphosent alors en oiseaux : Philomèle en rossignol et Procné en hirondelle. Depuis, Philomèle chante sa douleur sur tous les tons.

— Magnifique ! Tu es ainsi entourée de musique et de mythes !

Chiara s'étonnait un peu que Carine fût incollable sur les oiseaux et la mythologie grecque, mais ne se posa pas davantage de questions.

— Pour finir, on raconte qu'Itys fut lui changé en chardonneret. Il faut prendre le temps d'écouter les mythes, Chiara. Ils recèlent parfois des vérités profondes. Prendre le temps de les chercher ! C'est le plus grand luxe que je m'offre ici.

— Là, j'ai l'impression d'entendre un chant encore différent.

— Tu as une très bonne oreille. Ce que tu entends est le chant d'un rouge-gorge. Lui aussi m'est cher. Quand il est nerveux, que ça ne va pas, qu'il est inquiet, il émet un cri en une sorte de staccato, une succession très rapide de petits sons brefs un peu métalliques. Et quand il est paisible, comme maintenant, alors il chante et sa mélodie devient au contraire délicieuse. Elle coule comme de l'eau. C'est ce que tu entends. Dans quelques semaines, quand tous les autres seront partis, lui sera toujours là, avec ses congénères. Il sera presque le seul à m'accompagner tout l'hiver, avec le geai, dont le cri est horrible. Il symbolise pour moi la vie qui continue même quand tout semble mort.

Chiara souriait à ce petit cours d'ornithologie improvisé. Elle souriait aussi en constatant que Carine au milieu de la nature était déjà bien différente de la professionnelle accomplie et dépassionnée qu'elle connaissait au bureau.

Une allée de vieux pas japonais partiellement envahis par les mauvaises herbes ramena Carine et Chiara vers la maison.

— Ton jardin est très agréable, Carine.

— Oui, je m'y sens bien. Mais rentrons. Il commence à faire frais. Dans cette région le soleil met du temps à boire la rosée de la nuit. Et puis, je voudrais te faire écouter quelque chose.

Carine poussa une lourde porte en bois presque dissimulée au milieu d'un grand mur couvert de lierre. Puis, tout de suite à droite après un petit vestibule, où elles se déchaussèrent et posèrent leurs manteaux, elles pénétrèrent dans un salon tout en longueur, visiblement la pièce principale de la maison. Au contraire du jardin, ce lieu n'était pas en désordre. Sauf pour un amoncellement de bouquins qui jonchaient une massive table en chêne entourée de six chaises en paille. Chiara parvint seulement à identifier *Anna Karénine*, *Jane Eyre et Le Bateau ivre* parmi les dizaines de livres entassés. Ils avaient dû trouver refuge sur la table faute de place sur de larges étagères qui grimpaient jusqu'au plafond et où quantité d'ouvrages visiblement fatigués sommeillaient aussi, blottis les uns contre les autres. À l'autre bout, un vieux fauteuil club très élimé et un canapé d'angle en tissu faisaient face à une grande cheminée. Celle-ci semblait gardée par deux grandes enceintes, datant probablement des années 80-90, posées de part et d'autre. De fins câbles torsadés, mal dissimulés sous un épais tapis, les reliaient à une platine tourne-disque posée sur un buffet. Entre les deux extrémités de la pièce, sur les grands murs de pierre, étaient accrochés quelques tableaux de la chaîne himalayenne que Jolyne aurait très certainement considérés comme des croûtes sans aucun intérêt, et quelques photos d'amateur de paysages basques. Sur l'un des côtés, en face de la porte qui donnait sur le vestibule, se trouvait une lourde armoire normande qui, entre autres trésors, abritait une collection de vieux vinyles, et de l'autre côté une sorte de grand oriel qui parvenait à capter le moindre photon émis par le ciel sarthois. Carine et Chiara s'installèrent face à la cheminée. Carine apporta une théière japonaise fumante et deux tasses sur un grand plateau de bois.

— Thé ? demanda-t-elle.

— Volontiers.

— Dis-moi Chiara, quels sont tes passe-temps favoris, même si je n'aime pas beaucoup cette expression ? Qu'aimes-tu faire quand tu as du temps libre ?

— Si je devais citer une activité, mais il y en a plusieurs bien sûr, je dirais les échecs. Depuis toute enfant, je me suis passionnée pour ce jeu. Un copain m'avait initié aux règles quand je devais avoir une dizaine d'années, et ça m'a tout de suite plu. Je fais encore quelques parties le week-end. J'ai toujours adoré le côté démocratique de ce jeu : tout le monde peut s'offrir un échiquier et quelques pièces en bois, ou même les fabriquer quand on n'a pas un sou. Excuse-moi, me revoilà avec mes convictions politiques ! Mais il est vrai que j'aime que ce jeu puisse être pratiqué assidûment par n'importe quel paysan au fin fond de la Sibérie. Et puis sur seulement 64 cases, les possibilités sont infinies. J'ai toujours trouvé ça fascinant.

— Sais-tu que Staline détestait les échecs ?

— C'est vrai ?

— Ils étaient pour lui une marque d'individualisme, un jeu bourgeois. Mais il a vite compris que le jeu présentait aussi des avantages. Il pouvait créer pour les joueurs un monde virtuel qui les détournerait de leur esprit critique. Tant qu'ils seraient accaparés par le jeu, ils ne penseraient pas à se rebeller ou à comploter. Et les échecs sont ainsi devenus un sport national de la Russie soviétique, pratiqué comme tu le dis jusqu'aux confins de la Sibérie, mais aussi dans les usines, les champs, comme dans les prisons.

— Tu sembles bien connaître ce jeu.

— J'y ai joué, il y a longtemps.

— Pour finir de répondre à ta question, j'adore aussi regarder Arthur travailler. J'admire sa dextérité. Mais aussi sa poésie, sa faculté de créer. J'admire aussi sa façon de s'élever, de *nous* élever, l'air de rien, au-dessus des futilités aussi bien de la vie quotidienne que des grands discours. Quand il travaille, il est entièrement dedans, si tu vois ce que je veux dire. Il ne parle pas beaucoup. Mais j'ai parfois l'impression que ça donne de la vie à chaque mot qu'il prononce. Ton observation des oiseaux tout à l'heure me faisait penser à lui.

Carine sourit de nouveau.

— Cet endroit est magnifique, poursuivit Chiara. Mais tu ne t'y sens pas trop seule ?

— J'y vis seule, en effet. Mais quant à savoir si je m'y *sens* seule, c'est tout autre chose. J'ai repensé à notre brève discussion d'hier, et je voulais te demander : idéalement, quel métier voudrais-tu, ou aurais-tu voulu, faire ?

— Je ne sais pas. Je ne suis pas adroite de mes mains comme Arthur, alors je dois me limiter aux métiers où on n'utilise que sa tête. « Idéalement » ? Peut-être chercheuse. Ou bien prof. En fait, je souhaiterais à la fois être stimulée intellectuellement et trouver dans mon métier au moins un peu de sens. C'est pour ça que je me dis que j'ai peut-être trouvé ma voie avec ce que je t'ai expliqué hier.

— Mais tu te demandes néanmoins si le monde de la finance est vraiment fait pour toi.

— Oui, à cause de ces a priori liés à mon éducation.

— Je comprends, mais il n'y a que toi qui pourras un jour trancher.

— C'est ce que m'a dit Adil, avant de me suggérer d'en parler avec toi.

— Il a raison sur le premier point, mais ce n'est certainement pas moi qui suis la mieux placée pour te conseiller sur cette question.

— Pourquoi « certainement pas toi » ? Tu as tout le recul nécessaire.

— C'est difficile à expliquer. Ça t'ennuie si on écoute un peu de musique ? Je voudrais te faire écouter quelque chose.

— Bien sûr. Avec plaisir.

Chiara était partagée entre la crainte que Carine soit en train de complètement esquiver sa question, et la curiosité du chemin détourné qu'elle empruntait peut-être pour lui faire comprendre quelque chose de plus complexe. Son intuition lui dictait néanmoins de rester attentive.

— C'est une composition de Wayne Shorter, un de mes saxophonistes de jazz préférés. Un morceau qui s'intitule *Face on the Barroom Floor*, et il a une histoire que je voudrais te raconter avant qu'on l'écoute.

— OK.

— L'histoire commence à la fin du XIXe siècle. Un poète new-yorkais du nom de John Henry Titus écrit une ballade, sorte de long poème en vers qu'il intitule « *The Face upon the Barroom Floor* ». Ce poème raconte la fin tragique d'un artiste qui vient de perdre l'amour de sa vie, Madeline, comme morte pour lui depuis qu'elle l'a quitté pour un autre homme. En entrant dans un bar, il raconte sa triste histoire à l'assistance, se soûle de désespoir, puis commence à dessiner sur le sol le visage de Madeline. L'assistance découvre progressivement la beauté de l'amour perdu de l'artiste quand soudain ce dernier s'effondre, mort sur son dessin. Ce poème du chagrin insurmontable est d'une tristesse déchirante. Il a inspiré d'autres poètes, à la manière des répliques d'un séisme. Des peintres, des chanteurs, et même le réalisateur d'un petit film en 1914, avec Charlie Chaplin. En 1985, c'est au tour de Wayne Shorter de s'inspirer de ce poème. Il compose un morceau pour saxo et clavier.

— C'est émouvant, dit Chiara. Mais elle continuait de se demander quel pouvait être le sens de cette digression par la musique que lui proposait Carine.

— Cette histoire a un épilogue, ajouta Carine. Un jour, Wayne Shorter est en tournée en Europe. Il fait un récital au Festival de Nice où il joue après Michel Petrucciani. Ce soir-là, quelques minutes après qu'il fût rentré à son hôtel, on le voit apparaître livide dans le hall, hébété. L'explication est terrible. Il vient d'apprendre que sa femme Ana Maria, l'amour de sa vie, ainsi que sa nièce viennent de mourir. Elles étaient à bord du vol TWA 800 qui a explosé en plein vol quelques minutes après son décollage de l'aéroport JFK. Tu te souviens peut-être de cet accident. Toujours est-il que, quelques années après avoir écrit *Face on the Barroom Floor*, Wayne Shorter est lui-même dévasté par la perte de sa bien-aimée. La vie et la musique ne font plus qu'un.

— Incroyable.

Carine disposa alors sur sa platine un disque qu'elle sortit de son armoire.

— Écoute bien. Accorde à cette musique la même attention que nous portions aux oiseaux tout à l'heure.

Chiara, mise en condition par les explications de Carine, perçut en effet tout de suite dans le chant du saxo la douleur de l'artiste dévasté. Une douleur lente, lancinante, pitoyable aussi. Au fil du morceau, Chiara le voyait s'abîmer dans l'alcool autant que dans le souvenir devenu insupportable. Elle le voyait dessiner le visage perdu en faisant crisser un morceau de craie sur le sol de pierre. Puis elle le vit se pencher doucement sur le visage de sa bien-aimée, et disparaître à son tour.

— Suis-moi, dit Carine. Passons dans la pièce d'à côté.

Chiara emboîta le pas de Carine avec un sentiment étrange, presque inquiet. Pas très loin du fauteuil, une porte ouvrait sur une autre pièce. Ici aussi, la présence d'une grande fenêtre donnant sur le jardin apportait une grande luminosité à la pièce, malgré un sombre et épais tapis au sol, et de lourds rideaux de part et d'autre de la fenêtre. Au milieu trônait un grand piano *Bösendorfer*, visiblement assez ancien. Carine en ouvrit le pupitre, s'assit sur le tabouret, et Chiara prit une chaise près du mur.

— Ce piano a d'abord appartenu à ma grand-mère, puis à mon père. Ils étaient excellents musiciens. Quand je suis allée passer quelques années à New York le piano m'a suivi. Aujourd'hui il est un peu fatigué. Il aurait besoin d'une bonne révision. Mais il va largement suffire pour ce que je veux te montrer. Regarde la partition, continua Carine en tendant une feuille double à Chiara.

Voyons comment Wayne Shorter, à travers une simple mélodie et un accompagnement au piano extrêmement précis, est parvenu à te dire la vérité de sa souffrance.

Carine se mit à jouer les premières notes de la partition.

— Écoute comment, pour accompagner les trois-quatre notes du début de la mélodie, do, la, si bémol, sol, Wayne Shorter imagine un accord d'accompagnement très tendu, très douloureux : un accord de Mi bémol majeur avec une basse Mi bécarre ! Avec seulement cette première juxtaposition étrange on a déjà les prémices de toute l'amertume, de toute la tension qui va traverser le morceau. Puis ces deux quartes vont commencer à voyager.

Carine fit entendre ces intervalles successifs à partir du milieu du clavier.

— Elles vont d'abord descendre d'un demi-ton, et encore d'un demi-ton. La descente aux enfers a commencé. Pendant ce temps, tu le vois sur la partition, le saxo, lui, monte par étapes dans les aigus. Il va chercher le ré, puis le fa dièse. C'est âpre, grinçant. Avec un rythme irrégulier. Et finalement, après cinq mesures, l'introduction se pose dans les graves, sur un nouvel accord étrange, légèrement dissonant, en un point d'orgue. Le thème du morceau peut commencer, qui reprend en miroir les annonces de l'intro. Je ne vais pas t'en faire l'analyse maintenant, mais réécoute le morceau en entier, ainsi que les improvisations. Tu y entendras, j'en suis sûre, le génie de l'association pourtant souvent discordante entre la mélodie déchirante et son harmonisation, qui en augmente la force. Et puis tu entendras l'interprétation par Wayne Shorter, qui est extraordinaire. Il est entièrement « investi » dans ce qu'il joue. Cela s'entend parfaitement sur le disque que je t'ai fait écouter. Il ne s'agit plus de quartes, de quintes, ou de demi-tons. Il s'agit maintenant de musique. Et à travers la musique, il s'agit d'amour. La musique exprime l'indicible. Le souffle de Wayne Shorter dans le bec de son saxophone nous parle. Nous sommes au-delà de la virtuosité, de la brillance qu'aime tant le public. Nous sommes dans la vérité de la vie.

Chiara, les lèvres entrouvertes, avait les yeux rivés sur le piano. Elle qui aimait beaucoup la musique classique était profondément troublée par ce que Carine venait de lui faire apercevoir à travers quelques notes de jazz.

Carine rejoua une dernière fois l'accord final du morceau. Ses doigts se posèrent lentement sur les touches, de l'auriculaire de la main gauche dans les graves de son piano, sur un Si bémol lourd, profond, jusqu'aux cinq doigts de sa main droite, répartis entre les médiums et les aigus. Le tout produisit une euphonie aérienne. Les délicates dissonances choisies par Carine s'harmonisaient. Ses mains restèrent quelques instants immobiles au fond des touches. Et le piano continua ainsi de jouer pour elle. Les harmoniques du *Bösendorfer* se firent entendre doucement, les vibrations des cordes s'influençant les unes les autres. C'était comme une respiration, un souffle léger que Carine leur offrait avant qu'elle et Chiara ne retournent au salon.

Un doux silence, habité seulement du piaillement des oiseaux, s'installa un long moment.

— Je ne comprends pas encore le sens que tu souhaites donner à cette histoire, dit Chiara d'une voix douce. Ce que je découvre pour l'instant, c'est combien tu aimes profondément la musique, avec quelle intensité tu la vis. Mais, comment te dire, je te sens aussi très différente, plus pensive, plus grave peut-être que la Carine que je vois chaque jour au bureau. Mélancolique serait peut-être un meilleur mot. Je me trompe ?

Chiara s'étonnait d'avoir eu le cran de dire ça. Et Carine se sentait un peu piégée. Piégée mais presque soulagée. Paraître chaque jour était pour elle un tel effort de tous les instants. Elle se sentait comme ces coupables qui après avoir nié avec aplomb pendant des mois sont soudainement prêts à tout confesser. Le soulagement que procure l'aveu, arme ultime des enquêteurs. Mais Carine n'était coupable de rien, bien sûr. De rien qui soit répréhensible en tout cas. Partager avec cette jeune collègue quelques-uns de ses propres états d'âme ne risquait guère de tirer à conséquence.

— Je ne sais pas si c'est de la mélancolie, Chiara. Peut-être. Quand je ne suis pas ici, je navigue en bordure du monde des marchés financiers, et la fréquentation de cette frontière me fait côtoyer des facettes de la nature humaine qui me tourmentent un peu parfois.

— Que veux-tu dire ?

— Beaucoup de choses. Déjà le fait que nous sommes pétris de paradoxes, de contradictions. Blaise Pascal avait tellement raison quand il disait que « le malheur de l'homme vient d'une seule chose, qui est de ne savoir pas demeurer au repos dans une chambre ».

Carine semblait songeuse. Sous le regard perplexe de Chiara, elle continua.

— Nous avons parfois une fascination pour le tragique. Les journalistes le savent bien. Mais ne nous voulons pas trop en pâtir nous-mêmes. Il faut que les catastrophes se produisent suffisamment près de chez nous, car nous voulons voir. Ce qui se passe à l'autre bout du monde ne nous touche que très furtivement. Mais il ne faut tout de même pas que ça nous effleure de trop près. Nous souhaitons être affligés, émus et en même temps être rassurés.

Ce moment marqua certainement pour Chiara le début de ses interrogations concernant l'état psychologique de Carine. La sérénité souveraine qu'elle lui connaissait jusqu'alors n'était-elle que le paravent d'une véritable mélancolie ? Et si oui, pourquoi ? Quelles fêlures pouvaient bien se dissimuler sous la quiétude apparente de Carine.

— Je suis aussi parfois navrée par notre besoin de croire. Même ceux d'entre nous qui se prétendent les plus rationnels ne peuvent s'affranchir de superstitions. Nous ne pouvons nous empêcher d'espérer. De prier parfois. Comme si souhaiter suffisamment fort quelque chose pouvait peut-être donner ce petit coup de pouce au destin qui le fera pencher en notre faveur. Nous sommes incapables d'accepter la vérité. Encore moins de l'aimer.

Chiara reconnaissait une certaine pertinence à ces observations, mais le propos de Carine n'en devenait pas moins de plus en plus obscur. Et si éloigné du sujet qu'elle prévoyait de discuter avec Carine cet après-midi-là.

— À cet égard, continua Carine, les marchés financiers offrent, avec tous leurs arcanes apparemment complexes, presque impénétrables parfois, un terrain de jeu idéal pour donner cours à notre superstition. Tu ne trouves pas ?

— Peut-être, je ne sais pas.

— La nature humaine aime tellement croire en ce qu'elle souhaite.

« Nous y voilà », se dit Chiara.

— Nous avons aussi un besoin insatiable d'admirer. Et je ne te parle pas du besoin de haïr, dont j'espère seulement qu'il est un peu moins omniprésent, mais je n'en suis même pas sûre. Il nous faut des héros qui se situent au-dessus des pauvres mortels. Des demi-dieux qui savent. Qu'on regarde d'en bas. Des idoles, que nous porterons pourtant au bûcher un jour. Émotions à distance, espoirs, héros, tout cela les marchés financiers en procurent à foison ! Quand les clients nous confient leur épargne, c'est pour qu'au fil du temps on les enrichisse. Et on leur en fait la promesse. Ils ont tellement envie de croire en ce genre de promesse.

— Mais ce n'est pas une fausse promesse ! interrompit Chiara. Sauf erreur, il est logique que, sur une longue période, la Bourse monte, non ? Elle est liée à l'économie.

— Bien sûr, Chiara. Tu as bien appris ta leçon. Même ton père pourrait difficilement reprocher à la bourse de monter !

Chiara sourit.

— Alors, où est le problème ?

— Il n'y a pas de problème. Juste un glissement progressif vers un autre monde.

Chiara demeurait attentive.

— Comment ça « un autre monde » ?

— Tu es sûre que tu veux qu'on approfondisse ça ?

Chiara hésita un instant, se demandant où Carine pourrait l'emmener. Puis sa curiosité prit le dessus.

— OK.

— Très bien. Alors suis-moi. Dans cette belle tendance positive du marché, il ne devrait pas être difficile d'identifier les meilleures actions, c'est-à-dire les meilleures entreprises, celles qui ont le plus de valeur ou de potentiel, n'est-ce pas ?

— En effet. C'est même notre métier.

— Voilà. Il ne semble pas illogique d'espérer que des professionnels sauront sélectionner les meilleures actions, et ainsi faire encore mieux que la bourse dans son ensemble.

— Pour être honnête, je n'y vois toujours rien de problématique.

— J'y viens. Le problème est que, dans cette idée d'un « savoir additionnel », naît une sorte de pensée mythique. Je suis persuadée que ton père est lui aussi convaincu que les pros de la finance « savent des choses », même si c'est pour mieux les diaboliser.

— Et ce n'est pas le cas ?

— Chiara, c'est ici que commence la simulation.

— La simulation ?

— Convenons d'une chose d'abord : le principe même de fonctionnement de la bourse, c'est que le prix de chaque action s'établit en permanence à une sorte de niveau *d'équilibre,* c'est-à-dire un niveau sur lequel s'accordent à peu près tous les intervenants. Nous sommes d'accord ?

— D'accord.

Chiara tentait de ne pas décrocher dans l'intrication qu'opérait Carine entre théories financières incontestables et considérations un peu éthérées.

— Regarde bien. Ça veut dire que, lorsque l'un d'entre eux achète une action sur le marché, c'est parce qu'il se dit « Tout le monde a tort. Cette action vaut davantage que son prix d'équilibre sur le marché. J'achète à ce prix et je revendrai plus tard, une fois que tout le monde se sera rendu compte que j'avais raison et que le prix de l'action aura monté jusqu'à sa vraie valeur ». Autrement dit, chaque investisseur, à chaque fois qu'il achète ou qu'il vend sur le marché, le fait avec la conviction d'être plus intelligent que tous les autres.

Chiara commençait à lentement discerner où les observations de Carine l'amenaient.

— Te rends-tu compte de l'extravagance de cette prétention collective ?

— C'est vrai que c'est amusant cette idée que tout le monde est convaincu d'être meilleur que tout le monde !

— Et, bien sûr, la chance sourit à certains de temps en temps, poursuivit Carine. Ces moments de gloire éphémère les confortent alors davantage dans leur conviction qu'ils sont supérieurs aux autres, et ainsi le mythe perdure.

— Toi, Carine, porte-parole de la Maison Condit, tu es en train de me dire que le monde financier repose sur une grande illusion ?

— C'est un peu plus complexe que ça.

Au risque de paraître professorale, Carine s'était décidée à aller au bout de ses explications.

— Le monde financier ne repose pas exactement sur une illusion, en tout cas pas immédiatement, mais plutôt sur une simulation, comme je te disais. Tous les professionnels sont bien conscients de ce que je viens de t'expliquer. Tous les clients peuvent aussi le comprendre. De nombreuses études montrent que pour battre le marché relativement souvent, il faut soit prendre beaucoup de risques, et donc avoir beaucoup, beaucoup de chance, soit tricher. Les coups de génie ne sont que des paris heureux. Cette réalité, qu'on peut juger décevante si on veut, a même fait l'objet d'une démonstration imparable par un économiste, démonstration qui lui a même valu un prix Nobel en 1990.

— À peine dix ans après ma naissance, remarqua Chiara.

Carine déroulait son raisonnement avec une logique que n'aurait pas désavouée Jolyne. Mais le ton qu'elle employait n'était pas impérieux. Au contraire, en même temps qu'elle parlait technique, sa voix était souvent voilée, empreinte d'une certaine inflexion indéfinissable, et de ses yeux émanait un regard pensif, presque perdu. Comme si ses paroles renvoyaient au souvenir de sentiments depuis longtemps enfouis. Chiara ressentait, sans pouvoir l'analyser, une dissonance stridente entre la Carine publique qu'elle connaissait, qui emportait avec brio l'adhésion de son auditoire, et cette Carine-ci, qui maîtrisait toujours autant son sujet, mais dont le regard était absent. Elle se demandait quel chaos, un jour, avait pu enfanter ce qui ressemblait bien à une tristesse contenue.

— Tout le monde sur les marchés financiers simule l'existence de véritables connaissances. Tout le monde fait « comme si », continua Carine, parce que cette simulation leur convient. À côté du monde réel, tout un monde s'est développé qui fait « comme si ». Tout y est conventions entre les acteurs. Ce monde a développé sa propre logique, ses règles, sa rationalité interne. La connexion n'est certes jamais totalement rompue avec le « vrai monde », celui où résident les connaissances réelles, mais cette connexion est comme voilée. Le prix d'une action possède encore une sorte de soubassement qui le relie à la valeur économique d'une entreprise, et qui peut être analysé. Mais sur les marchés, on peut parfaitement ignorer ce soubassement. Par exemple, les traders se fichent pas mal d'analyser les bilans d'entreprises. Anticiper l'évolution d'un prix sur un écran leur suffit. Si l'évolution leur semble franche et solide, ils choisiront d'acheter pour surfer sur la vague. Si le mouvement leur paraît excessif, ils feront le pari d'un repli. C'est l'analyse dite « technique », elle est devenue très normalisée au fil des années et elle occupe maintenant des dizaines de milliers de professionnels.

— Je crois que Luc est très féru de cette technique.

— Exact. La réalité sous-jacente qui prévaut dans le monde matériel ne joue quasiment plus aucun rôle dans l'analyse technique. Si tu peux prévoir le temps qu'il fera demain juste en regardant l'évolution du ciel, à quoi bon étudier les phénomènes climatiques qui produisent les nuages ? Le mouvement analysé pourrait tout aussi bien être celui du prix d'un baril de pétrole ou d'une tonne de poitrine de porc. La technique pour en fixer le prix, et surtout en prévoir l'évolution, sera la même.

Chiara sourit. Le discours de Carine continuait d'offrir ce contraste étonnant entre des paroles précises, techniques, et une intonation presque rêveuse.

— Je ne plaisante pas, insista Carine. Je te signale que les *Pork Bellies* font en effet l'objet tous les jours d'une cotation à la Bourse de Chicago. L'élément sous-jacent du prix n'a pas d'importance. Dans ce monde qui se situe comme « à côté » du monde réel, le prix d'un actif financier, qui était au départ comme une « copie » boursière d'une réalité économique, devient l'original, une nouvelle réalité, devenue virtuelle. Un objet autonome. On n'a plus besoin de parler d'entreprise, de stratégie, d'emplois. Les économistes de marché ne cherchent plus à comprendre la marche du monde mais à prévoir à combien s'élèvera le prochain chiffre économique publié. La vieille notion de valeur qui avait cours dans le monde matériel, s'estompe. Dans le monde d'à-côté, il n'y a que des prix. Et des prix, des données chiffrées, on peut en faire ce qu'on ferait de n'importe quel objet. À commencer par jouer avec. C'est très pratique pour les médias, qui peuvent informer leurs lecteurs ou leurs auditeurs des évolutions de la Bourse à la manière de scores de matchs de football. +1 % un jour, -1 % le lendemain. Ces variations quotidiennes, que beaucoup regardent même chaque minute, quand ce n'est pas chaque seconde, appartiennent au monde d'à côté. Ils n'ont, bien sûr, aucun sens dans le monde réel. La valeur d'une entreprise ne varie pas à chaque instant. Mais elles sont publiées comme si elles avaient une véritable signification.

— J'entends bien tout ce que tu m'expliques, Carine. Le monde de la finance est « fictif » d'une certaine manière. Il n'est qu'une sorte de reproduction artificielle d'une réalité de plus en plus ignorée. Mais est-ce si grave ?

Carine demeurait songeuse. Elle poursuivit après quelques instants.

— Je pense, oui.

— Je t'écoute.

— Le problème est que beaucoup se sont mis à prendre ce monde virtuel pour un monde réel. Et ses affidés sont déjà très nombreux. Le monde d'à côté est même devenu beaucoup plus grand que le monde dont il est issu. D'abord parce que la technologie s'y entend pour traiter de chiffres. Et donc des ingénieurs, des personnes brillantes comme toi, se sont engouffrés dans ce monde. Avant son avènement, vous autres n'aviez d'autre champ d'action que l'industrie pour vous exprimer. L'explosion des marchés financiers a été pour vous une aubaine sans précédent. Les ingénieurs, les « Quant » comme on dit, sont devenus les démiurges de ce nouveau monde.

— C'est vrai que je me faisais la réflexion récemment que les mathématiciens de jadis, mes idoles, utilisaient le calcul différentiel pour tenter de comprendre la trajectoire des planètes, tandis que ceux d'aujourd'hui l'utilisent pour prévoir les cours de Bourse. Disons que ce n'est pas le même genre de beauté…

— Ils font bien davantage. Ils créent des modèles pour créer et développer en quantités infinies toutes sortes de nouveaux objets virtuels, dérivés plus ou moins lointains des objets de départ.

— Tu penses à quoi ?

— Je pense à tous ces artefacts aux noms totalement obscurs qui n'ont de réalité que dans ce monde d'à côté : produits structurés, options, swaps, ETF, SPV, etc. La liste est très longue et s'allonge tous les jours. En fait, il est possible de créer n'importe quel objet dès lors que le système est ensuite capable de gérer son prix. On fabrique déjà des quotas de gaz carboniques cotés en Bourse, des monnaies virtuelles. Rien n'est impossible techniquement. Et je suis certaine que la technologie permettra bientôt d'associer à ces « cryptomonnaies » n'importe quel objet lui-même « virtualisé », y compris probablement des œuvres d'art. Du « crypto-art » !

— C'est un peu flippant, ce que tu me racontes.

— Je pense que tu saisis. En plus, la réglementation de ce monde s'est aussi énormément assouplie pour permettre à quasiment tout le monde d'investir son argent bien réel dans ces innombrables produits virtuels. La rencontre entre les espoirs de centaines de milliers d'épargnants, le goût du jeu, et cette faculté de création à l'infini a permis au monde d'à côté, de prendre une ampleur presque inimaginable. Tout un chacun peut devenir acteur au sein de ce mythe global. Chaque parieur agit sur la foi de convictions parfaitement affirmées à propos d'objets qu'il tient pour réels.

— Tu ne me parles pas des banques. J'imagine qu'elles font partie du tableau.

— Bien sûr. Les banques ont été parmi les premières dévotes de ce monde virtuel. Elles ont très largement contribué à sa croissance en prêtant à ceux qui voulaient jouer, en investissant elles-mêmes, et en créant de nouveaux canaux pour collecter l'argent des épargnants qui cherchaient à rentrer dans la danse.

— Toi non plus tu n'aimes pas beaucoup les banques, remarqua Chiara amusée.

— Il faut comprendre qu'il n'y a pas besoin d'être génial pour très bien gagner sa vie dans ce monde. Certes, des gens certainement très intelligents ont été parmi les premiers à voir les opportunités immenses créées dans ce nouveau monde. Souvent des ingénieurs, comme je te le disais. Mais de très gros gains peuvent également aller à des gens à l'intelligence très ordinaire, qui gagnent bien plus d'argent qu'ils n'en gagneraient dans le monde matériel, simplement grâce à la taille démesurée du système. Une gigantesque mare a la faculté de nourrir beaucoup de petits canards, y compris les moins beaux ! Et je ne compte pas les escrocs de tout poil qui parviennent à profiter de la confiance aveugle des épargnants dans ce monde pour les abuser. Souviens-toi : c'est en convainquant des milliers de naïfs que, dans ce monde virtuel, il était possible de gagner à tous les coups que Bernard Madoff a pu siphonner des milliards de dollars d'épargne bien réelle. La complexité et la taille de ce monde le rendent très difficile à contrôler. Et le réduire, je ne parle même pas de le détruire ou l'interdire, ne serait plus possible aujourd'hui. Le monde matériel est devenu dépendant du monde virtuel, et non l'inverse. Un sevrage de cette soumission serait mortel. D'ailleurs, quand la simulation devient trop outrancière et que le monde réel finit par exercer une force de rappel qui fait chuter lourdement le monde d'à côté, les États eux-mêmes interviennent promptement pour relancer la simulation. Jusqu'à la prochaine crise.

Le discours de Carine prenait des accents de dystopie, et son élocution demeurait lente, presque atone. Elle marquait une pause entre chaque phrase.

— L'économie réelle reprend ses droits tout de même ! Au moins de temps en temps, tenta Chiara.

— Je te l'ai dit : les liens avec l'économie réelle sont voilés, ils ne sont pas entièrement rompus. La roue de la fortune a besoin d'être relancée de temps en temps par des événements économiques réels, qui peuvent aller d'un communiqué de banque centrale jusqu'aux résultats d'une entreprise en passant par l'éclatement d'une guerre. Ils permettent à la roue de reprendre de la vitesse et, comme par l'effet d'une force centrifuge nourricière, d'alimenter encore l'expansion sans fin du monde virtuel.

— Tu parles comme une soldate un peu désespérée, Carine. Ce monde d'à côté, comme tu dis, te fait souffrir à ce point ?

— Il m'attriste, même si je ne le juge pas et je ne le combats pas. Il n'y a rien à juger d'ailleurs. Notre monde bien réel n'est de toute façon pas si vertueux qu'il m'autoriserait à condamner l'autre. Le monde d'à côté n'est pas immoral. Ton père se trompe. Ce monde est comme le monde des sciences dures, on peut s'y comporter de façon plus ou moins éthique, mais sa raison d'être n'a rien à voir avec la morale. Tu ne te poserais pas la question de la morale des mathématiques, n'est-ce pas ? La seule différence est que la culture des marchés est celle du résultat, alors que celle des sciences exactes est celle de la connaissance. Voilà tout. Juger de la moralité de ces mondes n'aurait pas de sens. J'essaie juste de garder les yeux ouverts, de ne pas être dupe de ce qui entretient la parade continuelle des prix de marchés. Je connais les chiffres qui défilent sur des écrans, mais je veille à en ignorer l'ivresse.

— Luc me disait qu'il aime les marchés. Qu'il y a en eux une vérité objective qui en fait leur grandeur.

— Bien sûr ! Luc se situe sans ambiguïté à l'intérieur de ce monde. Il y croit sincèrement. Et à l'intérieur de ce monde, ce que dit Luc est vrai.

— Qu'est-ce qui t'attriste alors ?

— La défaite de la beauté. Quand je m'aventure dans le monde d'à côté, je souffre qu'il en soit privé. Il l'est et le sera toujours parce que la beauté dit notre humanité, donc elle perturbe, elle déstabilise. Elle peut même provoquer parfois un tremblement de terre intérieur. C'est pour que tu comprennes ça que je t'ai fait écouter cette musique. Ce que je t'ai donné à entendre c'est la fragilité, la douleur intérieure, l'échec, le doute, le hasard, mais aussi l'amour, la poésie, tout ce qui fait la merveilleuse complexité de l'âme humaine. Dans le monde d'à côté, il faut étouffer tout trouble de l'âme car le dérèglement fait perdre. Se laisser submerger par l'enthousiasme, aussi bien que par la peur, le désespoir ou le doute, y est interdit sous peine d'être brutalement dégurgité dans le monde réel. Pour survivre, il est essentiel de se tenir au plus près de l'impassibilité de la machine. Les plus fragiles, ceux qui doutent, ne résistent pas longtemps. À la première crise de marché, ils se font violemment recracher du système et souvent n'y survivent pas.

À ce stade, Chiara était complètement décontenancée. Ce n'est pas tant que Carine énonçait des idées délirantes mais sa perception de la réalité, qu'elle prenait pour une lucidité implacable sur le monde la finance, semblait provoquer en elle une grande souffrance et surtout une sorte de vertige qui commençait à gagner aussi Chiara. L'affliction de Carine, que Chiara avait été à mille lieues d'anticiper, l'inquiétait davantage chaque minute.

— Prenons Jolyne, par exemple, voulut objecter Chiara. N'est-elle pas le contre-exemple de ce que tu décris ? Jolyne me semble à la fois sensible à la beauté et bien assez forte pour être heureuse dans ce monde si désincarné que tu décris.

— C'est vrai. Jolyne peut passer pour une exception. C'est vrai qu'elle est très solide. Elle puise dans son passé son énergie, son orgueil, son indépendance d'esprit. Chacun réagit comme il peut à ses épreuves. Les siennes l'ont cuirassée. Elle s'efforce tellement de ne jamais laisser un trouble réel transparaître qu'on pourrait penser qu'elle parvient à ne pas le ressentir. Je ne pense pas que ce soit le cas. Mais elle a « choisi » de croire dans la finance pour s'y inventer une nouvelle vie. Sa foi dans ce monde, c'est ce qui lui a permis de ne pas se perdre. D'ailleurs, si par exemple il t'arrive un jour de parler musique ou peinture avec elle, tu t'apercevras que l'art la passionne, oui, mais elle l'aborde surtout sous l'angle de ses convictions professionnelles. Elle s'approprie l'art pour le plier à sa foi.

Carine marqua une courte pause, puis poursuivit.

— Mais son humanité demeure son talon d'Achille.

— Que veux-tu dire ?

— Prends son talent par exemple, elle y croit dur comme fer.

— Oui, eh bien ?

— Le problème c'est que le talent, l'intuition, l'instinct, appartiennent au monde des émotions humaines, Chiara. Pas au monde d'à côté. Croire en son génie dans le monde d'à côté ne marche pas.

— Et pourquoi donc ? Prenons le jeu d'échecs, par exemple. Là aussi, on peut considérer qu'il n'y est question que d'intellect, de calculs. C'est un monde à part de la vraie vie. Eh bien malgré tout, il m'arrive souvent de suivre mon intuition quand je joue.

— C'est ce que tu crois.

— Pardon ?

— Ce que tu appelles intuition est en réalité de la mémoire. Tu vas « sentir » un coup parce que la position va te rappeler plus ou moins consciemment une autre position que tu as déjà rencontrée. Au mieux, tu peux essayer de « sentir » l'adversaire en face de toi. À condition qu'il soit humain !

Carine trahissait par son explication une compréhension du jeu d'échecs bien plus profonde qu'elle n'avait bien voulu le reconnaître initialement.

— D'ailleurs, poursuivit-elle, je te rappelle que ça fait déjà plus de dix ans que le champion du monde Garry Kasparov a perdu son premier match contre un ordinateur. Les machines se sont désormais emparées du jeu. Parce que leur incapacité à « sentir » les choses n'est nullement un handicap pour elles.

— Donc sur les marchés financiers aussi, les machines finiront par abolir le jugement humain ?

— Évidemment. Penser que l'intuition peut battre les marchés est un leurre. Ce n'est qu'une paresse intellectuelle, à laquelle les coups de chance donnent de temps en temps l'apparence du génie. S'en remettre à la chance, à sa bonne fortune, remplacer la réflexion par le réflexe est une illusion bien humaine mais fatale dans le monde d'à côté. Inévitablement, la désillusion n'est jamais loin. Tu as probablement remarqué que, depuis sa gestion héroïque de la crise, les jugements de Jolyne ont été obstinément invalidés par la « réalité » des marchés.

— Oui, j'ai remarqué, bien sûr. Toute l'équipe l'a remarqué, j'ai l'impression.

— Bien sûr. Les autres gérants commencent à s'impatienter. « Qu'attend donc la roue de la fortune pour tourner de nouveau en faveur de Jolyne ? », c'est ça qu'ils se disent entre eux en riant jaune. Ils voient bien que Jolyne continue de vanter constamment les vertus du travail, mais qu'elle-même s'est mise à croire en son génie. Elle attend qu'il se manifeste de nouveau. Le problème est que le génie n'existe que dans la vraie vie, tu comprends ? En littérature, en musique, en peinture. Pas dans le monde d'à côté.

Carine observa une longue pause. Chiara repensa aux accusations portées par Adil, puis brisa timidement le silence.

— Les journalistes qui ont attaqué Jolyne dans leur article avaient donc raison de douter ?

— Disons qu'ils ont posé quelques bonnes questions.

— Comment fais-tu, toi, pour t'accommoder de ce monde virtuel auquel tu ne crois pas. Comment fais-tu, quand tu es devant les clients ou des journalistes, pour ne pas faire entendre toutes ces dissonances qui sont en toi ?

— C'est difficile. Très difficile parfois, bien sûr. Tu as compris que je ne peux pas habiter ce monde sans âme, même si je ne le juge pas. Alors j'essaie de rester en lisière. Rester neutre est ma façon de demeurer libre. Je respecte la mission que m'a confiée Jolyne. J'offre des visions simples, confiantes, dépouillées des ambiguïtés et des doutes de la vraie vie. Et ça convient à tout le monde.

Mille interrogations se bousculaient maintenant dans la tête de Chiara. Comment Carine pouvait-elle survivre à cette tension permanente au fond d'elle-même ? Et pourquoi se l'infliger d'ailleurs ? C'était comme si elle s'était résignée à devoir constater la victoire d'un monde qu'elle rejetait, tout en le fréquentant. Cette profonde mélancolie que Chiara avait remarquée s'expliquait donc, mais comment Carine en était-elle arrivée là ? Ça n'avait pas de sens. Elle avait bien dû croire un jour en ce monde qu'elle jugeait si factice aujourd'hui. Sinon, elle ne l'aurait pas rejoint et ne le comprendrait pas aussi bien aujourd'hui. Mais alors pourquoi son regard aurait-il un jour changé à ce point ?

Mais Carine n'avait pas encore terminé.

— Ce penchant que nous avons tous à croire me fait peur parfois.

— Peur ?

— Oui, peur.

Carine avait toujours ce regard profondément songeur. Chiara voyait qu'elle ressentait toujours le besoin d'expulser tous ces sentiments de sa poitrine, mais qu'elle craignait de l'importuner, voire de l'effrayer. Chiara demeura silencieuse. Mais de son regard bienveillant, empathique, elle envoya le signal à Carine que son écoute n'avait pas faibli. Carine décida donc de poursuivre encore quelques minutes.

— Tout ce que je veux dire c'est que l'illusion qui règne dans le monde d'à côté nous montre l'aveuglement dont nous sommes capables. Notre envie de croire est inépuisable, comme je te le disais tout à l'heure. Notre envie de tout juger de façon binaire aussi, comme dans un monde où n'existeraient que des chiffres, sans reconnaître à la vérité sa part de nuances, de hasard, d'ambivalences. Nous sommes convaincus de détenir la vérité, et nous ne tolérons pas tout ce qui s'en éloigne. Même l'art est menacé aujourd'hui. Pas seulement parce que le monde d'à côté, j'en suis convaincue, lui opposera bientôt des avatars virtuels. Mais parce que même l'art véritable, notre art, c'est-à-dire la musique, la sculpture, la peinture, le théâtre, que sais-je, pourraient bien devenir de plus en plus les véhicules de vérités tranchées, et non plus l'expression de toutes les teintes de l'âme. Allons-nous tous nous réduire à la culture du résultat ?

La voix de Carine exprimait maintenant presque de la détresse. Chiara, un peu étourdie par cette vision désabusée, tourna machinalement sa cuillère dans sa tasse. Le thé maintenant refroidi était bien réel et se mit en mouvement en un lent tourbillon. Son regard plongeait dans sa tasse, qui paraissait sans fond. Elle était arrivée un peu perdue, espérant trouver quelques repères auprès de Carine, et elle découvrait maintenant Carine encore bien plus troublée qu'elle. Instinctivement, elle lui prit la main.

— La façon dont tu t'es confiée à moi me touche beaucoup Carine. J'ai besoin de laisser reposer tout ce que tu viens de me dire maintenant.

— Bien sûr. Je suis allée beaucoup trop loin, pardon.

— Non, pas du tout.

— Tu dois me prendre pour une hallucinée.

— Pas du tout, je te dis. Je suis juste un peu désorientée maintenant.

— Prends ton temps. Dans quelques jours, le tournis créé par mes paroles se dissipera. Et peut-être alors notre conversation t'aidera-t-elle à t'orienter.

En un instant, Carine semblait redevenue Carine.

— L'option de rentrer dans le jeu mérite que tu la considères, poursuivit-elle. Elle procure un certain bonheur de vivre que connaissent Jolyne, Luc, Ewan, Adil et tant d'autres. Et qu'importe que leur bonheur soit faux s'il les rend heureux ? Demande-toi principalement si ta personnalité pourra se satisfaire du simple et beau plaisir du jeu. Si ta motivation première est altruiste, comme tu me l'as dit, il est possible qu'elle te maintienne à une certaine distance de cette vérité virtuelle. Qu'elle te garde plutôt, en quelque sorte, dans la vérité de l'ironie. Tu seras alors comme une barque remplie de doutes bien réels, qui essaiera de naviguer sur un océan de certitudes rêvées. Demande-toi si la fréquentation de cette vérité-là te rendra heureuse. Si ta motivation la plus profonde est de faire fortune, fût-ce avec de bonnes intentions, alors la réponse à ta question s'imposera d'elle-même.

— Mais comment le saurai-je ?

— Un moment viendra où tu le sauras.

Carine se leva, et passa dans la cuisine vider la théière et nettoyer les tasses. Chiara alla dans la salle d'eau se laver les mains. Elle se regarda machinalement dans le miroir et, l'espace d'un instant, cru y voir le visage de Carine. De retour dans le salon, Chiara ne reprit pas sa place sur le canapé. Cette conversation si singulière devait en effet prendre fin, trop brutalement sans doute, car il était déjà tard. Il lui fallait partir attraper le dernier train qui la ramènerait à Paris.

— Tu as toujours vécu seule ici ? demanda-t-elle en enfilant son léger manteau un peu trop grand pour elle.

— Oui. Mais je ne suis pas tout à fait seule, répondit Carine en souriant.

Sans aucune chance de saisir le sens de cette réponse, Chiara enchaîna néanmoins.

— Es-tu heureuse ?

Chiara crut entrevoir alors pour toute réponse le brillant d'une larme se former au bord des yeux de Carine. À cet instant, elle décida qu'elle ne se contenterait pas de ces réponses énigmatiques. Il lui fallait comprendre ce qui se cachait derrière les idées si torturées de Carine. Elle viendrait à bout de ce mystère.

Carine reconduisit Chiara jusqu'à la gare du Mans. Le soleil avait commencé de se retirer. L'air avait fraîchi. Les oiseaux s'étaient tus. Chiara regarda droit devant elle pendant tout le trajet. Ses yeux n'étaient en réalité fixés sur rien. Ils ne voyaient que des silhouettes, une sorte d'horizon trouble sans même la perception du paysage qui défilait sur les côtés. Ces quelques minutes furent silencieuses. Sur le quai, les yeux de Chiara étaient mouillés et dirent à Carine à la fois l'émotion qu'elle ressentait pour cet après-midi d'intimité partagée, et le vertige qu'elle ressentait de nouveau à cet instant. Carine la serra longuement dans ses bras.

— Merci de ta visite, Chiara. Prends bien soin de toi. Et souviens-toi : ne tarde pas à retourner voir ton père.

Chiara s'assit sur le siège d'un compartiment complètement vide, dans le sens de la marche, au bord d'une fenêtre. Pendant le trajet, en regardant le paysage ambré par les derniers rayons du soleil d'automne, elle tenta de démêler les fils de son long tête-à-tête avec Carine. Sans grand succès. Cette conversation s'était engagée tellement loin de ce qu'elle avait anticipé. Quelques images lui revenaient à l'esprit : Tatum et la liberté de ses improvisations, la tristesse d'un visage dessiné sur le plancher du bar, la vérité de l'ironie. Elle ressentit le besoin intime de comprendre ce qui un jour avait pu à ce point briser la légèreté de Carine.

Chapitre 13

Quelle dose de vérité un esprit peut-il supporter ?

Carl Jung

Dès le lundi matin qui suivit, Chiara descendit dans le bureau d'Yves une fois la réunion de gestion terminée. Yves était assez petit, environ une quarantaine d'années qu'il portait bien, et son visage souriant exprimait une sorte de neutralité aussi intelligente que sympathique. Il faudrait inventer un contraire non-péjoratif de *flamboyance* pour donner une idée plus juste de ce qui émanait de lui. Il était assis derrière sa petite table de travail, une tasse de thé à la main. On eut dit qu'il attendait la visite de Chiara. Du fait de ses fonctions, parce que l'art de la communication passe souvent par l'exercice de la plus grande confidentialité, Yves faisait partie des quelques personnes chez Condit à bénéficier d'un bureau, certes exigu, mais fermé.

— Bonjour Yves, tu vas bien ?

— Très bien merci. Je savais que tu passerais.

— Pardon ?

— Oui, assieds-toi.

— Voilà, je ne vais pas tergiverser. Carine et toi vous connaissez très bien, n'est-ce pas ?

— Oui, très bien. Presque depuis toujours. C'est une amie très chère.

— Bon. Alors voilà. En passant l'après-midi avec elle hier, au fil des minutes, elle m'a, comment dirais-je, encore davantage qu'intriguée, elle m'a troublée. Elle m'a même émue. J'avais l'impression d'avoir en face de moi une autre Carine. Une personne complètement désabusée. Enfin, je ne sais pas comment dire ça. Elle m'a brossé un tableau sidérant de notre métier. Elle m'a fait écouter du jazz, et puis elle m'a amené sur le terrain des marchés financiers, pour ensuite m'en donner une vision complètement, je ne sais pas, je dirais vertigineuse, mélancolique, presque cauchemardesque.

— Je sais. Elle m'a appelé hier soir.

— Ah bon ? Mais je ne veux surtout pas être intrusive. C'est juste que je me demandais si, toi qui la connais si bien, tu pourrais peut-être m'aider à y avoir un peu plus clair. Je n'y comprends rien. J'ai l'impression qu'il y a deux Carine.

— Je vais te dire, Chiara. La façon dont elle m'a dit s'être confiée à toi hier est exceptionnelle. Elle a soulevé le voile, ce qu'elle s'interdit toujours de faire. Il faut croire qu'elle a ressenti avec toi quelque chose de tout à fait inhabituel. Hier soir, elle craignait un peu que tu l'aies prise pour une folle, mais je la sentais heureuse néanmoins d'avoir eu le courage de te parler vrai.

Yves souriait avec beaucoup de bienveillance en apportant ces explications. Il poursuivit.

— Carine est très pudique. Elle t'a confié sa vision des choses, mais elle ne te racontera jamais elle-même son histoire, celle qui l'a amenée à cette « mélancolie » comme tu dis.

Chiara demeura silencieuse.

— Je connais bien cette histoire. J'en ai été le témoin. Et elle m'a autorisé à te la raconter, elle te fait confiance. J'espère qu'elle a raison.

— Elle a raison, Yves.

— Soit. Tu as un peu de temps ?

— Je le prendrai.

— Alors je commence. Tout remonte aux années 60-70, quand Carine et moi étions enfants. Nos familles habitaient dans le douzième arrondissement de Paris, près du boulevard de Picpus. Nous étions dans la même classe. C'était une élève extrêmement douée. Elle apprenait tout avec une facilité déconcertante. Y compris le jeu d'échecs qu'elle avait découvert et dans lequel elle a rapidement atteint un très bon niveau. Je ne sais pas si tu y connais quelque chose mais elle avait dépassé un classement Elo de 2000 à dix-sept ans.

— Oui, ça me parle. C'est impressionnant. On a très brièvement parlé échecs hier mais à aucun moment elle ne m'a révélé son niveau.

— Au moment de s'orienter après le bac, on est à la fin des années 90, tout lui est offert et elle choisit la filière qui mène aux grandes écoles de commerce au seul motif que c'est la seule façon de continuer à étudier la littérature, l'histoire, la philo autant que les maths et la physique.

— J'ai failli faire la même chose.

— Vraiment? Toujours est-il qu'un jour, elle n'avait pas vingt ans, elle rencontre Pascal. Il était monté quelques années plus tôt de son Pays basque natal pour poursuivre de brillantes études d'ingénieur à Paris. Ses parents étaient des immigrés italiens de première génération qui s'étaient installés non loin de Bayonne dans les années 50. Son père, maçon, et sa mère, qui assurait son secrétariat, avaient mis un point d'honneur à donner à leur fils la meilleure éducation possible pour faciliter son intégration. Il était d'ailleurs interdit de parler italien à la Maison. J'ai toujours trouvé ça dommage, mais bon. L'un des enseignements pour lequel Pascal accrocha immédiatement était la musique. Et donc, Carine et Pascal se rencontrent un soir au sortir d'un récital Ravel donné par Martha Argerich au théâtre du Châtelet, à Paris. Je sais que le père de Carine avait été pianiste concertiste pendant un temps, même s'il avait arrêté de jouer depuis longtemps. Et elle avait déjà une solide formation classique. Lui aussi, mais il s'était rapidement tourné vers le saxophone jazz. Très rapidement, ces deux-là tombent raides dingues l'un de l'autre. Côté professionnel, c'est l'époque de l'explosion des marchés financiers et ils y découvrent, encore ensemble, toujours avec la même facilité, la possibilité de gagner une véritable petite fortune, une « autonomie financière » comme ils disaient. Et puis, ils partent pour New York, lui chez la banque

Bear Stearns, où il est nommé trader en devises asiatiques, elle chez le broker Morgan Stanley où elle est « sales actions ». Tu sais ce que ça signifie n'est-ce pas ?

— Oui je crois. Ses clients sont des professionnels, gérants en actions, exactement comme Jolyne, Adil et toute la bande, et elle est supposée les conseiller dans leurs investissements, c'est ça ?

— C'est ça.

Pendant toute l'heure qui suivit, Yves raconta à Chiara comment le tourbillon de la vie s'était chargé de métamorphoser Carine d'ambitieuse romantique à Wall Street en solitaire désenchantée à Paris. Yves habitait aussi New York à l'époque, dans le Queens. Il n'était pas encore dans la communication. Il y faisait un stage dans un petit atelier de lutherie, une vieille passion personnelle qui le poursuit encore aujourd'hui. Il était donc aux premières loges pour assister à la transformation de son amie Carine.

Elle avait d'abord dû passer une étape redoutable dans une salle de marchés consistant à gagner de nouveaux clients en partant de zéro. Les clients cibles en question étaient les gérants de fonds officiant dans les plus grandes sociétés de gestion américaines. L'exercice pour Carine dès le premier jour avait consisté à laisser chaque matin des messages de conseils boursiers d'une minute maximum sur les répondeurs de ces stars de la gestion. Le défi était de laisser des messages tellement pertinents, tellement intéressants, différents, qu'un beau jour ils jugent que ça vaut la peine de rappeler cette inconnue pour faire sa connaissance. Une fois ce défi relevé, le second était de parvenir à négocier un flux d'affaires en échange de ses conseils personnalisés. Eh bien, s'était exclamé Yves admiratif, en à peine six mois les plus grandes sociétés de gestion de New York, Boston, San Francisco étaient devenues clientes de Carine ! Quand on sait à quel point les divas américaines de la gestion sont courtisées par tous les brokers de la planète, la vitesse de cette percée était phénoménale. Carine était incroyablement douée. Pascal, lui, fait très vite aussi la preuve d'un « nez » exceptionnel pour le trading.

Tous deux deviennent ainsi, à leur manière, de véritables *golden « boy and girl »*. Et leur fortune grandit. Dans le même temps, Carine continue sa progression toute aussi brillante aux échecs, et les deux amoureux continuent de partager leur passion pour la musique. Carine avait fait transporter jusqu'à leur appartement de Manhattan le piano à queue qu'elle avait reçu de son père. Pascal avait eu moins de mal à faire acheminer son instrument ! Yves se souvenait qu'il s'agissait d'un saxophone français, soi-disant l'un des meilleurs. Un Selmer Mark VI ténor. Il fit à Chiara tout un cours sur l'importance de la culasse pour la qualité des basses, du bocal pour le rendu des couleurs sonores, etc. Le clétage aussi est important, lui avait-il dit. C'est un peu la signature du modèle, et c'est dans cette partie, juste sous le repose-pouce, qu'on pouvait voir sur l'instrument de Pascal un numéro de série indiquant qu'il avait été fabriqué en 1974. Il l'avait acheté à Paris d'un autre particulier alors qu'il était encore étudiant au Conservatoire. Tout ça pour dire que Pascal était un vrai passionné, comme Carine. Leur grande joie est de jouer ensemble des standards de jazz et d'enchaîner l'un après l'autre de longues improvisations. Leur entente musicale entre piano et saxo les rend merveilleusement complémentaires. Ils se trouvent instinctivement et arrivent à des créations extraordinaires qu'ils varient à l'infini. Carine et Pascal ont tellement d'idées d'improvisations que le jeu pour eux n'est pas vraiment de trouver des lignes mélodiques mais plutôt au contraire de « nettoyer » leur esprit et leurs doigts des phrases musicales toutes faites et de ne retenir que les véritables trouvailles. Cette observation avait fait penser Chiara à Tatum, le rossignol. L'improvisation à deux est ainsi pour Carine et Pascal une véritable expression de leur liberté partagée. Ils se détachent entièrement de la théorie pour ne plus être guidés que par leur oreille et leurs sentiments. Ils sont presque comme des enfants qu'on n'aurait pas encore soumis à l'obéissance des règles mais qui ont déjà parfaitement défini les leurs. Ils jonglent avec les notes, inventent sans cesse des figures. Et quand le moment approche de confier le solo à l'autre, il est annoncé par un « A toi d'improviser maintenant » qui devient vite un rituel. Ils pourraient facilement se passer de prononcer ce message, tellement leur connivence est grande. Mais ils aiment scander ces mots magiques qui résument presque la philosophie de leur vie partagée. Saisir l'instant présent, inventer sa richesse, le faire en communion avec l'autre. À peine prononcé le « à toi d'improviser maintenant » et l'invention repart avec l'autre instrument, d'autres harmonies, d'autres idées. Les notes de l'un sont rattrapées par l'autre dans leur vol sans effort apparent, et chacune ne finit sa course que pour en laisser dix autres s'envoler. Le jonglage fait changer les notes de mains sans aucune rupture. Carine et Pascal partagent leur passion pendant des heures tous les week-ends. Heureusement que leur appartement était bien insonorisé et leurs voisins particulièrement compréhensifs ! s'était dit Chiara. Un soir, lors d'un dîner, des amis leur racontent l'histoire du couple Horowitz. Wanda et Vladimir, l'immense pianiste classique qu'ils admirent tous les deux, celui qui avait aussi dit « Si Art Tatum se mettait sérieusement au piano classique, je serais au chômage dès le lendemain ». L'histoire relate que Wanda était, certes, infiniment fière de son mari, mais qu'elle, elle avait un caractère d'acier, très exigeant, ce qui la rendait parfois difficile à vivre. Vladimir était toujours resté amoureux néanmoins. Un jour, il avait appris que Wanda avait eu une aventure avec un autre homme, et il en avait été dévasté. Le couple qu'il formait avec Wanda s'était même séparé. Plus tard elle était revenue auprès de lui, mais ça n'avait pas empêché Vladimir de tomber pour plusieurs années dans une profonde dépression.

La découverte de cette souffrance du maître Horowitz interpelle Carine et Pascal. Une trahison comme l'a subie Vladimir serait insupportable à l'un comme à l'autre. Heureusement, leur confiance mutuelle est totale. Tous deux partagent la même vision du monde, de la vie, la même passion pour la musique dans leur appartement new-yorkais. Et puis, ils ont trouvé le bon équilibre. Ils ne s'étouffent pas. Carine de son côté poursuit sa passion pour les échecs. Quelques années plus tard, elle gagne même le championnat de l'État de New York et obtient la norme de Maitre International. Lui devient saxophoniste de jazz professionnel. Tous les samedis soir, il joue dans un club de Greenwich Village. Le dimanche, tous deux se retrouvent pour improviser ensemble. Pourtant, ça devait être alors près de vingt ans après la mort d'Horowitz, dans leur couple aussi, la rouille du temps finit par s'incruster. Et puis, Carine non plus n'est pas toujours facile. Elle aussi est très exigeante. Elle et Pascal se montrent de moins en moins leur amour réciproque. Il est devenu implicite. Leurs duos deviennent plus rares. Elle n'a pas le courage d'appeler à l'aide, de les sortir de cette torpeur insidieuse. Elle se réfugie de plus en plus dans son travail sur les marchés financiers ou dans les échecs. Elle est comme hypnotisée par le jeu. Certes elle ne devient pas folle comme ces génies du passé qu'elle vénère : Pillsbury, Rubinstein ou même Bobby Fisher. Elle ne confond pas les échecs et la vraie vie. Elle sait bien que ce ne sont que 64 cases. Mais les échecs peuvent quand même devenir une drogue dure. Et Carine la sniffe à longueur de temps. Elle s'isole de plus en plus souvent dans ses réflexions. Yves raconte qu'un soir qu'elle dine avec Pascal et lui, elle continue même d'étudier pendant le dîner avec le traité d'Alekhine *My Best Games of Chess* sur les genoux ! De son côté, Pascal semble devenir de plus en plus renfermé, de plus en plus malheureux. Carine se rend bien compte qu'une couche de givre s'est formée sur leur couple et qu'elle y est pour quelque chose. Mais comment faire ? Comment parler ensemble de cet engourdissement mortifère qui fait que, justement, on ne se parle plus. Ou plus vraiment. Plus des choses importantes. Plus d'amour. Et un jour, le monde s'écroule pour Carine. En voulant sortir un mouchoir de sa poche, Pascal fait tomber un morceau de papier juste aux pieds de Carine. Elle le ramasse et, en le tendant à Pascal, son regard tombe sur le court message qu'il portait, rédigé d'une écriture fine à l'adresse de Pascal et signé d'une certaine Laurence :

« Bonne journée, mon doux prince ». Quelques minutes seulement après cet acte manqué évident, Pascal lui avoue qu'il voit une autre femme depuis plusieurs mois. Le doux message de cette Laurence datait du matin même. C'est alors le début d'une véritable descente aux enfers pour Carine. Elle passe par la sidération, la colère, la jalousie, l'effondrement, l'espoir, le pardon, la compréhension, puis de nouveau l'effondrement. Elle ne parvient pas à penser à autre chose. Elle ne peut pas « aller de l'avant », se reconstruire. Pascal lui, ne sait quoi lui dire. Il est lui-même torturé par l'idée de faire autant souffrir Carine. Mais qu'y peut-il ? Il a beau répéter à Carine que cette relation extraconjugale n'a pas d'importance, il est incapable d'y mettre fin. Et à quoi cela servirait-il, d'ailleurs ? On ne peut pas décider de ses sentiments. Pascal était tombé sous le charme d'une autre, voilà tout. Ce cataclysme était d'une banalité accablante. Il ne se sentait plus désiré, probablement depuis des mois si ce n'est des années, et une rencontre lui avait fait redécouvrir la joie de se sentir aimé. Et peut-être d'aimer. Prétendre mettre fin à cette relation naissante aurait été voué à l'échec. Car c'eût été mentir. On ne tranche pas une relation humaine comme un morceau de viande. Elle serait réapparue tôt ou tard, probablement encore plus forte. À partir de ce jour, Carine et Pascal n'ont plus en commun que leurs souvenirs et la profondeur de leur souffrance. Après des semaines de supplice, Carine comprend que ce n'est pas juste la jalousie qui la fait souffrir jour et nuit. Pas seulement l'image de Pascal et de cette fille dans les bras l'un de l'autre et qui s'embrassent amoureusement. Ce qu'elle réalise soudainement, comme un camion lancé à toute vitesse qu'elle prend en plein visage, c'est qu'elle a déjà perdu Pascal, et cela probablement depuis longtemps. Pascal ne pouvait plus supporter que sa vie avec Carine se soit transformée en une sordide indifférence mutuelle, tellement indigne de la passion qu'ils avaient partagée jadis. Il en avait ressenti une détresse profonde mais pendant longtemps n'avait pas eu le courage de quitter Carine. Puis, tandis qu'elle s'était réfugiée dans les compétitions d'échecs et dans le travail (comme si ces activités pouvaient faire office de vie alternative !), il avait au moins eu l'audace du doute. Puis un jour il avait enfin rencontré de nouveau le frisson du désir. Laurence lui avait aussi donné le courage nécessaire pour que, du fond de sa détresse, il parvienne à quitter Carine, qu'il n'était plus sûr d'aimer. Certes, il n'avait pas trouvé la force de lui annoncer lui-même qu'il la quittait, et l'aveu de sa relation avec Laurence avait dû passer par le truchement d'un acte manqué peu glorieux. Mais qu'importe. Carine ne pouvait que reconnaître cet effroyable gâchis qu'elle avait laissé se répandre.

Pourtant, Pascal n'était pas encore tout à fait capable d'aller jusqu'au bout de son geste et de rompre définitivement avec Carine. Était-ce par lâcheté, par pitié pour elle ? Était-ce par un réel déchirement de l'âme, ou un vertige presque enfantin à l'idée de perdre pour de bon celle qui avait partagé sa vie si intimement ? De la chambre d'hôtel dans laquelle il s'était installé seul, loin de leur appartement, il continua de longues semaines à entretenir par de courtes lettres la possibilité lointaine d'un jour se retrouver, tandis qu'il confirmait dans le même temps que mettre fin maintenant à sa relation avec Laurence lui était impossible. Ce supplice pour Carine dura des semaines, des mois même. En entretenant un infime espoir de se retrouver, Pascal maintenait dans le cœur de Carine la torture au fer rouge de la trahison commise à chaque instant. Leur séparation de fait finit par creuser un fossé infranchissable entre eux. Étonnamment, au moins de mon point de vue, Carine ne jugea jamais Pascal. Elle lui reconnaissait même toujours une forme de noblesse de l'esprit dont la souffrance avait malheureusement eu raison. D'ailleurs, ni l'un ni l'autre ne s'abaissèrent jamais à s'accabler de reproches ni à tomber dans la grandiloquence. Mais comment Carine aurait-elle pu le reconquérir alors qu'ils ne se voyaient plus depuis des mois ? La formule « loin des yeux, loin du cœur » n'avait jamais été plus cruellement appropriée. Elle se disait que Laurence avait au contraire toute la place maintenant pour approfondir sa relation avec Pascal. Et puis, même si par quelque miracle Carine parvenait à « reconquérir » Pascal, comment espérer reconstruire une relation de passion, de légèreté, de confiance sur tant de ruines, de souffrances et de colère ? Elle finit donc par renoncer à Pascal. Elle avait perdu la force de se battre. Elle conclut que faire enfin son deuil de sa relation avec Pascal était la seule façon de mettre fin au supplice. Elle avait quelquefois sérieusement songé au suicide. Mais ce n'est pas mourir qu'elle voulait. C'était juste arrêter de souffrir. Sa légèreté de toujours la quitta. Après que l'endormissement eut détruit leur couple, c'était maintenant une léthargie insondable qui la détruisait seule.

Elle abandonna aussi les échecs. Elle savait bien que sa plongée excessive dans le jeu avait été davantage un symptôme de son mal-être qu'une cause. Elle n'en surestimait pas le pouvoir. De par sa culture échiquéenne, elle savait que, même chez les grands génies qui avaient côtoyé le délire, le jeu n'avait probablement qu'éveillé une folie préexistante. Par exemple, les échecs n'étaient pour rien dans la névrose d'Akiba Rubinstein. C'est la mort de sa femme qui lui avait fait perdre pied. Ce qui n'était pas pour la rassurer. Mais elle sentait que le jeu l'avait tout de même lentement habituée à étouffer ses sentiments, hormis celui de haine, le seul autorisé aux échecs pour être capable de souhaiter « détruire » son adversaire. Il lui avait aussi enseigné qu'il faut être parfois capable d'*accepter* de perdre. Abandonner n'est pas honteux aux échecs. Il n'y a que les débutants, les « mazettes », ou les idiots pour s'acharner à continuer de jouer alors que la partie est perdue d'avance. Les plus pitoyables vont même jusqu'à se faire infliger un échec et mat, incapables de voir jusqu'à la simple combinaison de mat en un coup à laquelle est parvenu leur adversaire. Carine avait peut-être retiré du jeu des rois cette idée que la seule attitude digne, quand la défaite est jouée d'avance, est de reconnaître qu'on a perdu. Alekhine avait eu beau dire que « personne n'a jamais gagné une partie en abandonnant », elle n'était pas Alekhine.

Quelques mois plus tard, une tout autre raison lui fit quitter aussi son métier à Wall Street. Une totale coïncidence, mais la loi des séries se confirme souvent au pire moment. Elle prit sa décision à la suite d'un épisode qui se produisit peu de temps après les attentats du 11 septembre 2001. Au moment où dans tout le pays, la consternation était encore immense. Les Américains avaient vécu une attaque sans précédent contre eux-mêmes, leurs valeurs, et sur leur propre sol. À Wall Street, tout le monde connaissait dans son entourage une ou souvent plusieurs victimes. La colère était immense, de même que l'incompréhension. Cet acte ignoble de terrorisme dépassait en horreur tout ce qu'on avait connu auparavant. L'un des collègues de Carine sur la salle des marchés, un certain John, chargé d'écrire des notes de conjoncture pour les clients, un peu comme Carine le faisait elle-même chez Condit désormais, John donc, était bouleversé comme tout le monde, absolument révolté. Il ne parvenait pas à concevoir ce qui faisait que des êtres humains puissent décider, puis s'enorgueillir, de commettre un acte aussi criminel, aussi aveugle. Il avait dans sa dernière note aux clients exprimé son trouble. Et il avait suggéré que pour espérer parvenir un jour à déraciner ce désir de mort de l'esprit des fanatiques, on ne pouvait faire l'économie d'un effort de réflexion. Il fallait essayer de comprendre comment un être humain peut en arriver là. Rechercher les causes, les desseins peut-être, s'interroger sur le cheminement de l'esprit. Malheureusement, un important client de la banque avait très mal pris la note de John. Il s'était plaint auprès de la direction de la banque, jugeant insupportable qu'un de ses employés suggère dans un document destiné au public qu'il faille « comprendre » les terroristes. La condamnation absolue était la seule attitude acceptable face à l'horreur de l'événement. Essayer de comprendre, c'était commencer à excuser. C'était faire le jeu des islamistes. Le client exigea le départ de cet employé méprisable, et la direction de la banque s'exécuta. Il fut licencié sur-le-champ. Et personne ou presque dans la salle des marchés ne sembla avoir quoi que ce soit à redire à cette décision. Peut-être avaient-ils peur de subir le même sort. Peut-être plutôt convenaient-ils qu'en effet John était coupable d'un manque de patriotisme intolérable dans ces circonstances. Mais Carine était mortifiée de cette injustice. À cette époque, elle entretenait une relation de confiance avec son supérieur hiérarchique, au moins c'est ce qu'elle croyait. Depuis son arrivée deux ans auparavant, celui-ci n'avait cessé de louer ses mérites, et elle pensait avoir ainsi acquis la liberté de lui parler très directement. Elle alla le voir dans son grand bureau d'angle situé au fond de l'immense salle des marchés, afin de lui expliquer son malaise. Mais il réagit comme un boss était censé réagir. Il soutint sans réserve la décision de la direction et critiqua sèchement Carine pour sa démarche. Il ajouta que, par ses états d'âme, elle trahissait en réalité une absence bien française de compassion envers les victimes américaines des attentats. Il se déclara très déçu par son attitude. Carine était littéralement sonnée. Elle quitta le fameux bureau d'angle et alla immédiatement parler avec John avant qu'il ne disparaisse définitivement de la salle, son carton d'affaires personnelles sur les bras. Au moins pour lui exprimer son soutien, lui dire la conviction qu'elle partageait avec lui que la colère la plus extrême, la condamnation la plus absolue, la sidération ne doivent pas nous interdire de penser. Et en effet, durant leur brève conversation, John lui confirma qu'il craignait qu'en ne se posant aucune question, ses compatriotes confondent fanatisme et bêtise. Qu'en sous-estimant les ennemis, ils ne s'interrogent pas sur leurs fins, ils ne comprennent pas que le chaos général provoqué par les terroristes cachait peut-être le piège béant d'une provocation. Il fallait absolument essayer de comprendre. Mais John n'était visiblement pas choqué par le traitement qu'il subissait. D'une part il admettait qu'il soit très difficile pour beaucoup de ses collègues de ne pas placer la solidarité avec les siens au-dessus de tout. D'autre part, il avait conscience qu'en exprimant son jugement dans un cadre professionnel, il devait en accepter les règles. Et l'une d'elles est que le client est roi. Il fallait la respecter. Et puis, il retrouverait rapidement un job dans une autre banque. Carine, elle, était incapable d'admettre tout ça. Le refus d'essayer seulement de comprendre, et, presque pire encore, l'acceptation par John de ce monde constitué d'une armée de clones acceptant de renoncer à penser par eux-mêmes, tout cela l'anéantissait. Elle démissionna quelques jours plus tard et perdit de plus en plus pied dans un monde qui, lui-même, lui semblait sombrer dans la folie.

Et, comme si elle n'était déjà pas assez tourmentée, cette catastrophe du 11 septembre la faisait se sentir honteuse maintenant de s'apitoyer sur ses problèmes de cœur quand des milliers de familles venaient d'être frappées par l'horreur véritable. Ce mépris d'elle-même ajouta encore à son abattement. À partir de ce moment, elle ne songea plus qu'à se soustraire au monde, à s'éclipser. Peut-être pour n'infliger sa détresse à personne. Par fierté ou par honte, je ne suis pas sûr. Elle quitta l'appartement sans laisser d'adresse, pas même à Yves, son ami de toujours, en n'emportant que ses affaires personnelles et son piano. Elle retourna en France et elle ne revit jamais Pascal. Elle avait accumulé suffisamment d'économies pour ne pas avoir à se soucier de travailler immédiatement. Elle acheta une vieille maison, ledit Cabanon où Chiara lui avait rendu visite, à deux cents kilomètres de Paris. Elle ne voulait plus voir personne. Pendant deux, trois ans, il semble qu'elle ait vécu en ermite et traversé une dépression très profonde. Yves expliqua à Chiara que c'est une période sur laquelle elle ne veut pas revenir.

Un jour, le hasard – mais était-ce un hasard ? – lui fit un signe. Elle rencontra Jolyne. C'était dans les jardins du Luxembourg, un jour de printemps de 2005 ou 2006. Carine avait eu pour la première fois depuis son retour l'énergie de monter à Paris, sans raison particulière autre que sortir de chez elle. Mais la brûlure des cendres encore chaudes du carnage lui était une nouvelle fois remontée dans la gorge, et Carine s'était mise à pleurer toute seule sur un banc. Jolyne, qui traversait tous les soirs les jardins pour rentrer chez elle, vit en passant cette femme visiblement dévastée et elle fut attendrie. Elle vint s'asseoir à côté d'elle, l'interrogea, lui parla, lui offrit son épaule pour pleurer. Jolyne, la cheffe capable d'être si dure, si implacable en toutes circonstances tendait la main à cette inconnue en détresse. Elle lui donna à cet instant la tendre attention dont elle avait besoin et c'est de là qu'est née une relation très particulière entre elles. Jolyne est parvenue à donner à Carine un peu de sa force. Elle l'a aidée à trouver l'énergie de se projeter de nouveau un peu dans l'avenir en la convaincant de venir travailler avec elle. À partir de ce moment, la trajectoire de Carine a été liée à celle de Jolyne, au moins professionnellement. Pas à pas, Carine a continué de cheminer sur le long sentier de la reconstruction. C'est à cette époque qu'elle et Yves ont recommencé à se voir fréquemment. C'est d'ailleurs elle qui l'a présenté à Jolyne.

Jusqu'à la fin du récit d'Yves, l'attention de Chiara était restée intacte. Les zones d'ombre de Carine s'étaient éclairées, ou plutôt, sous son image, la véritable Carine perçait.

— C'est étourdissant, dit Chiara.

— Je crains que ses démons soient en train de tenter un dernier assaut. Elle exerce un métier où elle excelle mais dont elle reste convaincue qu'il ignore tout de la réalité humaine.

— Oui, c'est ce que j'ai compris.

— Depuis que Jolyne l'a ramenée vers le monde la finance, elle essaie de garder ses distances tout en simulant un engagement sans faille, par loyauté. Je pense qu'elle voudrait qu'il soit comme un pied de nez aux marchés, une sorte de plaisanterie dont elle seule comprendrait vraiment le sens. Mais je me demande si elle parvient encore à se contenter de cette supercherie.

— Carine essaie de survivre à l'ironie amère que lui inspire ce monde financier qu'elle connaît si bien, et aux décombres de ses amours perdues,

— C'est important que tu l'aies compris. Elle a besoin de soutien. Sa lucidité sur le monde de la finance la taraude de nouveau.

Heureusement, côté cœur il me semble qu'après tant d'années, même si elle reste encore en recherche de la douceur et de la légèreté du sentiment amoureux, elle est enfin apaisée. Elle s'est aussi mise à écrire un roman, je crois, pour mettre en mots dans des pages hospitalières les tempêtes émotionnelles qu'elle a traversées. Une sorte de thérapie probablement. À ma connaissance, son roman n'a jamais été publié. Peut-être continue-t-elle de l'écrire, elle qui aime tant prendre le temps de choisir les mots justes.

Sur ce point précis, Yves se trompait. En fait de roman, Carine écrivait une sorte d'autobiographie, un simple journal différé, celui-là même qu'elle eut la générosité de partager avec moi quand on se revit. C'est largement grâce à ce journal que j'ai pu compléter le témoignage qu'Yves et Chiara m'avaient rapporté de cette discussion. C'est lui encore qui me révéla que « côté cœur » comme il disait, Yves se trompait aussi. Carine était toujours extrêmement fragile, comme la suite le montrerait.

Je ne sais pas trop comment cette discussion prit fin. Chiara resta probablement silencieuse un très long moment, à digérer tout ce qu'elle venait d'apprendre. Elle y repensa très fréquemment par la suite. Les semaines et les mois s'égrenaient. On aurait pu croire que le temps s'étirait sans que rien ne change vraiment chez Condit. Mais, derrière les apparences, la roue continuait de tourner. Tout se précipita après l'une de ces inévitables réunions du matin. Nous étions déjà, d'après mon journal, en mai 2012.

Chapitre 14

On n'est pas moins coupable en ne faisant pas ce que l'on doit faire.

Marc Aurèle

— Qu'est-ce qu'on a ce matin ? s'enquit Jolyne.

— Pas grand-chose répondit Luc. Les marchés sont calmes. Shanghai toussote un peu ce matin parce que le dollar a perdu presque une figure hier soir, mais rien de bien méchant. On devrait être étal à l'ouverture de Paris, tout à l'heure.

— OK, quoi d'autre ?

— Pour info, je vais acheter pour mes clients des bonnes quantités d'actions Google, Facebook et Amazon, dit Ewan.

— Moi aussi, ajouta Chiara.

— Quelle est votre logique, demanda Jolyne ?

— Nous avons tous les deux discuté longuement avec Phil, notre analyste Tech, répondit Ewan, et nous en avons conclu que ces trois entreprises seront des gagnants à long terme.

— Elles le sont déjà, non ? Quel est l'*upside* ? Qu'est-ce que le marché n'a pas vu, selon vous ?

— On commence par Facebook ? Nous allons rentrer un gros ordre lors de l'introduction en Bourse la semaine prochaine.

— Allez-y.

— Facebook n'en est qu'à ses débuts, commença Ewan. Je ne vais pas vous faire tout le pitch en détail. Vous avez la note de Phil dans votre boîte. Le point essentiel, c'est qu'après seulement quelques années d'existence, Facebook compte déjà près d'un milliard d'utilisateurs. Pour vous donner une idée, rien qu'en France, il y en a déjà plus de vingt millions. Phil nous a convaincus que la qualité et le rythme des applications qui sont lancées sur ce réseau vont permettre de continuer d'augmenter très rapidement ce nombre au niveau mondial.

— Mais on sait tout ça. Et l'action n'est-elle pas déjà très chère ?

— Par rapport à la rentabilité actuelle, c'est sûr, reconnut Chiara. Mais l'idée est qu'aujourd'hui, toute cette multitude d'utilisateurs ne rapporte presque rien. Imaginez les revenus qui pourront être générés dès lors que Mark Zuckerberg commencera à monétiser une audience forte de milliards d'utilisateurs !

— Pour les annonceurs, Facebook deviendra vite incontournable, ajouta Ewan. Et alors les revenus dans les dix prochaines années pourraient, selon les calculs de Phil, être multipliés par 15 ou 20.

— OK, je vais lire la note de Phil. Google ?

— Phil a aussi écrit une note détaillée sur Google.

— Je vais la lire. Mais cette fois vous n'allez pas me dire que vous avez fait une grande découverte : depuis son introduction en Bourse — il y a, quoi, une petite dizaine d'années ? — le prix de l'action a été multiplié par huit ou 10 et on est aujourd'hui au plus haut historique.

— C'est vrai, reconnut de nouveau Chiara. Mais selon nos calculs, on n'a encore rien vu. Le point clé cette fois encore, c'est la magie du phénomène de réseau. Depuis que Google, grâce principalement à la qualité de ses algorithmes, est devenu de loin le premier moteur de recherche, et là aussi la multiplication des applications proposées y est pour quelque chose, ils ont une véritable autoroute devant eux.

— Parce que lorsqu'un utilisateur doit choisir un réseau, il va être très tenté de rejoindre le plus grand, celui qui donne le plus de possibilités ? proposa Jolyne.

— Exactement, répondit Ewan. Il y a une prime monstrueuse au leader. Et Google a tout fait pour devenir leader. Et maintenant qu'ils ont littéralement écrasé les autres moteurs de recherche, ils vont pouvoir rafler toute la mise. C'est-à-dire que leur part de marché va bientôt tangenter les 100 % dans de nombreux pays, et, comme pour Facebook, les annonceurs seront prêts à payer des fortunes pour accéder à leur gigantesque réseau d'utilisateurs. Selon Phil, les revenus publicitaires de Google pourraient passer de 40 milliards de dollars aujourd'hui à plus de 200 milliards dans dix ans, aux alentours de 2022. Ça ferait fois 5 !

— On finit par Amazon ? accéléra Jolyne.

— Même maladie, même traitement, plaisanta Ewan. Ou comment encore devenir leader mondial d'un service sur Internet.

— Au moins, Jeff Bezos a toujours joué cartes sur table, reconnut Jolyne. Dès son introduction en Bourse, et c'était avant l'éclatement de la bulle internet en 2000, je me souviens qu'il prévenait que sa société ne serait pas rentable avant des années.

— Oui, la logique est toujours la même, confirma Ewan : réussir à devenir leader absolu, à coups d'investissements, de renoncement temporaire à la rentabilité, d'efforts pendant des années, pour profiter ensuite d'une position dominante qui permet alors de faire décoller la rentabilité comme une fusée. Et l'autre point commun entre ces trois affaires est l'extraordinaire potentiel de diversification de leurs revenus qui s'ouvrira à eux, dès lors qu'ils auront sous leur main un nombre de clients absolument vertigineux. Ils deviendront inattaquables.

— Je ne dirais pas « inattaquables » corrigea Jolyne. Au contraire, leur position de force sera tellement exorbitante que je les imagine en permanence attaqués en justice. Il y a des lois pour protéger la concurrence dans notre système !

— Je suis d'accord, concéda Ewan. Mais imaginez le temps que prendront les recours en justice avant de véritablement enrayer ces machines de guerre. Revoyons ça dans dix ans.

— Bon, je vais lire dans le détail les notes de Phil. Pourquoi ne me parlez-vous pas de Tesla ? Elon Musk, lui aussi, a l'ambition de dominer son marché au niveau mondial.

— C'est vrai, et il vient de lancer son deuxième modèle de voiture électrique, la Modèle S, qui semble rencontrer un franc succès aux États-Unis. Il pourrait produire près de 30 000 véhicules cette année.

— Alors ? s'impatienta Jolyne.

— Ce qui différencie radicalement Tesla de nos trois favoris, c'est le risque, expliqua Chiara. On prend Google, Amazon et Facebook maintenant parce qu'ils ont déjà fait le plus dur. L'opportunité réside dans le fait que le marché ne comprend pas encore combien les situations de quasi-monopole qu'ils vont maintenant acquérir vont les rendre tout-puissants et faire exploser leur rentabilité. Dans le cas de Tesla, si Musk a raison alors, oui, dans dix ans il produira autant de véhicules par an que n'importe quel grand constructeur automobile aujourd'hui. C'est-à-dire qu'on comptera en millions de voitures.

— Mais c'est loin d'être gagné, n'est-ce pas, anticipa Jolyne.

— C'est ça. À ce stade c'est encore très risqué. Tesla brûle du cash à un rythme effréné. Sa croissance est hyperbolique, et justement, ça ne serait pas la première entreprise à exploser en vol faute de pouvoir financer sa croissance, précisa Ewan. Le potentiel est là, mais tout est conditionné par la capacité, ou non, de Musk, à continuer de convaincre les banques de le suivre jusqu'à ce que Tesla devienne enfin rentable. Et ça pourrait prendre 10 ans.

— Je vois.

— Acheter du Tesla aujourd'hui est hyperspéculatif, insista Ewan. Ça peut être le jackpot, mais les chances de succès sont très incertaines. C'est encore bien plus incertain que ça ne l'était d'acheter des actions Amazon avant 2000 ou Google lors de leur introduction en Bourse il y a huit ans.

— OK, quelque chose me dit qu'on rate une énorme opportunité, dit Jolyne d'un air ennuyé. Musk investit sa propre fortune dans son projet. Il y croit. Et il n'y a rien de plus convaincant que quelqu'un qui risque sa peau dans sa propre entreprise. Et ce type, que je trouve très antipathique par ailleurs, a le génie de ne pas connaître le doute. Il ne se fixe aucune limite a priori. Le jour où il ne connaîtra plus de frein, financier ou politique, Dieu seul sait de quoi il sera capable.

— C'est certainement ce qui l'aide à convaincre tous ses banquiers de continuer de le suivre.

— OK. Je vais regarder Google, Amazon et Facebook, mais je n'exclus pas de remettre le projet Tesla sur le tapis rapidement. S'il vous plaît, continuez de suivre ça de près.

— *Of course*, répondit Ewan.

— Je peux poser une question ? demanda Chiara.

— C'est le moment. On vous écoute, répondit Jolyne.

— Voilà. Trois choses, à vrai dire.

— Je reconnais bien l'esprit organisé de l'ingénieure, plaisanta Jolyne.

— La première chose, c'est que j'ai lu de très près les notes de Phil, j'ai discuté avec lui et Ewan, et ces trois investissements me semblent en effet extrêmement convaincants. La seconde néanmoins, c'est que je ne suis pas totalement à l'aise, on va dire « moralement », avec le modèle économique de ces trois groupes. Leur méthode consiste à prendre le temps nécessaire pour écraser littéralement les concurrents, quitte à ce que ça coûte très cher à court terme, avec l'objectif de se retrouver au bout du compte dans une situation tellement dominante qu'elle se transformera en poule aux œufs d'or.

— Et ça vous gêne ? s'enquit Jolyne

— Je me demande si la stratégie de ces géants ne devrait pas nous gêner, nous entrepreneurs. La destruction de la concurrence n'est-elle pas l'antithèse du principe capitaliste ?

Chiara s'avançait en terrain instable.

— Merci pour ce rappel de philosophie morale, Chiara. D'abord, nos trois champions deviendront probablement d'énormes créateurs d'emploi, ce qui devrait vous plaire. Ensuite, ils prennent des risques, et nous aussi. Et ça c'est moral. Le jour où ils seront en situation de monopole, revenez me voir, persifla Jolyne. Quelle était la troisième chose que vous vouliez nous dire ?

— La troisième chose est que nos efforts pour identifier les investissements précis qui, au-delà des turbulences immédiates, nous permettrons d'être utiles à nos clients à l'horizon de dix ans, me semblent très justes.

— Mais ?

— Pourquoi n'adoptons-nous pas la même approche de long terme quand il s'agit de se positionner sur le marché dans son ensemble, alors qu'on ne sait pas plus que les autres où sera le marché dans une semaine ou dans un mois. Pourquoi nous comporter littéralement en traders ?

— Parce qu'il faut faire feu de tout bois, chère Chiara. Prenez l'exemple d'Amazon, puisqu'on en parle. Imaginez que vous ayez acheté des tas d'actions dès son introduction en Bourse sur la base d'un raisonnement parfaitement correct, comme le vôtre, pensez-vous que vous seriez très riche maintenant ?

— Certainement.

— Eh non. Parce que vous n'auriez pas vu venir l'éclatement de la bulle Internet en 2000, et vous seriez ruinée. Et vous auriez dû revendre vos actions pour payer vos dettes. Donc, certes il faut raisonner à long terme, mais il faut aussi rester très agile à court terme. Un caprice du marché peut ruiner les meilleures analyses. Passons à autre chose, si vous avez terminé.

Chiara était mouchée. Sans être convaincue cependant. Qu'est-ce qui garantissait que, malgré cette prétendue agilité, nous saurions gérer les crises de marchés ?

— Tu oublies une chose aussi, Chiara, ajouta Luc en gloussant, qu'est-ce qu'on s'emmerderait si on ne raisonnait qu'à dix ans !

— Bien. Maintenant que tout le monde a pu nous gratifier de ses réflexions existentielles, dit Jolyne, au travail. Chiara, vous pouvez venir avec moi ?

Chacun retourna à son bureau et Chiara suivit Jolyne dans l'escalier. Arrivée à son bureau, comme à son habitude Jolyne regarda diverses notes posées sur son bureau, jeta un coup d'œil à son écran, sans un regard pour Chiara qui, après avoir refermé la double porte, s'était assise en face d'elle. Après quelques instants, Jolyne leva les yeux et s'adressa enfin à Chiara.

— Chiara, vous savez que je vous aime bien.

— …

— Vous êtes intelligente, vive, et pleine d'énergie.

— …

— Vous avez des principes, ce qui est tout à votre honneur. Vous êtes jeune et mille possibilités de carrière s'offrent à vous.

— …

— Mais vous voyez bien que votre place n'est pas ici.

Chiara comprit. Le choc ne l'ébranlait pas encore, comme si son onde avait atteint la partie rationnelle de son cerveau mais devait prendre quelques minutes encore pour se propager jusqu'au lieu de ses émotions.

— Pourquoi dites-vous cela ? répondit-elle calmement.

— Vous le savez bien, Chiara. Je vous ai encore entendue ce matin. Et je ne vous jette pas la pierre. Mais vous serez beaucoup plus heureuse dans un autre métier.

— Jolyne, ce métier me convient très bien ! Il est difficile, certes, nouveau pour moi, je n'ai peut-être pas encore totalement trouvé mes marques, mais c'est ce que je veux faire ! Je vous assure.

Cette fois Chiara commençait à ressentir la violence de cette annonce.

— Écoutez Chiara, passez voir Charles, vous verrez que vous ne serez pas déçue. Je souhaite que nous nous quittions dans les meilleurs termes. Je suis convaincue que vous me remercierez plus tard.

Jolyne se leva et, sans un mot de plus, incita calmement Chiara à se lever et la raccompagna jusqu'à la porte de son bureau, en l'encourageant d'un large sourire. Cette fois Chiara était KO debout. Sonnée. Incapable d'argumenter davantage. En une minute tout était réglé. Elle venait de se faire virer. Et visiblement Jolyne avait pris sa décision bien plus tôt puisque, semblait-il, tout était prêt pour son départ dans le bureau du DRH. Sans comprendre pourquoi, sans avoir été capable de réagir, Chiara retourna à sa place. Elle verrait Charles plus tard.

Chiara ne m'a pas raconté comment elle a informé ses collègues, dont Carine, de sa mésaventure. Mais toujours est-il que, quelques jours plus tard, ces derniers se sont présentés dans le bureau de Jolyne, avec un objectif sans précédent. Encore maintenant, repenser à ce moment me fait chaud au cœur. Ils frappèrent à sa porte, et sans laisser à Jolyne le loisir de leur imposer son petit jeu de postures favori, ils l'interpellèrent. C'est Carine qui prit la parole la première. Elle était très remontée. Cela faisait bien deux ans que Jolyne avait évoqué, et encore très vaguement, l'idée de remplacer Chiara à la gestion. Pour elle le sujet avait disparu. D'autant qu'entre-temps, pour autant qu'elle put en juger, les performances de Chiara en tant que gérante n'avaient pas été mauvaises. Et certainement pas pires que celle de Jolyne ! Comment cette idée aussi périmée qu'injuste pouvait-elle ressurgir maintenant ?

— Jolyne, on ne peut pas vous laisser faire ça.

— Et de quoi donc me parlez-vous ?

— Vous le savez bien. Chiara n'a commis aucune faute, elle est très motivée, et sa performance sur les fonds qu'elle gère n'est pas aujourd'hui critiquable.

Luc, Ewan, Adil étaient là mais restaient silencieux, leurs regards fixés sur Jolyne. Celle-ci les observa un instant, interloquée.

— Votre démarche vous honore, commença Jolyne, mais vous faites fausse route. Je n'ai rien contre Chiara. J'ai pris cette décision pour son bien et pour le bien de la Maison.

— Pour ce qui est du bien de Chiara, répondit Carine, il me semble légitime de la laisser en décider elle-même. Elle n'est plus une enfant. Pour ce qui est du bien de la Maison, vos explications nous intéressent.

Carine parlait d'un ton posé. Celui qu'on lui connaissait tous dans les moments importants. Elle était la Carine impeccable qu'on admirait et qu'il fallait à ce moment pour s'opposer efficacement à Jolyne. Rien à voir avec la Carine que Chiara avait découverte lors de son dimanche au Cabanon. Mais Jolyne était prête également.

— Écoutez tous les quatre. D'abord, il n'y a aucune raison d'être *emotional* à propos de cette décision. Chiara sera très bien traitée, et je ne fais qu'assumer mon rôle de dirigeante. Parfois il faut être capable de prendre des décisions qui sont un peu désagréables pour tout le monde mais nécessaires. Sachez que j'ai déjà identifié un remplaçant pour Chiara et tout va bien se passer. Carine, vous le savez bien.

Carine n'était guère surprise de cette manœuvre de Jolyne pour la « mouiller » à ce moment de la discussion, après la révélation qu'elle lui avait faite dans la foulée de son exposé sur Szafran. Mais Carine ne réagit pas. Jolyne enchaîna rapidement.

— Nous sommes dans un secteur extrêmement concurrentiel, et nous n'avons pas le droit de nous assoupir. Sinon nous mourrons.

Carine et les trois gérants exprimaient par leurs regards la plus grande incrédulité face à cette déclaration martiale. Ce qui encouragea Jolyne à se lancer de nouveau dans une de ses démonstrations qu'elle affectionnait tant.

— Puisque vous n'avez pas l'air de comprendre, je vais vous expliquer. Une entreprise, une équipe, c'est un organisme vivant. OK ? Ça fonctionne comme un corps humain.

Jolyne marqua une pause et regarda droit dans les yeux chacun de ses quatre interlocuteurs, comme pour les obliger à lui concéder la reconnaissance de cet axiome. Mais rien ne vint. Les visages restèrent attentifs, sans rien céder.

— Comprenez bien ceci. Est-ce que vous connaissez le phénomène d'apoptose dans le vivant ?

Jolyne avait souvent recours à des mots un peu savants dans ses tirades. Certes, ils reflétaient une culture étendue et une certaine curiosité intellectuelle, y compris dans des domaines très éloignés des métiers de la finance. Mais ils trahissaient aussi souvent une malice un peu cuistre consistant à invoquer des mots rares, parfois mal maîtrisés, pour s'autoriser toutes sortes d'analogies contestables.

— Si vous ne le connaissez pas, c'est dommage, continua Jolyne. Alors je vais vous l'expliquer. L'apoptose, c'est le processus qui permet à un organisme vivant de se développer en organisant le renouvellement régulier de ses cellules. Sans apoptose, les cellules qui ont fait leur temps, voire qui sont devenues malades, continueraient d'imposer leur présence, alors qu'il est indispensable que d'autres prennent leur place pour permettre le développement de l'organisme. Pas assez d'apoptose, et c'est le cancer assuré. Je le répète, chers amis, l'entreprise est un organisme vivant. Et mon devoir, c'est de faire en sorte que notre entreprise ait les meilleures chances de continuer de se développer. Voilà. Alors je ne fais absolument pas le procès de Chiara. J'ai seulement jugé que, pour le bien de l'organisme que nous constituons tous ensemble, il était nécessaire de nous renouveler un peu. Je suis sûre que vous apprécierez beaucoup Andrew. Il passera au bureau dans quelques jours, et vous pourrez tous le rencontrer si vous le souhaitez.

Devoir se justifier était un exercice que Jolyne détestait. C'était son entreprise, après tout. Et sa responsabilité était de prendre les décisions qu'elle jugeait indispensables, même si elles étaient impopulaires. N'est-ce pas ce qui est requis d'une cheffe ?

Carine fut de nouveau celle qui osa tenir tête à Jolyne.

— Votre logique est implacable. Il n'y a rien à en dire.

— Je suis heureuse de vous l'entendre dire.

— Mais c'est justement ça qui m'ennuie. Certes, je ne suis pas légitime pour juger si, dans votre logique, Chiara est celle qu'il faut remplacer,

— Y a-t-il des volontaires parmi vous pour tenir ce rôle ? demanda pernicieusement Jolyne.

Ewan, Luc et Adil demeurèrent prudemment silencieux.

— Mais je suis capable de juger que votre logique est inhumaine, Jolyne, poursuivit Carine.

— Vous croyez que ça me fait plaisir, Carine ? Vous le croyez vraiment ? Je suis obligée de prendre ce genre de décisions parce qu'il y va de la survie de l'entreprise.

— Vous exagérez.

— C'est-à-dire plus de deux cents employés, ainsi que leurs familles. C'est pour eux que je suis souvent obligée de trancher. Quand je prends ce genre de décisions, je sais qu'on va me détester, mais je sais qu'elles sont nécessaires. En affaires, on n'a pas le droit de se figer. Et ce serait pourtant tellement tentant quand tout va bien, quand on a l'impression que tout est facile. Mais c'est comme à bicyclette, on ne peut pas faire de surplace très longtemps. On a l'obligation d'avancer. Si nous étions un grand groupe, peut-être pourrions-nous tolérer une certaine proportion de poids morts, si vous me passez l'expression. C'est ce qu'on trouve, d'ailleurs, dans toutes les grandes organisations qui s'offrent le luxe de végéter. Mais dans une petite Maison comme la nôtre, ça ne serait pas supportable. Nous sommes trop vulnérables. Il faut que chacun porte davantage que son propre poids. Sinon, c'est toute l'embarcation qui coule, tôt ou tard. L'intérêt général doit l'emporter sur l'intérêt particulier.

— Mon cerveau est d'accord avec vous.

— Ça me suffit.

— Mais nous ne sommes pas que des cerveaux, Jolyne.

— Et Chiara est compétente ! ajouta Ewan.

— Et elle n'a aucun désir de partir, surenchérit Adil

Luc était resté silencieux jusque-là, mais soudainement, il se jeta dans l'arène.

— Jolyne, ça fait des années qu'on travaille ensemble, et vous savez que je vous ai toujours soutenue.

Jolyne écoutait.

— Mais cette fois, poursuivit Luc, je ne peux pas vous suivre. Nous sommes tous solidaires, et nous vous demandons de revenir sur votre décision.

Un silence pesant s'installa. Carine était très impressionnée que Luc ait eu le courage de se dissocier de sa patronne. Jolyne aussi probablement.

Elle mit fin à la conversation.

— Vous m'excusez, j'ai un rendez-vous qui arrive. Je vais réfléchir. Les quatre compères quittèrent le bureau. Zenia remarqua un léger sourire sur leur visage comme ils passaient devant elle.

C'est beaucoup plus tard, lors de nos retrouvailles dans le Cabanon de Carine, que Jolyne nous révéla que la façon dont elle vécut cette bourrasque avait été très ambivalente pour elle. Elle était aussi furieuse que son autorité fût défiée, que fière de l'esprit de corps dont ses troupes avaient fait preuve. Il lui était impossible de concéder sa réédition sur le moment. Mais sa décision, nous confia-t-elle, était déjà prise. Elle rétablirait Chiara rapidement dans ses fonctions. Dans les faits, peut-être encore parce que céder entièrement lui était trop difficile, elle proposa à Chiara, qui l'accepta, non pas de rester gérante mais de prendre la fonction de Porte-Parole aux côtés de Carine. Puisque celle-ci était si attachée à sa consœur, eh bien qu'elle s'en occupe ! Tout ce remue-ménage fut réglé en quelques jours. Chiara fut très émue de la solidarité qu'avaient exprimée non seulement Carine, mais aussi Ewan et Adil, et même Luc. Chiara faisait maintenant partie de la famille. Et elle n'en voulait même pas à Jolyne, qui avait été capable de revenir sur sa décision.

Chapitre 15

La révolution est un drame passionnel.

Mao Tsé-Toung

Quelques semaines plus tard, c'est un autre épisode totalement imprévu qui continua de dessiner le destin de Chiara. De longs mois s'étaient écoulés depuis ce si étrange après-midi avec Carine. Et celle-ci avait raison, il fallait cesser de procrastiner une tentative de rapprochement avec son père. Chiara depuis bien trop longtemps s'était limitée à appeler régulièrement. Il était grand temps qu'elle rende de nouveau visite à ses parents. Elle l'avait dit au téléphone à sa mère, qui bien entendu l'avait invitée à venir déjeuner dès ce dimanche. Quelque chose néanmoins avait été bizarre dans sa voix. Chiara n'aurait su dire quoi. Était-ce une forme de trouble qui n'aurait pas encore complètement disparu après ce sombre déjeuner déjà si ancien maintenant? Ça ne ressemblait pas à Justine dont la finesse d'esprit n'avait d'égal que le soin qu'elle mettait toujours, Dieu sait pourquoi, à la dissimuler derrière son tablier et l'autorité du pater familias. D'ailleurs, il ne faudrait pas oublier cette fois de lui apporter de nouveaux romans qu'elle lui avait plusieurs fois réclamés. En sortant de la gare de Noisy-le-Sec, Chiara repassa devant les mêmes bâtiments, le même lycée, les mêmes murs gris. Le dessin au pochoir au fond de la petite cour avait disparu. Elle monta les mêmes étages, et frappa doucement. Sa mère lui ouvrit et la serra immédiatement dans ses bras.

— Ton père va être très content de te voir. Entre.

Maurice était assis dans son vieux fauteuil, en face de la TV éteinte. Il se leva sans un mot en entendant Chiara et vint à son tour la serrer dans ses bras. Chiara était rassurée. La réconciliation n'avait pas tardé. C'était un grand poids qui se volatilisait. Elle avait tellement bien fait de venir. Mais cette atmosphère silencieuse, presque pesante, n'était pas habituelle. Il s'était visiblement passé quelque chose. Chiara remarqua que son frère Marc n'était pas là. Rien d'inquiétant à cela, il n'était pas là tous les dimanches bien sûr. Mais quand même, lui serait-il arrivé quelque chose ?

— Viens, assieds-toi, lui dit son père. Je veux te dire que te voir aujourd'hui me fait très plaisir. Je n'aime pas ça quand on se quitte fâchés.

— Moi non plus, papa, ça me fait très plaisir d'être ici. Mais quelque chose a l'air de ne pas tourner rond. Je me trompe ?

Maurice répondit d'un petit haussement d'épaules.

— Dis-moi, insista Chiara.

Justine s'était assise en même temps qu'elle sur le canapé qui faisait un angle fermé par rapport au fauteuil. Ils étaient tous les trois calmes, attentifs l'un à l'autre.

— Voilà, c'est à propos de Marc, dit Maurice.

— Que se passe-t-il ?

Maurice ne savait visiblement pas par où commencer. Il marmonna quelques instants puis se décida.

— Je vais essayer de t'expliquer.

— S'il te plaît.

— À peine une semaine après ta visite, il nous a appelés pour nous dire qu'il ne pourrait pas venir nous voir aussi souvent désormais. Rien de plus. Pas moyen de lui faire dire ce qui l'en empêcherait. Comme tu sais, je ne vous ai jamais forcés. Vous n'êtes pas obligés de venir tous les week-ends. Mais j'avais juste besoin qu'il m'explique. Jusqu'à présent, Marc, il a toujours bien aimé venir à la Maison.

— Bien sûr.

— Il aime bien qu'on parle foot, politique. Enfin, tu le connais. Donc je me dis « il a dû se passer quelque chose ». « Non, non » qu'il me dit. « Il ne s'est rien passé. C'est juste que je vais être très occupé avec les camarades. Il faut qu'on s'organise ». À partir de là, j'ai commencé à m'inquiéter. S'organiser pour quoi ? Et en quoi ça l'empêcherait de venir nous voir le week-end ? Alors je l'ai un peu tarabusté. Au début, il ne voulait toujours rien dire. Et puis, au bout d'un moment, il a fini par cracher le morceau.

— C'est-à-dire ?

— Eh bien, ce qui se passe, c'est qu'il est devenu comme embrigadé. Il l'est, en fait. J'ai l'impression qu'il a vendu son âme. Ou plutôt qu'on lui a volé.

— Arrête Maurice, tenta d'intervenir Justine.

— Je le reconnais plus. Ce qu'il me dit n'a pas de sens. Ou si ça en a, c'est terrifiant. J'essaie de me rassurer en me disant qu'au moins il a fini par nous dire ce qu'il a dans la tête. Ou en tout cas une partie. Je me dis qu'au moins, on se parle encore. Un jour je pourrai le convaincre de s'échapper de tout ça.

Maurice parlait d'une façon de plus en plus saccadée,

— Explique-toi, papa. Je n'y comprends rien.

— Il dit qu'il doit organiser « la lutte » avec ses camarades. Mais pour moi c'est pas des camarades, c'est des exaltés. Bon enfin, disons ses camarades, l'ont convaincu que pour devenir un vrai militant, un « révolutionnaire » comme il dit, il faut limiter au strict minimum les liens avec sa famille ; les rompre entièrement si possible.

— Pardon ?

— Parce qu'ils se disent trotskistes, ou léninistes, je ne sais plus exactement ce qu'il m'a dit, et dans leur système, la famille est soi-disant un concept « petit-bourgeois », qu'il dit, qui s'oppose à « l'idéal révolutionnaire » ! Tu entends ça ?

— Je n'y comprends rien.

— Mais moi non plus, Chiara ! Depuis des mois, il ramenait très souvent des bouquins de ses réunions qu'il lisait pendant des heures, enfermé dans sa chambre. Marx, Lénine, l'histoire de la Commune, etc. Et, c'est vrai, depuis quelque temps, j'avais un peu l'impression que, lorsqu'on parlait tous les deux, il me récitait un peu le truc. Enfin, des pensées toutes faites, tu vois ce que je veux dire. Il parlait un peu comme un livre. Mais bon, je ne me suis pas vraiment fait de bile, jusqu'à la semaine dernière, quand il m'a sorti qu'il n'allait plus passer de sitôt à la Maison.

— Il a toujours été exalté, mais je ne l'imagine pas du tout vous tourner le dos.

— Mais bien sûr que non ! dit sa mère, impatiente de se joindre à l'opinion de sa fille pour étayer son optimisme de façade.

— Je les ai connus moi, ces gars-là, à mon époque. S'ils n'ont pas changé, il y a de quoi être inquiet, reprit son père. C'est des professionnels du militantisme, tu sais. Ah ça, ils sont organisés ! Pour qu'ils t'acceptent, tu dois passer par un véritable parcours initiatique, comme dans une secte. Ils considèrent que leur premier ennemi, c'est la famille. C'est une « cellule idéologique », qu'ils disent, qu'est pas compatible avec leurs convictions. J'avais un copain autrefois qui avait décidé de rentrer chez eux. Quelques mois plus tard, je l'avais revu dans une manif, eh bien il était complètement transformé. Il était devenu une sorte de moine-soldat. Il avait complètement rompu avec sa famille. Même avec ses enfants, tu te rends compte ?

— Je ne peux toujours pas croire que ce soit l'intention de Marc.

— Ces gars-là ils disent qu'ils veulent un monde meilleur et, je suis d'accord avec eux. Moi aussi, avec les camarades, on lutte pour ça depuis toujours. Mais pour eux, il faut tout foutre en l'air. Et pour ça, c'est de la haine qu'il faut ressentir. De la haine, je te dis ! Ne plus avoir d'attaches sentimentales, parce que, soi-disant, ça vous ramollit dans la lutte. Il ne faut plus laisser parler son cœur. Il ne faut que des certitudes, pas de doutes, pas de critiques.

— Tu comprends, toi, ce que c'est que le monde meilleur qu'ils souhaitent ? demanda Chiara.

— Tu parles ! Ils ne le savent pas eux-mêmes. Ils disent qu'ils veulent faire tomber la dictature du capitalisme et, encore une fois, je comprends ça. Mais qu'est-ce qu'ils veulent à la place ? Une autre dictature, la leur. Ils critiquent les élites mais ils sont les premiers à se sentir supérieurs.

— C'est vrai que, quand j'y réfléchis, dit Chiara, dans nos dernières discussions, j'avais l'impression qu'il ne voulait plus, ou ne pouvait plus, voir le monde tel qu'il est. Avec ses énormes défauts mais aussi ses îlots de beauté. J'avais l'impression qu'il était devenu un peu indifférent aux petites choses et ne pensait plus qu'à sa « cause ».

— C'est ça. Et comment tu peux changer le monde si tu le vois pas ? Tu peux me le dire ? Ça faisait pas mal de temps, il nous taxait de plus en plus pour « son argent de poche », qu'il disait. Avec ta mère, on n'osait pas poser trop de questions. On se disait qu'il avait peut-être rencontré une copine qu'il essayait d'impressionner. On se disait que ça ne nous regardait pas.

— Et en fait, il donnait l'argent au parti ?

— Bah tiens ! Et c'est même pas un parti. C'est une espèce de cellule, j'ai l'impression. Mais, j'aurais dû m'en douter : quand tu passes de simple sympathisant à militant, c'est comme ça que tu prouves que t'es affranchi de l'autorité des parents : c'est en montrant que t'es capable de leur mentir effrontément. Chiara, rassure-moi, on vous a pas élevés comme ça quand même !

— Bien sûr que non. Marc a toujours été comme toi, comme moi, révolté par les injustices, les inégalités, et certes il était plus « révolutionnaire » que nous, mais tu lui as toujours enseigné, comme à moi, l'amour de la liberté. Comment a-t-il pu adhérer à un mouvement où règne la discipline de fer que tu décris ? Je suis sûre que tu te trompes.

— J'en sais rien. Peut-être que je l'ai pas assez mis en garde. Je l'ai trop encouragé à se révolter.

— S'il te plaît Maurice, ne commence pas à culpabiliser, intervint Justine. Tu n'y es pour rien, et tu le sais très bien.

— Maman a raison. Marc, comme nous trois, aspire à un monde meilleur, il est rempli de bonnes intentions, mais il s'est juste laissé embarquer dans un mouvement qui le dépasse. Ça ne durera pas.

— Je ne sais pas quoi faire. Ils veulent créer un monde meilleur en commençant par mentir à leur famille et se gaver de slogans idéologiques.

— Je ne pense pas que tu puisses faire grand-chose là tout de suite. Mais je suis convaincue que Marc vous reviendra. Pour lui, les liens entre nous quatre, pardon je devrais dire nous cinq, finiront par l'emporter.

La gaffe de Chiara était malheureuse. Car elle rappelait bêtement qu'avant que Marc leur échappe, Maurice et Justine avaient déjà littéralement perdu Steve, leur fils aîné. Ils n'avaient toujours aucune nouvelle de lui. Et ce n'est pas parce qu'ils prenaient grand soin de n'en pas parler que cela ne les torturait pas nuit et jour. Maurice en faisait encore fréquemment des cauchemars. Mais cette gaffe avait le mérite de briser le tabou.

— Écoutez, je pense qu'il faut qu'on se dise les choses. Maman, papa, je suis là pour témoigner que depuis toujours, vous deux faites de votre mieux pour que, non seulement nous soyons une famille unie, mais aussi que chacun de nous, vos enfants, marchions sur nos deux jambes. Maintenant, s'il nous arrive à Marc, Steve ou moi, de boiter, de trébucher ou de faire fausse route, c'est à nous d'en prendre la responsabilité.

— Mais…, tenta Maurice.

— Permets-moi de te dire quelque chose qui ne va peut-être pas te plaire, papa, mais tu te surestimes. Si tout était parfait, ce ne serait pas grâce à toi, pas davantage que c'est ta faute si tout n'est pas parfait. Faire de son mieux, c'est ce que nous faisons tous. On ne peut pas faire davantage. Si tu crois, ou si les psys croient, que tout notre avenir se joue dans l'enfance, vous vous trompez tous complètement. Après l'éducation viennent les rencontres, le hasard, les circonstances, le milieu, les phases de la vie, les questions que l'on se pose, les réponses qu'on tente d'y apporter. Crois-moi, j'en sais quelque chose !

— C'est gentil de vouloir nous déculpabiliser, mais… tenta à son tour Justine.

— Écoute maman, une des choses les plus précieuses que vous nous avez enseignées, transmises, c'est la liberté. Tout simplement. Celle de l'esprit, celle qui nous permet de penser par nous-mêmes. Et je ne vous remercierai jamais assez pour ça. Alors, il faut maintenant être cohérents : ni Steve, ni Marc, ni moi n'avons nos destins déterminés à l'avance. Et certainement pas par vous. Nous sommes libres de nos choix. Et ça depuis longtemps. Libres de faire des conneries ou des choses géniales. Probablement les deux. Bien sûr que la liberté ne vient pas sans risques. Mais je crois que, au fond de nous, grâce à vous, nous partageons les mêmes valeurs. Simplement, nous les vivons chacun à notre manière. Vous n'avez pas d'autre choix que d'accepter ça.

Je me demande si l'épisode un peu rocambolesque qu'elle avait vécu chez Condit était pour quelque chose dans cette posture de sagesse qu'elle fut capable d'afficher cet après-midi-là. Une posture un peu bizarre d'ailleurs, sage sur le fond mais en même temps encore un peu gamine dans la forme, petite enfant, avec ses « papa » et ses « maman ». Comme si Chiara, la jeune débutante en robes à fleurs, mûrissait à toute vitesse.

Les parents de Chiara étaient maintenant silencieux.

— Je veux juste ajouter une chose, dit-elle avec beaucoup de douceur, prenant la main de l'un et de l'autre. Si on accepte que nous sommes tous responsables de ce qu'on fait de notre propre liberté, il nous reste une chose que nous partagerons éternellement, et je dis bien quoi qu'il arrive : c'est notre amour mutuel. On peut s'inquiéter, se mettre en colère, ne pas comprendre, on peut même juger, si on s'en sent capable, mais rien ne peut affaiblir ce qui nous lie tous les cinq.

Justine et Maurice n'avaient pas l'habitude de mettre des mots sur leurs sentiments. Depuis toujours, les regards et les gestes suffisaient chez les Martin. Chiara les bousculait avec son plaidoyer un peu angélique. Ils ne l'avaient pas attendue pour être conscients de la force de cet amour filial.

— J'aimerais que ça suffise, Chiara, dit son père. Mais c'est pas si simple. Est-ce que Steve est heureux là où il est ? Est-ce qu'il est seulement encore en vie ?

—Tais-toi Maurice, intervint Justine.

—Et Marc, est-ce qu'il est heureux, lui ? Et qu'est-ce qu'ils vont devenir tous les deux ?

Le patriarche, le pilier indestructible de la famille, avait à son tour les larmes aux yeux. Justine le regardait et, fût-ce incongru en cet instant, elle ne put s'empêcher de le trouver beau. De sa main laissée libre par Chiara, cette main dont la peau était usée, fripée, partiellement couverte de taches de vieillesse, elle saisit la main de Maurice. Celle-ci tremblait un peu. Mais elle paraissait magnifique à Justine, avec ses doigts solides, sa peau rugueuse, et toutes ces traces de leur longue histoire.

Ils restèrent tous les trois à moitié dans le silence, à moitié à parler des trajectoires imprévisibles que les uns et les autres avaient empruntées. Celle de Chiara, l'intellectuelle sensible, qui s'apprêtait à faire fortune dans la finance. Elle n'avait même pas eu l'occasion de raconter les derniers rebondissements de sa carrière chez Condit. Ça n'avait pas d'importance. Celle de Marc, initialement peu porté à intellectualiser, qui s'était mis à une lecture assidue de pamphlets politiques pour acquérir une implacable culture marxiste. Celle de Steve, l'aîné apparemment solide, qui s'était perdu dans la marginalité. Aujourd'hui, Justine renonçait à essayer de cacher son chagrin et sa peur. Et Maurice prenait conscience que sa place de père ne lui conférait pas une responsabilité sans limite. Les souffrances que chacun éprouvait ne s'apaiseraient pas de sitôt. Chacun faisait ce qu'il pouvait.

Chapitre 16

Un fantôme que l'on décrit avec complaisance est un fantôme qui cesse d'agir.

Gaston Bachelard

Dans les semaines qui suivirent, tout sembla revenir à une certaine normalité chez Condit. Les réunions de gestion se succédaient, imperturbablement. Chiara n'avait pas encore accompli son baptême du feu en tant que porte-parole et se contentait d'accompagner Carine dans ses déplacements pour l'observer, toujours au sommet de son art. Elle apprenait. Et comme les performances de la gestion ne s'étaient toujours pas redressées, l'art en question consistait surtout à rassurer les clients, leur faire garder patience, s'excuser souvent. Chiara observait comment Carine parvenait à entretenir malgré toutes les difficultés ce lien de confiance extraordinaire qu'elle avait établi avec les clients. Admirative, elle la voyait leur expliquer de façon limpide la complexité des marchés, la pertinence des choix des gérants Condit, même si ces choix ne payaient pas à court terme. Carine était plus indispensable que jamais.

Mais un matin, un appel de l'extérieur fit sonner le téléphone dans son bureau, et je pense que c'est ce jour-là où tout a véritablement basculé pour elle.

— Allo.

— Allo bonjour, excusez-moi de vous déranger. Êtes-vous bien Carine ?

— Je vous écoute.

— Voilà, je suis Laurence.

Carine resta silencieuse.

— Je suis sûre que, malheureusement, vous n'avez pas oublié ce prénom. J'ai bouleversé votre vie bien malgré moi il y a très longtemps. J'essaie de retrouver votre trace depuis deux ans. C'est en descendant la liste du personnel de toutes les banques d'affaires de Paris que j'ai enfin réussi à vous localiser. Il faut que je vous voie. C'est important.

Carine était médusée. Le ton de cette inconnue sonnait juste. Ce n'était pas un canular. Cette Laurence qu'elle n'avait jamais vue ni entendue, qu'elle avait haïe jadis, la contactait maintenant, après tant d'années. Davantage que le « pourquoi ? », c'était la chose en soi qui prenait brutalement le contrôle de ses pensées. Cet appel sorti de nulle part, trop impossible, trop tout. Dix ans après sa descente aux enfers, même si elle n'avait rien oublié, elle avait appris à vivre avec sa mémoire. À faire la paix avec elle. Elle en avait lentement estompé les traces les plus profondes, celles qui l'avaient taraudée jusque dans sa chair. Elle était parvenue petit à petit à se réchauffer l'âme au souvenir des jolies choses. Et en instant, l'appel de Laurence faisait jaillir son passé, agitait soudain la vase dans laquelle elle pensait que ses cauchemars s'étaient finalement perdus. Sans savoir si ce qu'elle ressentait était plus de la peur, de la surprise ou de la joie, elle était comme une somnambule qu'on aurait brutalement réveillée. Elle demanda presque mécaniquement :

— Vous êtes à Paris ?

— Oui, je vous appelle de la Place de l'Opéra, tout près de vos bureaux, je crois.

Carine reprit ses esprits. Il le fallait. Elle devait être plus forte que ça.

— Nous pouvons nous voir dans dix minutes au bar du café de la Paix si vous voulez.

— Il est juste en face de moi. Je vous y attends.

— Et comment vous reconnaîtrai-je ? demanda Carine.

— Bien sûr, pardon. Eh bien, je vais m'asseoir à une table près de la porte, et je mettrai un gros sac à main beige sur la table.

— Ça devrait suffire. Et puis votre numéro de portable s'affiche sur mon écran. Je peux vous appeler désormais. À tout de suite.

Carine quitta immédiatement son bureau boulevard Haussmann pour se diriger vers la Place de l'Opéra. En chemin, son esprit tourbillonnait sans direction, incapable de se fixer sur quoi que ce fût. Elle ressentait une véritable urgence d'arriver au lieu de rendez-vous, non seulement pour découvrir cette Laurence et ce qu'elle avait à lui dire, mais surtout pour que son esprit affolé s'apaise enfin en s'ancrant sur une réalité tangible. Arrivée sur place, avant même de traverser la rue Auber, Carine aperçut Laurence, son sac à main beige posé devant elle sur une petite table ronde en terrasse, près de la porte principale. Pas de doute possible. Carine eut un moment d'hésitation. Il était encore temps de se défiler. La peur était aussi forte que l'envie. Puis son trouble sembla s'apaiser, comme une tempête est déclassée en vent fort. Peut-être parce que Laurence s'avérait très ordinaire, l'effet de réel avait quelque chose de réconfortant. Laurence était même d'une banalité étonnante. Carine n'avait jamais véritablement tenté d'imaginer son physique. Mais le fantôme qu'elle avait été si longtemps dans son esprit avait tout de même les traits de l'accapareuse. La réalité qu'elle découvrait de l'autre côté de la rue était bien plus quelconque qu'un fantôme. Les cheveux bruns, quoique singulièrement parsemés de gris, coupés assez court, un style plutôt sportif, sans fioriture, Laurence attendait. Elle aperçut Carine et lui fit discrètement un petit signe de la main. Carine traversa.

— Bonjour, vous êtes Laurence je suppose.

— Bonjour Carine, répondit cette dernière en se levant.

La gêne de ne pas savoir quoi dire, par où commencer, maintint quelques instants les deux femmes dans un mutisme figé. Les deux regards plongeaient au fond l'un de l'autre, et aucune n'osait avancer la main. Qu'y avait-il dans le regard de Laurence ? Maintenant que seulement quelques dizaines de centimètres les séparaient, cette rencontre inconcevable quelques minutes plus tôt prenait toute sa densité. En une dizaine d'années, la figure de Laurence, qui avait été celle de l'infortune, de la fatalité, s'était progressivement estompée pour laisser la place au seul souvenir d'une autre présence. La seule qui comptât. Soudainement, cette figure réapparaissait à travers les traits d'un véritable visage humain dans sa vérité nue.

— S'il vous plaît asseyez-vous, dit doucement Laurence. Je suis venue vous trouver parce que Pascal m'a fait promettre de le faire.

Carine conservait devant Laurence une posture impassible, alors qu'en quelques secondes le feu avait repris dans ses entrailles. Mille questions recommençaient à se bousculer dans son esprit. Mais elle s'efforça de ne pas interrompre Laurence qui commença son récit.

— Je vais essayer de commencer par le début. J'ai rencontré Pascal un jour du mois d'août, en 1999, parce que je me promenais dans Central Park, et que j'ai vu un homme pleurer sur un banc.

Cette image agit immédiatement comme une détonation pour Carine. Elle vit soudain Pascal seul, sanglotant sur un banc. Était-ce possible ? Cela pouvait-il être une coïncidence qu'à dix années d'intervalle, quand Jolyne vint à son secours dans les jardins du Luxembourg, elle et lui, si loin l'un de l'autre, aient ressenti et exprimé leur douleur dans des circonstances si similaires ? Et que leurs destins aient été à ce point intriqués qu'à ce moment-là, une similaire bouée de sauvetage leur fût miraculeusement lancée par une ou un inconnu ?

— Je n'ai pas du tout l'habitude d'aborder qui que ce soit comme ça, mais lui n'était visiblement pas un marginal perdu comme on en voit souvent dans Central Park. Il était bien habillé, il avait même un attaché-case posé à côté de lui, et il pleurait. Alors, par je ne sais quelle impulsion d'empathie, je me suis assise à côté de lui, et lui ai demandé « Monsieur, ça ne va pas ? ». Lui s'est tourné vers moi, n'a rien dit, si ce n'est « Si, si ça va. Ne vous inquiétez pas ». « On ne se connaît pas, lui ai-je répondu, mais je sais d'expérience que quand on est malheureux, ça peut justement aider de parler à un étranger ou une étrangère parce qu'on sait qu'on ne sera pas jugé, et que de toute façon on se foutrait bien de son jugement ».

Laurence parlait doucement. Elle parlait aussi lentement, avec beaucoup de pauses, pour s'assurer que son message fût bien compris.

— D'abord il s'est tu, puis il a souri et a commencé à m'expliquer la profondeur de son mal-être. Il était visiblement effondré par ce qu'il ressentait comme la perte de l'amour que vous aviez partagé naguère.

Laurence, après une nouvelle pause, prit une inspiration avant de continuer.

— Il ne se sentait plus aimé depuis plusieurs années, et en retour avait commencé à douter de ses propres sentiments. Je ne sais pas pourquoi, je l'ai pris dans mes bras, lui a fait de même. Et nous nous sommes embrassés.

Le cœur de Carine soudainement se remit à saigner. Mais elle parvint à rester silencieuse.

— Je n'étais rien pour lui. Mais mon écoute l'aidait, et mon affection lui redonnait le sourire. Nous avons échangé nos numéros de portable. Par la suite, nous nous sommes souvent parlé. Parfois de très longues conversations le soir, quand il était en déplacement. Il me parlait sans cesse de vous. Je sais que ma présence l'aidait à supporter ce qu'il vivait si mal. Même si je n'étais rien pour lui qu'une rencontre qui n'aurait jamais de lendemain. Nous nous sommes revus quelquefois fois dans le parc, et un jour je lui ai glissé à son insu un petit mot dans la poche pour le faire sourire quand il le trouverait. C'est le mot que vous avez trouvé.

Laurence vit, ou devina plutôt, le raidissement de Carine. Elle la regarda d'un air bienveillant.

— Je suis désolée de vous infliger cette histoire, Carine. Mais je m'y suis engagée. Je suis vraiment désolée.

Après un court moment, elle poursuivit, comme condamnée à aller au bout de l'histoire.

— C'est à partir de ce moment-là, quand vous êtes tombée sur mon message, que la situation lui est devenue insupportable. Car en plus de toutes ses interrogations, ses doutes, il savait combien il vous faisait souffrir. Il faut que vous le sachiez aujourd'hui, ce qui le faisait tenir, et en même temps le torturait à chaque instant, était l'espoir que vous vous retrouviez un jour tous les deux. Mais comment y parvenir quand la distance entre vous s'était tellement creusée ? Après des mois de douleur, il m'a appelée pour me dire qu'il souhaitait qu'on ne se parle plus car il avait décidé de vous appeler et tout faire pour vous reconquérir. Ce que j'ai parfaitement compris. Mon rôle était terminé. Nous nous sommes alors perdus de vue. Jusqu'à il y a deux ans environ, c'était en 2010.

Carine écoutait, totalement immobile, tout son être rivé sur les mots qui sortaient de la bouche de Laurence.

— Il m'a alors appelée de nouveau. Il m'a expliqué qu'il n'avait jamais réussi à vous retrouver. Que vous aviez disparu sans laisser aucune trace. Même votre ami commun, votre ami d'enfance je crois, un certain Yves si je me souviens bien, n'avait pas su lui dire où vous étiez. J'ai voulu bien sûr savoir comment il allait, s'il était heureux, où il vivait, s'il avait réussi à se reconstruire une vie. Mais je n'ai rien réussi à lui faire dire le concernant. Il m'a seulement dit qu'il n'avait plus le temps de continuer de vous chercher. Sans me donner d'explication. Puis il m'a fait jurer au téléphone d'essayer à mon tour de vous retrouver pour que je vous raconte son côté de votre histoire. Surtout il voulait que vous compreniez, comme lui l'avait enfin compris, que tous les deux dans toute cette histoire aviez juste fait ce que vous pouviez.

Je me souviens avoir été très frappé de lire dans le journal de Carine cette idée que l'« on fait ce qu'on peut », la même idée que Chiara avait exprimée quand elle m'avait raconté son émouvant échange avec son père.

À ce moment précis, Carine était incapable de prononcer un mot. Incapable de verser une larme. Incapable de respirer.

— Voilà, il fallait que je tienne ma promesse, poursuivit Laurence. Et puis, je veux aussi vous dire que lorsqu'il m'a appelée, j'avais l'impression qu'il n'était plus triste. Qu'il avait réussi à accueillir la vie comme elle était. Une des rares choses qu'il m'a confiées est qu'il remerciait le ciel que vous existiez. Ah oui, il a aussi ajouté qu'il allait bientôt « commencer une nouvelle vie, et que vous en feriez toujours partie ». Je n'en sais pas plus.

— Où peut-il bien être aujourd'hui ? demanda Carine avec difficulté.

— Je vous l'ai dit, je ne sais pas. C'était il y a deux ans et je n'ai plus jamais eu de nouvelles.

Plus aucun mot ne fut prononcé entre les deux femmes. Un long silence s'installa, sans que les regards se croisent vraiment. Laurence avait tenu son étrange promesse, Carine tentait de reprendre une respiration normale. Toutes deux se séparèrent, le regard embué. Carine partit la première, après avoir remercié Laurence d'être venue lui parler. Elle marcha lentement en direction du bureau. Pourquoi Pascal avait-il donné cette mission de messager à Laurence deux ans plus tôt, et après toutes ces années ? Et en se justifiant par le fait qu'il n'avait plus le temps de la rechercher lui-même, maintenant qu'il allait commencer une nouvelle vie ! Et pour porter quel message ? Qu'il se félicitait d'avoir eu la bonne fortune de la rencontrer ! Cette démarche n'avait guère de sens. Au moins, il ressortait du récit de Laurence que, de son côté, Pascal semblait avoir trouvé la paix. S'il était heureux, c'était bien l'essentiel. C'était ce que Carine voulut retenir du message de Laurence. Elle-même pouvait-elle en dire autant cependant ? Elle croyait bien avoir retrouvé une forme de sérénité. Il lui arrivait de s'amuser parfois, d'être gaie en société. Mais une certaine mélancolie avait toujours subsisté. Le dégoût de la vie, ses accès de désespoir qui l'avaient un temps quittée, ne demandaient qu'à ressurgir. Elle n'avait jamais véritablement commencé, contrairement à lui, une « nouvelle vie ». C'était peut-être ça, au fond, le message dont était porteuse Laurence : il était temps pour elle, Carine, de commencer aussi une nouvelle vie. Ne plus se contenter de vivre seule, fût-ce en paix relative, en s'occupant l'esprit à raconter des histoires aux clients de la Maison Condit. Il était temps pour elle de renaître à elle-même. Mais ce message aurait été tellement plus convaincant si elle avait pu l'entendre de la bouche de Pascal lui-même. Et elle se sentait si lasse.

Carine continua de remuer ces idées dans son esprit sur le chemin du retour vers le bureau. Et soudain, une évidence obscène s'imposa à elle. Pascal est mort. Bien sûr que c'est ça. Pascal est mort. Ça ne peut être que ça. Il l'avait cherché longtemps sans succès puis avait découvert qu'il était atteint de je ne sais quelle putain de maladie, qu'il était condamné à brève échéance. C'est pour cela qu'il n'avait « plus le temps » de la chercher encore. C'est là qu'il avait rappelé Laurence, le seul espoir qui lui restait de parvenir à la contacter pour lui faire savoir ce qu'il n'avait jamais réussi à lui dire lui-même. Et « commencer une nouvelle vie » était bien sûr métaphorique. Carine n'eut plus aucun doute. C'est bien cela qui s'était passé. Et la certitude de cette disparition définitive lui devint immédiatement insupportable. Comment faire le deuil de Pascal puisqu'elle ne savait rien des circonstances de sa mort, ni de l'endroit où il pouvait reposer maintenant. Cette fois son fantôme ne pourrait plus jamais être chassé. Carine revint jusqu'au bureau comme une zombie. Mais à peine avait-elle mis les pieds dans l'entrée qu'une autre avalanche s'abattait sur elle. Zenia se précipita vers elle pour lui dire qu'Yves voulait lui parler dès que possible.

Carine passa par son bureau y déposer son manteau puis alla voir Yves à l'étage. Dans une sorte de sursaut schizophrénique, elle parvint une nouvelle fois à surmonter sa détresse psychologique et à enfiler le masque de la professionnelle exemplaire.

— Assieds-toi Carine.

— Qu'y a-t-il donc de si urgent ?

— Un truc dément, mais on est obligé de le prendre au sérieux.

— Je t'écoute.

— Je ne vais pas tourner autour du pot. Jean-Baptiste nous attaque aux prud'hommes, et toi en particulier, pour discrimination.

— Pardon ? Jean-Baptiste ? Mais c'est moi qui l'ai présenté à Markus il y a deux ans, et à ma connaissance il s'est avéré depuis un excellent commercial.

— Justement. Il considère qu'en refusant à cette cliente que tu as rencontrée il y a quelques semaines, Camille je-ne-sais-plus-quoi, que Jean-Baptiste devienne son contact attitré, tu aurais agi pour des raisons non pas professionnelles mais au contraire discriminatoires. C'est en tout cas ce que nous dit son avocat.

— J'aurais repoussé la demande de Camille Lamarre parce que Jean-Baptiste est Antillais comme elle, c'est ça ?

— C'est à peu près ça.

— Ça n'a aucun sens !

— En plus, il a ajouté à sa plainte l'accusation qu'être un homme aurait également joué contre lui. Toujours selon son avocat.

— C'est grotesque !

— Bien sûr. Mais tu sais que ces trucs-là ont vite fait d'être montés en épingle. « Calomniez, calomniez, il en restera toujours quelque chose », tu connais. Donc il faut tout de suite organiser notre défense. Jolyne m'a demandé de m'en occuper. Il faut que tu m'expliques exactement comment s'est passée ton entrevue avec cette cliente.

— Qu'est-ce que Jolyne t'a dit d'autre ?

— Rien. Elle est visiblement très agacée.

— Je te raconte l'histoire. Quand Jolyne m'a demandé de rencontrer ce client, que je ne connaissais pas, et qui souhaitait changer d'interlocuteur pour un commercial du sexe opposé, j'ai pensé sans raison particulière que c'était un homme. Jolyne avait utilisé avec moi le mot « client » et non « cliente », probablement qu'elle ne savait pas plus que moi que le prénom Camille était en fait celui d'une femme. Et donc, avant que je rencontre Camille, le problème que Jolyne me demandait de résoudre semblait être le cas d'un client homme qui souhaite ne plus être suivi par une commerciale femme, Anne en l'occurrence, mais au contraire par un homme. Ce type de préférence à titre privé ne nous regarde pas, et ne nous poserait naturellement aucun problème. Mais sur le plan professionnel, ça nous posait un problème de principe évident. Laisser un client choisir son contact en fonction de son genre, quel qu'il soit, est impossible. Cela ouvrirait la porte, justement, à toutes les discriminations, même si Jolyne ne semblait pas particulièrement gênée par ça. Par conséquent, j'avais prévu d'expliquer à « ce » Camille, que, selon nos règles internes, il nous était impossible de retirer à l'une de nos commerciales le suivi de l'un de ses clients si ce n'était pas justifié par un problème de comportement ou de compétence. Or Jolyne m'avait rapporté que Markus lui-même considérait qu'Anne faisait un très bon travail. Donc mon argumentation pour ce rendez-vous était toute prête. Tu me suis ?

— Très bien. Continue.

— Surprise, bien sûr, quand j'entre dans la salle de réunion : Camille est une femme. Et cette femme me confirme qu'elle souhaite avoir comme interlocuteur un homme, et plus précisément Jean-Baptiste, qu'elle me dit connaître un peu. Bien entendu, ça ne change rien à la règle de principe, que je lui expose. On ne peut pas retirer le suivi d'un client à une commerciale si cette commerciale est irréprochable. Ce serait injuste. Madame Lamarre me dit qu'elle est très déçue par ma réponse, je lui demande de me confirmer qu'elle n'a rien à reprocher à Anne, ce qu'elle me confirme. Et donc, après seulement quelques minutes de discussion tout à fait cordiale, nous nous quittons en nous serrant la main. Elle me semble avoir parfaitement compris les raisons de mon refus, qui n'ont bien sûr rien à voir avec les qualités de Jean-Baptiste, qui est lui aussi un très bon commercial. Pour moi l'incident est clos. Inutile de te dire d'ailleurs que prendre en considération le fait que Camille est antillaise, comme l'est Jean-Baptiste, ne m'a pas effleurée.

— Je vois.

— Mais pourquoi diable Jean-Baptiste l'a-t-il pris ainsi ? Je vais aller le voir, et je suis sûre qu'il reviendra à la raison.

— Il s'est mis en arrêt de maladie et son avocat nous dit qu'il ne souhaite pas te parler.

— C'est une histoire de fous.

— Je suis désolé d'être le porteur de ces mauvaises nouvelles. Pour te dire, notre avocat n'est pas très optimiste. Apparemment, dans ce genre de cas, les prud'hommes donnent rarement raison à l'employeur, et les dommages et intérêts peuvent vite monter.

— Tiens-moi au courant. Et essaie de voir quand même s'il n'y a pas moyen que je parle avec Jean-Baptiste. C'est un bon gars. Je me demande ce qui lui a pris. Il doit être sincère. Il doit vraiment penser qu'il a été discriminé, ou quelqu'un lui a tourné la tête. J'arriverai à le ramener à la raison.

— J'essaierai. Mais pour l'instant sa porte est fermée à double tour.

Carine quitta le bureau d'Yves, assommée. Sa rencontre avec Laurence, le réveil de ses traumatismes anciens, suivie de cette accusation démente, produisaient dans sa tête un télescopage aussi violent qu'absurde. Les images du passé et du présent s'entrechoquaient dans un vacarme insensé. Le monde d'à côté la provoquait, au moment où la violence de la vraie vie se rappelait à elle. Carine fut tentée de lire un signe dans ce chaos apparent. Ne fallait-il pas y lire une injonction profonde ? Un message du destin. Mais elle devait maintenant retourner à son bureau préparer un discours pour une conférence prévue quelques semaines plus tard. Il s'agissait notamment d'expliquer aux clients la grande confiance que la gestion Condit avait dans une hausse du dollar pour les prochains mois, pronostic qui était supposé garantir la bonne tenue des marchés émergents dans lesquels les fonds Maison étaient lourdement investis. Mais pour la toute première fois, Carine s'en sentit incapable.

Chapitre 17

Une femme qui a atteint la sérénité est une femme qui a abandonné le combat.

Anne Sylvestre

Quelques jours plus tard, Philippe Sursé, le directeur général, accompagné d'Yves s'invitèrent dans le bureau de Jolyne.

— Jolyne, il y a plusieurs choses dont il faut que nous vous parlions, dit Philippe Sursé, qui n'avait pas pour habitude de déranger Jolyne sans raison.

— C'est urgent ?

— J'en ai peur.

— C'est urgent ou pas ? répondit Jolyne agacée.

— Oui.

— OK, vous avez 5 minutes, après j'ai la réunion de gestion.

— Je suis désolé, nous sommes porteurs de mauvaises nouvelles ce matin.

— Allez, accouchez !

— Voilà : nous avons trois problèmes. D'abord, nous avons un contrôle de l'Autorité des marchés financiers.

— En quoi est-ce un problème ?

— Apparemment, ce n'est pas un contrôle de routine. D'après leurs questions, il semblerait qu'ils ressortent le même genre de suspicions que les journalistes du Financial Herald il y a trois ans.

— Pardon ?

— Je n'en sais pas plus. Peut-être que l'article a lentement fait son œuvre de sape, et des clients leur ont finalement demandé d'enquêter. Je ne sais pas. Nous aurions soi-disant pris beaucoup de risques en 2008, spéculé à la baisse en quelque sorte, comme le suggérait l'article, et en plus on n'en aurait jamais averti les clients.

— Mais bon sang, on leur a sauvé leurs économies ! Et ils se réveillent maintenant ! Ce n'est même plus du réchauffé. C'est du périmé. Qu'est-ce qu'ils auraient voulu ? Qu'on reste les bras croisés ?

— Il faut croire que pour les inspecteurs, il n'y a pas que le résultat qui compte. Markus me dit que leur descente — ils ont débarqué hier matin tôt et sans prévenir — a déjà fuité et que des clients appellent très inquiets.

— C'est absurde.

— Selon Markus, de nombreux clients sont mécontents des performances depuis deux ou trois ans, ce qui leur fait oublier celle de 2008. Ils n'attendaient qu'un argument supplémentaire pour déclencher des ordres de sorties, et le voici. De plus, la concurrence ne va pas se gêner pour jeter de l'huile sur le feu.

— Ils arrivent tous la bouche en cœur et voudraient rembobiner le film ! Mais ça ne se passe pas comme ça dans la vraie vie. Je l'ai déjà expliqué à ces foutus journalistes : gérer c'est parfois se trouver devant une situation inédite et devoir improviser. Et l'essentiel est de ne pas se tromper et de toujours avoir à l'esprit l'intérêt des clients. C'est ce qu'on a fait. Eh bien, on leur expliquera de nouveau, aux inspecteurs.

— Plus précisément, leur interrogation semble tourner autour de la question de ce qui se serait passé si on s'était trompé. Est-ce qu'on a joué un grand coup de poker, qu'on a gagné, mais qui aurait été catastrophique pour les clients si on avait perdu ?

— C'est de la vision dans le rétroviseur et c'est poser le problème à l'envers, Philippe, vous le savez bien. Les marchés s'écroulaient. Il fallait agir. Ne rien faire aurait été la pire des décisions. C'est ce qu'ont fait une tripotée de nos confrères qui ont été tétanisés et, résultat, ils ont ruiné leurs clients.

— Je sais bien mais je n'ai pas l'impression que les inspecteurs aient envie de voir les choses de cette façon. Ils ont plutôt la même approche que vos deux journalistes. Ils ont déjà demandé qu'on leur sorte l'intégralité des ordres de marché que nous avons passés au dernier trimestre 2008.

— C'est un problème de pédagogie. Appelez Carine, elle fera ça très bien.

— Il faut que je vous parle d'elle justement, répondit Yves. C'est notre deuxième sujet.

— Allons bon !

— La bonne nouvelle, comme vous le savez, c'est qu'elle a réussi à obtenir, comme elle l'avait prévu, de très bons articles sur notre gestion. La stratégie des « contre-feux » a fonctionné.

— Oui, j'ai vu. Mais qu'est-ce que vous me racontez alors ? Pourquoi les clients s'en vont ? Je ne comprends pas.

— Je suis sûr que vous me comprenez. Les clients partent parce qu'ils vont à la concurrence, qui affiche des performances supérieures aux nôtres. L'article a provoqué, à retardement, la descente chez nous de l'AMF, et elle risque d'être interprétée par les clients comme la goutte d'eau qui fait déborder le vase. Ils vont se dire « ça sent le soufre chez Condit, leurs performances déçoivent, ils sont dans le viseur de l'AMF, il vaut donc mieux retirer nos avoirs de chez eux jusqu'à ce qu'on y voie plus clair ».

— Vous allez voir qu'elles vont remonter en flèche, nos performances. Tout le monde est pessimiste maintenant. Nous allons en profiter et vous verrez que nous finirons l'année en fanfare !

— Ce n'est pas moi qu'il faut convaincre, Jolyne, répondit Yves.

— Bonne raison de demander à Carine de descendre.

Jolyne mit la main sur son téléphone mais Yves l'arrêta immédiatement.

— Attendez Jolyne ! Je vous ai dit qu'il fallait que je vous parle de Carine car nous avons un autre très sérieux problème.

— Je vous écoute.

— Vous savez, ce commercial dont l'avocat nous accuse, via Carine, de discrimination, et même de racisme ?

— Sa plainte est complètement absurde. Ce type va être débouté, je n'ai aucun doute. Les jurés de prud'hommes ne sont pas idiots.

— Je ne sais pas. Mais la mauvaise nouvelle c'est qu'il nous attaque maintenant au pénal.

— Quoi ?

— Son avocat semble convaincu qu'il pourrait gagner devant un Tribunal correctionnel, ce qui assurerait ensuite à Jean-Baptiste des dommages aux prud'hommes encore bien plus élevés que ce qu'il prévoyait initialement.

— Mais il n'a pas plus de chance de gagner devant une autre juridiction ! Ce type est d'un cynisme hallucinant. Il s'est laissé convaincre qu'il avait un moyen de nous soutirer une fortune, mais qu'il y vienne ! Ce morveux ne me fait pas peur. Carine en plus ! Il ne pouvait pas s'attaquer à plus inattaquable sur ce chapitre.

— C'est là que malheureusement je dois intervenir, Jolyne.

— En tant que directeur de la communication ?

— Vous avez compris. Être attaqués au pénal pour attitude discriminatoire et raciste, aussi invraisemblable que cela puisse être, tombe extrêmement mal pour nous. Si les clients usent déjà du prétexte d'un contrôle pour nous retirer leur épargne, imaginez l'effet d'une attaque au pénal. La publicité qui sera faite autour de cette affaire pourrait être dévastatrice.

— Vous en avez parlé à Carine ?

— Bien sûr. Mais c'est le troisième sujet dont nous devons vous parler.

— Il n'y a même pas matière à discussion. Il est hors de question que je tolère ça. Non seulement si on laisse faire ce genre de comportement, c'est la porte ouverte à tous les abus, mais aussi et surtout parce que je ne laisserai personne porter de telles accusations, ni sur Carine, ni sur notre entreprise.

— Attendez…

— Voilà ce qu'on va faire : la réputation de la Maison Condit et la mienne sont bien plus fortes que celle de cet escroc. Nous allons contre-attaquer. Je me charge moi-même de porter plainte contre Jean-Baptiste pour dénonciation calomnieuse.

— Est-ce à dire que vous invoqueriez publiquement le fait que vous êtes vous-même à 50 % de sang antillais ?

Jolyne se tut quelques instants. De quel droit Yves avait-il suggéré cet argument ? Le lignage de Jolyne n'avait jamais été un sujet de discussion, et Yves ne se souvenait même plus d'où il tenait l'information. Jolyne n'en avait jamais parlé et, visiblement, ne souhaitait pas commencer maintenant.

— Ma généalogie n'est pas le sujet. Le sujet c'est que je ne peux pas laisser ce type nous salir comme ça, dans le seul but d'empocher le pactole. C'est inacceptable. Et ça ne suffit pas de se défendre. Je vais lui faire passer l'envie de recommencer. Non seulement je vais me porter garante de Carine publiquement mais je vais éreinter ce voyou. Il va regretter longtemps de s'en être pris à nous. Il cherche la guerre ? Il va l'avoir. J'appelle notre avocat tout de suite, qu'on organise la charge sur Jean-Baptiste.

— Jolyne, laissez-moi finir de vous parler, s'il vous plaît.

— J'en sais assez. Allez gérer la communication, moi je me charge de Jean-Baptiste.

— Jolyne, désolé d'insister, mais il faut absolument que je vous parle avant que vous fassiez quoi que ce soit, insista Yves en osant monter d'un ton.

— Alors dépêchez-vous. Il n'y a pas de temps à perdre.

— Nous ne pouvons plus compter sur Carine.

Cette affirmation tomba sèche comme un couperet.

— Quoi ? Qu'est-ce que vous me dites là ?

— C'est compliqué.

Jolyne ne pouvait être que désarçonnée par cette nouvelle subite. Mais, à son habitude, elle sut rester posée.

— Expliquez, ordonna-t-elle laconiquement.

— Elle est malade.

— C'est grave ?

— Elle a remis sa lettre de démission à Charles hier soir.

— Qu'est-ce que c'est que cette histoire? répondit Jolyne, incrédule.

— Je ne peux pas vous en dire beaucoup plus, désolé. Carine vous appellera. Mais elle est très fatiguée psychologiquement, et cette histoire de poursuite pour discrimination n'a rien arrangé.

Jolyne était sincèrement très préoccupée. Ça se voyait dans son regard.

— Je vais l'appeler, dit-elle.

— J'ai pu néanmoins parler avec elle de cette histoire. Pour elle, les circonstances, qui ne se résument pas à cette plainte de Jean-Baptiste, lui donnent l'occasion, en quittant la Maison Condit, de vous être aussi utile une dernière fois, même si ça peut vous paraître paradoxal.

Jolyne eut ce regard interrogatif qu'on lui connaissait si bien. Yves continua.

— Carine connaît votre pugnacité, et votre capacité à en découdre quand quelque chose vous paraît injuste. Mais elle est convaincue que répondre à l'attaque par une contre-attaque serait une erreur. Sans que je puisse rentrer dans les détails, Carine reconnaît dans cette affaire la forme d'un piège qui lui rappelle des souvenirs très anciens, quand elle travaillait à Wall Street. Elle en a tiré une conviction très profonde.

— Ah oui? Elle a une meilleure solution?

— Cette histoire rocambolesque de discrimination est une absurdité. Carine est même désolée pour Jean-Baptiste qu'il ressente tant de mal-être qu'il ait besoin de l'évacuer ainsi. Mais une plainte, suivie d'une enquête pour discrimination est une affaire très sérieuse pour la Maison. Dans ce genre de cas, la personne qui se considère victime n'a pas besoin d'apporter de preuve tangible de la soi-disant discrimination. Ce sera à nous de prouver le contraire. Et vous vous doutez bien que cette preuve est presque impossible à apporter. Par ailleurs, rendez-vous compte que nous ne sommes pas si solides en ce moment. Les médias, les clients, et je ne vous parle pas des concurrents, vont vouloir en faire une montagne. Vous savez bien, comme Carine le sait, que la plupart des clients, même ceux qui disent être fidèles et attachés à la Maison Condit, ont une fascination pour la dramaturgie. Du racisme chez Condit, voilà un sujet qui l'emportera dans les conversations sur toute autre considération. Et si vous tentiez de couvrir Carine, vous ne feriez que contaminer votre propre image et vous maintiendriez le sujet dans l'actualité. Cette affaire pourrait faire complètement couler notre Maison.

— Où voulez-vous en venir ?

— Le départ de Carine est la seule façon de sauver la Maison. Comme un paratonnerre, elle emmènera la foudre avec elle loin de vous.

— Nous devrions en plus charger Carine ? C'est vraiment ce que vous sous-entendez ?

— Nous défausser sur elle est le seul moyen d'innocenter la Maison. « Elle a commis une faute éthique, et elle a immédiatement été écartée ». Vous et toute la Maison êtes ainsi de facto blanchis.

— Jamais.

— Jolyne, c'est le seul moyen. Et c'est Carine qui vous le demande ! Elle sait que vous ne voudrez jamais la licencier. Elle part donc d'elle-même et vous demande de tirer profit de son départ pour sauver la Maison.

Jolyne resta muette. Elle se rendait compte que ce que disait Yves était une monstruosité, mais qu'il avait probablement raison.

— Carine ne se soucie pas de sa réputation dans le microcosme de la finance, qu'elle quitte définitivement de toute façon, ajouta Yves. Vous vous souvenez de l'une de ses phrases favorites : « Si vous vous souciez de votre réputation, c'est que vous ne méritez pas d'en avoir une ».

— C'est des conneries, ça.

— Essayons de regarder les choses avec ses yeux.

— Il faut que je réfléchisse, déclara Jolyne

— Bien sûr. Mais j'ai encore une dernière chose à ajouter, si vous le permettez.

— Allez-y. Au point où nous en sommes.

— C'est le moment de donner sa chance à Chiara pour la remplacer immédiatement, au moins dans un premier temps.

— Oui, heureusement, elle a été à bonne école. J'espère qu'elle est prête. On a bien fait de la garder finalement, dit Jolyne dans un sourire forcé. Bon, merci Yves de toutes ces bonnes nouvelles, conclut-elle ironiquement. Je réfléchis à tout ça et je vous tiens au courant.

Il était 9 heures largement passées maintenant. Il était grand temps que Jolyne rejoigne son équipe en salle de réunion. Elle gravit les marches du même pas que d'habitude, sans empressement, jeta un rapide coup d'œil au tableau de Soulages, puis entra en salle de réunion. Elle s'assit en tournant vers Luc son habituel regard interrogateur pour lancer la discussion.

— Bon, eh bien c'est pas encore les beaux jours pour tout le monde, commença Luc. Les marchés se sont pris un bon pain hier. J'ai l'impression que c'est un peu la panique à bord. Les banques en particulier. Si la zone Euro et le FMI ne viennent pas faire du bouche-à-bouche à la Grèce, la débandade pourrait s'étendre à l'Irlande, au Portugal et même à l'Espagne. La Grèce a un petit air de Venezuela ces temps-ci !

— Et ça vous fait peur ?

— Un peu que ça me fait peur ! Je serre les fesses, oui !

— Je comprends. Les autres, qu'est-ce que vous en pensez, demanda Jolyne.

— C'est très inquiétant en effet, répondit Ewan.

— Et vous Chiara ?

— Je suis désolée, répondit-elle, mais je ne comprends toujours rien à tous ces va-et-vient des marchés. Mais oui, bien sûr, je comprends que tout le monde soit inquiet.

Chiara n'était plus gérante mais, comme Carine avant elle, elle assistait systématiquement aux réunions du matin. Naturellement, Jolyne lui demanda son avis davantage pour la flatter, parce qu'elle aurait bientôt besoin d'elle, que par un quelconque intérêt pour sa réponse.

Jolyne avait ignoré Adil, sans raison particulière. Il entrait dans ses prérogatives et ses usages d'interroger qui elle voulait, quand elle le voulait.

— Bon, tout le monde a peur donc ! Eh bien, vous savez quoi, c'est le signal qu'il faut y aller.

— Pardon ? dit Ewan interloqué.

— Vous croyez être les seuls à vouloir être prudents ? Vous me dites que toute l'information disponible invite à l'être. Et vous avez raison. Tout le monde est au bord de la panique.

— Et donc il faudrait aller à rebours de tout le monde, demanda Adil ?

— Oui, parce que « tout le monde » ça veut aussi dire les banques centrales et les gouvernements.

— Et donc ? demandèrent Adil et Ewan à l'unisson.

— Quand les banques centrales paniquent, c'est là qu'il faut arrêter de paniquer et acheter, parce qu'elles vont tout faire pour sauver les marchés. C'est ça le message. Draghi et les autres vont se précipiter pour calmer le jeu. Ils ont appris de 2008 qu'il ne faut pas tergiverser dans ces cas-là. Ils ont parfaitement compris qu'une nouvelle crise ne serait pas supportable.

L'optimisme qu'avait évoqué Jolyne devant Yves quelques minutes plus tôt tenait ainsi dans ce raisonnement. Il avait surgi comme une évidence dans son esprit quand son chauffeur de taxi, la veille au soir, lui avait dit qu'à son avis « tout allait péter ».

— Ewan, comment se comportent nos belles valeurs technologiques ?

— Facebook ce n'est pas brillant, répondit Ewan. On s'est pris un bon bouillon depuis l'intro.

— C’est donc maintenant qu’il faut doubler la mise, rétorqua Jolyne.

— Je suis sûr que vous avez raison, dit Luc en s’engouffrant vaillamment dans le courage de sa patronne. « Sus aux froussards ! » s’exclama-t-il.

Adil et Ewan restèrent muets. Oscillant entre incrédulité et admiration.

— Je vous propose qu’on renforce les portefeuilles en augmentant nos positions dans les belles techs qu’on a achetées un peu trop tôt. Vous êtes d’accord ?

— OK, dirent de nouveau en chœur Adil et Ewan. La pensée libre, contrariante, de Jolyne avait cette fois rapidement emporté leur adhésion. Son raisonnement les avait séduits de nouveau.

— Très bien, je vous laisse faire.

— Pourquoi ne pas acheter des grosses valeurs cycliques, ou simplement des indices, si on croit à un rebond ? interrogea Luc. Si on y va, allons-y pour de bon !

— Parce que ce serait prendre un risque « au carré » répondit Jolyne. Ce qu’on va faire, c’est augmenter notre exposition aux marchés, mais en achetant des titres où nous avons de véritables convictions. Nous allons acheter en masse les futurs géants de la tech. L’avenir leur appartient. C’est là qu’il faut être pour les dix prochaines années. Ça ne nous empêchera pas de nous prendre des tempêtes de marché de temps en temps. Mais tant que vous êtes sur des navires de qualité, au pire vous devez écoper de temps en temps, mais vous finissez toujours par arriver à bon port.

— En vous emmerdant pendant toute la croisière, je l’ai déjà dit, rétorqua Luc en riant de son bon mot.

— Amusez-vous à étudier un peu le bilan de Google, Luc. Ça vous fera le plus grand bien, répondit Jolyne. La réalité c’est qu’on a une opportunité énorme à saisir, insista Jolyne. Notre métier c’est essayer d’être plus malins que les autres. Et cette fois, votre travail sur Facebook et les autres va nous le permettre. Vous allez voir qu'on va cartonner. Luc, vous nous surveillez les graphes et les flux, s'il vous plaît, et on regarde dans les prochains jours comment ça se passe. Merci à tous.

Jolyne descendit les marches pour rejoindre son bureau. Une nouvelle fois, elle faisait la démonstration de la force invincible de son caractère. Les mauvaises nouvelles que lui avait apportées Yves ne l'avaient nullement empêchée de raisonner avec clarté et sans crainte. Elle était plus forte que n'importe quel accident et, de plus, elle avait repris confiance dans l'évolution de la Bourse. Son grand retour en grâce s'annonçait.

Chapitre 18

On ne peut pas rester toujours sur les sommets.
Il faut redescendre. À quoi bon alors ?

René Daumal

Malheureusement, dans les semaines qui suivirent, comme le redoutait Yves, la tempête s'abattit sur la Maison Condit. Les clients, de plus en plus nombreux, lâchaient Jolyne et ses équipes. Un jour, Jolyne en sortant de son bureau rencontra Monsieur Boucher à la réception. Il était de nouveau venu rendre visite à son commercial, mais cette fois pour lui signifier, et il avait tenu à le faire de vive voix, qu'il retirait tous les avoirs détenus chez Condit pour ses clients. Quand Jolyne l'aperçut, elle s'avança spontanément pour lui serrer la main. Mais Monsieur Boucher n'avança pas la sienne. En même temps qu'il enfilait son manteau et franchissait la porte pour sortir des bureaux Condit, il eut seulement pour Jolyne ces paroles: « Vous commencez à nous fatiguer avec votre crise économique! ». Jolyne n'eut pas le temps de réagir à cette ironie cruelle, répondre que c'était le pire moment pour se décourager, expliquer qu'elle était convaincue que la performance des prochains mois allait être excellente. Monsieur Boucher était déjà engagé dans l'escalier et n'avait aucune intention de se retourner. Depuis plusieurs semaines, des quantités considérables d'épargne, confiée en toute confiance depuis des années, s'étaient envolées vers la concurrence. L'admiration des clients pour Jolyne avait atteint, en son temps, un tel absolu que la déception unanimement ressentie depuis plus de deux ans était vécue par beaucoup comme une amitié trahie. Certes, la violence des accusations rendait certains clients sensibles à la coupable. Mais comment lui pardonner un tel cumul d'ignominies? Le tapis roulant des accusations accélérait.

D'abord la baisse de performance des fonds, puis ces accusations de spéculations dangereuses que la Maison n'avait jamais vraiment démenties, ces histoires de prises de risques excessifs, maintenant ces rumeurs de discrimination. C'en était trop. C'est la dose qui fait le poison. D'ailleurs l'AMF venait d'infliger à Maison Condit une amende sévère, certes non pas pour avoir pris des risques réellement excessifs, mais pour ne pas en avoir suffisamment informé les clients. Peu importe la nuance. Il n'y a pas de fumée sans feu. La Maison Condit serait bientôt aussi condamnée pour ses autres torts. Elle n'était plus fréquentable. Elle n'était pas encore complètement à terre car certains clients historiques, par fidélité ou par ignorance, hésitaient encore à retirer leur épargne. Mais ce n'était qu'une question de temps.

Le désarroi avait gagné tous les recoins de la Maison Condit elle-même. Charles Quint, le DRH, ne recevait plus aucun dossier de candidature au courrier mais, au contraire, presque chaque jour des lettres de démission de commerciaux, d'administratifs, jusqu'au comptable qui venait d'annoncer son départ à Franck Shapiro. Tout le monde savait que, dans de telles circonstances, les prochains bonus seraient réduits à rien. Pourquoi rester alors ? Le modèle qu'avait mis en place Jolyne était taillé pour le succès, pas pour l'échec. Les revenus de la Maison fondaient à vue d'œil. À ce rythme, Shapiro ne lui donnait pas quatre mois avant qu'elle bascule dans les déficits. L'arbre tenait tout juste encore debout et il commençait à pourrir de l'intérieur.

Comme toujours, Jolyne parvenait à ne rien laisser paraître. L'échec se tait. Lors des réunions de gestion quotidiennes, qu'elle maintenait contre vents et marées, on eut dit que rien de particulier n'affectait la Maison. Sa seule préoccupation chaque matin était que l'équipe se posât les bonnes questions de gestion et, si possible, prenne les bonnes décisions. Mais que savait-on de l'épreuve qu'elle affrontait au fond d'elle-même ? Son sort allait-il être symboliquement semblable à celui du maréchal Ney, le brave des braves, celui qui avait tant de fois sauvé l'Empire sur le champ de bataille, mais qui termina fusillé pour trahison? Son empire à elle, elle avait choisi de ne le bâtir que sur un seul pilier, la performance, et ce pilier s'était lentement fissuré pour finalement ne plus inspirer confiance à personne. Malheureusement, la chute de Jolyne ne provoquait guère de mansuétude. Certes Luc redoublait d'admiration pour le sang-froid de sa patronne. Mais les autres gérants étaient très proches de jeter l'éponge, même s'ils n'avaient pas oublié le coup de génie de Jolyne lors de la grande crise financière, coup qui avait tant gonflé leur fortune. Quelques semaines avant qu'elle renverse son jugement sur les marchés, qu'elle redevienne miraculeusement optimiste, Ewan était venu voir Jolyne dans son bureau pour l'informer qu'il avait décidé de quitter la Maison. Il n'était pas trop tard pour prendre cette décision. Son expérience chez Condit constituait encore une carte de visite acceptable. Ce n'était déjà plus le bâton de maréchal prestigieux qui avait un temps été capable d'ouvrir toutes les portes des maisons de gestion parisiennes. Mais d'ici peu, ce ne serait plus qu'une casserole qui plomberait sa « valeur marchande ». Les arguments de Jolyne, toute sa force de persuasion s'étaient avérés insuffisants pour retenir Ewan. Dos au mur, elle avait dû lui promettre un bonus exceptionnel pour le convaincre de rester. Comme aurait dit Carine, dans le monde d'Ewan il y avait un prix pour tout. Depuis son fait d'armes de 2008, Jolyne avait tout simplement sous-estimé le coût du succès. En fuyant désormais les risques pour conserver à coup sûr la confiance des clients, elle s'était en réalité condamnée à échouer. Et puis ses gérants l'accusaient maintenant de ne pas avoir su évoluer avec l'époque. Elle se croyait encore à l'âge d'or de la gestion à l'ancienne, comme ces héros de l'alpinisme d'antan qu'elle vénérait, qui grimpaient en cravate et chapeau. La gestion aristocratique était en vérité condamnée. « Plus personne ne gère comme ça ! » se lamentait Ewan. La roue de l'histoire est inarrêtable. Certes sa résistance avait de l'allure. Jolyne gardait la tête haute.

Mais Carine avait raison, elle avait trop confiance en son génie. La technologie aurait dû depuis longtemps être utilisée beaucoup plus largement. Pourtant, Jolyne était demeurée inflexible. Quoi, les ingénieurs pourraient remplacer le talent ? Bien sûr que non ! La technologie ne remplacera que ceux qui lui laisseront le terrain. Elle est comme l'irruption du microscope il y a quatre siècles : elle permet peut-être de mieux voir les détails mais elle vous fait perdre l'usage de vos sens. Et puis, ces gérants doivent tout au succès de cette Maison, qui en retour ne leur doit rien. Qu'ont-ils construit ? Ce sont des entrepreneurs en chaussons qui étaient ravis de s'arroger les mérites du courage, et qui maintenant hurlent avec les loups. Ils sont tout juste capables de dérouler des raisonnements brillants, complexes, et complètement faux. Jolyne était seule, abandonnée, et en colère. En colère d'abord contre ces accusations qui confondaient le résultat et la manière. Jugerait-on un chef qui se bat dans la boue sur la qualité de son crawl ? Critiquerait-on un scientifique pour ses fautes d'orthographe ? Mais elle était en colère contre elle-même aussi. Elle s'était imaginée en Artémis, farouche et fière, alors qu'elle était peut-être plus proche de Tantale, qui avait un temps déjeuné à la table des dieux, mais avait finalement été condamné au supplice éternel pour s'être aveuglé de sa réussite. Jolyne s'était-elle perdue de n'exister que dans le courage solitaire ? Qui aimait-elle encore ? S'aimait-elle elle-même ? Depuis bien longtemps, elle s'interdisait une véritable introspection, qui eut été le comble de la faiblesse. Que sa vie, ses blessures de jadis, la perte de son enfant, puis de son frère aient créé des failles sous sa carapace, admettons, mais hors de question d'en admettre la persistance aujourd'hui. Quelques photos joliment encadrées dans son bureau suffisaient bien pour ne pas être suspectée de déni. Si on commence à se laisser aller à ses états d'âme, c'est fini ! Pourtant, Jolyne ne pouvait ignorer plus longtemps qu'à se légitimer par la gestion des crises, elle en était venue à toujours attendre la prochaine bataille. C'était à son tour de sombrer, alors qu'elle s'était toujours donné la mission d'éviter le naufrage des autres. À force de ne compter que sur elle-même, elle s'était esseulée. Personne vers qui se tourner. A fortiori maintenant que Carine, peut-être la seule personne à qui elle se serait tout de même ouverte de sa détresse, fût-ce de façon détournée, était elle-même en train de sombrer, quoique pour de tout autres raisons. Jolyne, et avec elle toute la Maison Condit, après avoir brillé de mille feux, avoir été montrées en exemple, enviées, admirées, se précipitaient comme sur des rails vers un mur fatal. Cette issue inéluctable, tragique m'aurait plongé dans une immense tristesse si j'en avais pris la mesure à l'époque (non pas tant à cause de l'échec final lui-même, c'était presque la règle du jeu, mais à cause du chemin de croix que parcourait Jolyne). Mais la détresse de Jolyne était silencieuse, secrète (ce qui me la rendit d'autant plus émouvante quand je l'appris lors de nos retrouvailles). Elle boirait le calice jusqu'à la lie et personne n'en saurait rien. C'était comme un impératif de pudeur qu'elle s'appliquait avec intransigeance. Elle porterait l'entièreté de sa désillusion sur ses seules épaules.

Chapitre 19

Le secret du bonheur et le comble de l'art, c'est de vivre comme tout le monde en n'étant comme personne.

Simone de Beauvoir

Chiara était peut-être la seule chez Condit qui aurait eu quelque raison de se réjouir. Elle chérissait encore le beau geste de tous ses collègues qui avaient pris sa défense devant Jolyne. De plus, cette dernière venait de lui annoncer qu'elle devrait dans quelques jours remplacer Carine pour donner une conférence à Paris, et elle se sentait prête. Mais elle avait appris par Yves l'effondrement de Carine, et décida de rendre une nouvelle visite à son amie au Cabanon. L'état de Carine la préoccupait énormément. Elle la trouva dans son jardin, à déambuler au milieu de ses chers oiseaux.

— Bonjour Carine.

Chiara remarqua que Carine l'avait saluée sans se tourner vers elle. Elle avait maintenu son regard fixé sur les branches hautes du grand hêtre, à la recherche de Tatum peut-être.

— Je suis heureuse de te voir, enchaîna Chiara. Tu penses que nous pourrions rentrer à l'intérieur, discuter un peu ?

— Pourquoi pas, rentrons, il commence à faire frais.

Toutes deux s'installèrent dans le grand salon. Chiara comprit rapidement que Carine n'engagerait pas la discussion, elle la voyait pensive, davantage que pensive en fait, un peu hébétée, avec un regard comme perdu.

— Je m'inquiète pour toi, dit Chiara. Tout le monde s'inquiète pour toi.

— Il n'y a pas de quoi. Yves a expliqué à Jolyne ma décision ? Et toi, tu te sens prête ?

— Oui, ne t'inquiète pas. Tout est en train de s'organiser. Mais toi, comment te sens-tu ?

— Quand tu monteras sur scène, tu verras, ce sera comme un rêve.

— N'exagérons rien ! répondit Chiara presque amusée.

— Tu ne comprends pas. Ce que je veux dire, c'est que, comme dans un rêve, ton inconscient te parlera. Et lui ne peut pas tricher. Il ne sait pas tricher. Écoute bien alors. Cette voix que tu entendras, venant de quelque part en toi, te dira la vérité.

Ces paroles un peu perchées ajoutèrent à l'anxiété de Chiara.

— Comment sais-tu cela ?

— Parce que j'ai été toi.

— Carine, dis-moi, s'il te plaît. Qu'as-tu à l'esprit en ce moment ?

— Je suis lasse, voilà tout.

— Bien sûr, il faut te reposer. Qu'est-ce qu'on, qu'est que *je* peux faire pour toi, Carine ?

Carine demeura pensive un long moment, sans dire un mot. Puis elle s'efforça de répondre.

— Je suis allée jusqu'au bout, Chiara, peut-être trop loin. J'ai lutté contre moi-même si longtemps, et j'ai finalement perdu. Peut-être ne me suis-je pas suffisamment méfiée de moi-même. Ou peut-être trop.

— Tu as été lucide, Carine. Et tu m'as appris à l'être. Je comprends ton désarroi. Yves m'a tout expliqué, et maintenant cette histoire invraisemblable chez Condit. Mais tu n'es pas seule !

Chiara pensait comprendre, mais elle n'avait pas connaissance de la rencontre que Carine avait eue avec Laurence. L'intonation de Carine était si sombre ! C'est que le sentiment d'un échec absolu s'abattait sur ses épaules. Sa vie sentimentale, professionnelle n'avait été que des fausses pistes. Elle ne parvenait plus à dépasser son désespoir. L'amour l'avait définitivement abandonnée. Avait-il jamais été réel d'ailleurs ? Ce lien qu'elle avait cru si profond avec l'âme sœur n'avait-il jamais été qu'une chimère ? Elle ne le saurait plus maintenant. Pascal serait à jamais un fantôme. Et son attachement à la vérité l'avait meurtrie. L'idéologie à laquelle elle avait adhéré jadis, quand elle brillait dans les salles de marché de Wall Street, cette religion qu'elle avait finalement reniée, la rejetait à son tour. Jean-Baptiste, qui jusque-là comptait parmi les preuves que d'autres qu'elles n'avaient pas non plus perdu leur âme, même Jean-Baptiste la condamnait maintenant à subir la rigueur de la foi.

— J'ai essayé d'être vraie, continua Carine. Mais je ne suis qu'une tricheuse, c'était voué à l'échec.

— Tu ne peux pas dire ça !

— Ne t'inquiète pas Chiara. Je vivrai très bien retirée de ce monde. Et lui vivra parfaitement sans moi.

Cette discussion était déchirante pour Chiara. Carine la professionnelle emplie de sagesse et de professionnalisme sombrait devant ses yeux et elle ne pouvait rien y faire. Elle aurait aimé penser que Carine se retirait simplement en douceur, après lui avoir ouvert la voie. Mais ce n'est pas ça dont il s'agissait. Plusieurs années après s'être relevée d'une profonde dépression, Carine replongeait. C'était manifeste. Elle s'apprêtait de nouveau à se soustraire au monde en se cloîtrant dans son Cabanon. Pour combien de temps ?

Même des années plus tard, je suis persuadé que Chiara ne voulut pas tout me dire de cette discussion. Par pudeur certainement. Elle souhaitait respecter un minimum la confiance que Carine avait de nouveau placée en elle ce jour-là.

En fin de journée, Chiara reprit le train vers Paris et rentra chez elle. Comme chaque fois, Arthur l'accueillit tendrement au creux de ses bras. Elle jeta ensuite un rapide coup d'œil à son atelier au fond de l'appartement.

— Ça y est, tu t'attaques au bois ? Demanda Chiara, feignant la légèreté.

— Demain. Je finis d'abord la version en argile. Et toi, Chiara, parle-moi de ta journée.

— Je suis allée rendre visite à Carine.

— Et alors ?

— Je suis bouleversée. Elle est au fond du trou.

— Ça ne me surprend pas, tu sais. Depuis que tu m'en parles, je ne peux m'empêcher d'être triste pour Carine. Voilà une femme intelligente, sensible, qui n'est pas heureuse dans son métier, en tout cas c'est ce que j'ai compris, mais qui y reste malgré tout.

— C'est bien pire que ça.

— Elle me fait penser à une journaliste qui aurait infiltré une secte en passant pour une adepte, et qui s'y serait trouvée piégée.

— Eh bien, justement, elle a décidé d'arrêter.

— Tant mieux ! Et qu'est-ce qu'elle veut faire désormais ?

— Rien. J'ai l'impression qu'elle a perdu toute envie. Alors qu'elle est tellement brillante. Elle pourrait faire n'importe quoi. C'est comme s'il lui manquait un déclic. Il ne faudrait peut-être pas grand-chose pour qu'elle puise l'énergie de se lancer dans quelque chose de grand.

— Quitter Condit est peut-être un premier pas.

— Peut-être.

— Et donc tu vas la remplacer ?

— Oui, c'est à moi de reprendre le flambeau devant les clients. Je commence demain.

— Je suis sûr que tu feras ça très bien.

— Oui, enfin, je me sens prête, formée par la meilleure, mais la remplacer du jour au lendemain est un sacré défi.

— Allons, Chiara. Tu es capable de tout faire. Comme Carine. Et en plus tu es craquante.

— J'ai l'impression que, dans son esprit, la remplacer sera presque un rite initiatique pour moi.

— « Initiatique » ! Tu vois, j'avais raison de te parler de secte.

— Elle m'avait déjà dit que, tant que je restais gérante, il m'était trop facile d'éluder la question d'où je veux être. Ou, pour parler comme elle, de qui je suis. Je pouvais continuer à acheter, vendre, regarder les résultats sur un écran, m'adonner à un jeu inoffensif sans me poser vraiment de questions.

— Alors que, face aux clients, tu devras les regarder au fond des yeux. Et même si tu es parfaitement capable de simuler, toi tu sauras à quoi t'en tenir.

— C'est un peu ça. Elle pense que l'exercice sera un moment de vérité pour moi. Qu'il m'éclairera.

— Tu es de cet avis ?

— Je suis sceptique. Je n'ai pas son vécu, sa personnalité. Je ne me pose pas toutes les questions qu'elle se pose. Je travaille juste dans un secteur intéressant, qui paye hyper bien, et qui me permet en plus d'être utile. Je ne m'imagine pas trop être frappée d'une soudaine révélation.

— De mon point de vue, qui est complètement aveuglé par l'amour, je te l'accorde, ce qui compte c'est que tu te sentes bien dans ton job. Pour moi la vie est merveilleuse : je fais le métier que j'aime, je vis avec la femme que j'aime, et je vis de ma passion. Enfin, non, je corrige, je ne peux pas en vivre. C'est toi qui me fais vivre.

— Et c'est toi ma passion ! répondit Chiara en souriant.

— Sérieusement, que pourrais-je vouloir de plus ? Mais je préférerais encore mille fois qu'on rame à la fin du mois plutôt que te savoir misérable du matin au soir à ton bureau. Je ne veux pas que tu attrapes la mélancolie de Carine. C'est peut-être contagieux ces trucs-là.

— Ne t'inquiète pas. Je suis solide.

— Et Jolyne, comment elle va ?

— Jolyne, on a l'impression que ça va toujours pour elle. Mais elle doit quand même sacrément déguster en ce moment. Les problèmes s'acharnent sur elle. Les clients s'en vont. Une partie de ses troupes la lâchent aussi. Les scandales s'accumulent. Mais elle ne montre rien, comme d'hab.

Chiara avait l'intuition du calvaire que traversait Jolyne mais elle ne voyait pas la montagne trembler. Moi non plus. Mais je sais maintenant que c'est bien d'une secousse sismique qu'il s'agissait.

Arthur continua de travailler sur le buste d'argile. Sa main gauche remontait doucement le long du cou, avec une très légère pression pour en arrondir la forme, puis adoptait la légèreté d'une caresse à l'approche du galbe de l'oreille. Avec l'index et l'annulaire légèrement pliés, il effleura trois ou quatre fois l'hélix pour l'inviter à se courber en une douce volute, puis donna à la conque sa forme gracieusement creusée. Ensuite, avec la paume de la main droite il soutint doucement la chevelure de grès qui semblait tomber en boucles entremêlées sur la nuque, pendant que sa main gauche guidait avec une précision extrême un fin scalpel pour dessiner chaque mèche. Plus tard, avant la première cuisson, il faudrait encore doucement lisser la terre, encore et encore, à l'aide d'une estèque en bois ou en métal, pour donner à la texture de l'argile la douceur de la peau. Mais pour l'instant, il en était à parfaire la forme de chaque contour, de chaque courbe. La terre, qui n'avait pas encore la consistance du cuir, nécessitait la plus grande délicatesse. Arthur s'arrêta un instant et changea soudain de conversation en levant les yeux vers Chiara.

— Tu vas voir tes parents dimanche ?

— Oui. Tu veux venir ?

Arthur accepta. Marc serait même peut-être là, à ce qu'en disait Chiara. En l'invitant à ces retrouvailles, Chiara projetait-elle, plus ou moins consciemment, d'annoncer à tous qu'Arthur rejoindrait bientôt la famille « pour de bon » ? Elle y pensait. Arthur en rêvait. Mais elle hésitait encore. Qu'elle fût amoureuse, il n'y avait pas de doute. Mais elle ne se sentait pas encore prête à s'engager. Ils étaient heureux ainsi, au jour le jour, pourquoi lier sa vie à Arthur ? Le connaissait-elle suffisamment d'ailleurs ? N'était-il pas encore principalement que le produit de son imaginaire ? Et qui serait-il dans dix ans, dans vingt ans ? Et elle, combien de démons se découvrirait-elle ? S'engager sans savoir lui faisait peur. Peur de fossiliser leur couple, peur que la banalité s'installe, qu'elle perde ses ailes en prenant racine, peur d'être prise dans un filet. L'histoire de Carine hantait souvent son esprit. Elle craignait qu'ils deviennent tous deux comme les poteries biscuitées alignées sur les étagères de l'atelier d'Arthur. Rigidifiées, cassantes, seulement encore susceptibles d'être décorées superficiellement, jusqu'à ce qu'une fine couche vitreuse d'émail les condamne irrémédiablement au durcissement imperméable. La fuite la tentait, pour rester libre.

Mais ne pas s'engager, était-ce vraiment rester libre ? Libre de quoi, d'ailleurs ? De vagabonder, toujours, de papillonner ? La véritable liberté n'était-elle pas plutôt d'oser ? Risquer de perdre, comme disait Jolyne ? De *se* perdre ? Accepter le danger de la banalité pour accéder à la profondeur ? Bien sûr qu'elle ne savait pas grand-chose d'Arthur, après seulement un an de vie commune. Lui non plus ne savait rien d'elle. Seulement la joie qu'il ressentait chaque soir quand il entendait ses pas dans l'escalier. Sans doute qu'ils étaient différents, que leur vie serait parfois inconfortable, difficile. Mais Chiara se souvenait de cette observation d'André Gide (ou était-ce Michel-Ange qui en était le véritable auteur ? Arthur le savait sûrement) selon laquelle l'art nait de la contrainte. Cette idée que la contrainte peut être féconde, elle la ressentait profondément, et pas seulement en peinture, en musique ou en littérature mais en amour aussi. L'intimité partagée des jours et des nuits, sans esquive, vécue avec leurs tripes ne pourrait-elle pas être le secret d'une vie heureuse ? La folle joie de cette rencontre quotidienne ne constituait-elle pas un miracle qui justifiait d'oser ? Arthur ne lui devait rien. Elle le savait, et c'est peut-être bien la preuve qu'elle l'aimait. Ce soir-là, dans ses bras, elle renonça définitivement à la tentation de la fuite.

Chapitre 20

L'art de diriger consiste parfois à savoir abandonner la baguette pour ne pas gêner l'orchestre.

Herbert von Karayan

Quelques jours plus tard, pas davantage, Jolyne eut la force de prendre du recul sur son fiasco. D'abord elle prit conscience qu'à force d'imposer sa distance au milieu de son équipe, elle s'en était coupée. Si elle les avait choisis, recrutés, c'est bien qu'elle avait jugé un jour qu'ils pouvaient tous contribuer à l'édifice. Sinon, il fallait les licencier. Apoptose en acte. Mais non, quelle connerie que cette métaphore physiologique, s'était-elle dit ! Chaque membre de l'équipe avait bien sa place. Il fallait écouter bien davantage ses associés dont elle pouvait beaucoup apprendre, si elle était capable de les entendre. Personne, pas même elle, ne pouvait prétendre détenir tous les talents nécessaires. Impossible d'avoir en même temps la sagesse de l'expérience, la fougue de la jeunesse, l'audace des ambitieux, la vigilance des prudents, la discipline de l'analyse, l'art de la synthèse. Admettre qu'elle avait besoin des autres, voilà la plus grande force qui lui avait manqué. La raison ne suffit pas à diriger. Jolyne devait accepter de changer. Au moins un peu. Et tout repartirait de l'avant.

C'est ainsi qu'après avoir vacillé pendant quelques jours, Jolyne retrouva sa verticalité. Elle ne se résignerait jamais à être une perdante, fût-elle magnifique. Il était encore de temps de gagner. Une nouvelle fois. Car ce n'était pas véritablement une crise que la Maison Condit traversait, c'était une transition. Une crise n'en est vraiment une que lorsque l'ancien meurt et que le nouveau ne peut pas naître. Mais ici l'ancien n'était pas mort, et le nouveau lui-même pouvait naître. Ce bref moment de solitude absolue n'avait été qu'un rite de passage.

Il ne lui fallait certainement pas se résoudre à devenir ordinaire. Ce serait la pire des déchéances. L'heure n'était plus à la *sprezzatura* mais à la *grandezza* ! En s'y prenant juste autrement. Cette débâcle devait devenir comme un bélier qui permettrait de défoncer la porte des habitudes. Elle savait que l'adversité la plus formidable ne l'épuiserait pas, bien au contraire. Elle la renforcerait. Elle avait maintes fois constaté lors de ses courses en montagne qu'on tient plus longtemps une prise quand on est suspendue au-dessus du vide d'une falaise que lorsqu'on est deux mètres au-dessus d'un matelas en mousse. Il lui fallait réussir, encore, car la réussite excuse tout. Hors de question de perdre sans avoir failli. Les marchés étaient hésitants, les clients retiraient leurs économies, le personnel perdait le moral mais, avant peu, ceux qui la critiquent aujourd'hui s'accrocheraient de nouveau à elle de peur de se noyer. Cette période d'infortune n'était qu'une banale mitraille d'adversité lancée par ignorance. Dans son élan, la polémique était montée très haut, mais elle retomberait finalement avant d'avoir atteint le sommet. Dans quelques mois, il n'en resterait presque rien. Jolyne avait refusé de se défausser sur Carine. L'image de la Maison en avait été entachée, souillée, comme Yves l'avait anticipé. Mais le succès la laverait très vite de tout soupçon. Et puis, il y avait ce rebond spectaculaire des marchés que Jolyne anticipait et sur lequel tous les fonds de la Maison étaient fortement positionnés. Elle en avait cette fois débattu avec toute l'équipe, qui partageait son jugement. Enfin, il y avait cet immense pari sur trois géants de la Tech, une idée formidable d'Ewan et de Chiara, aidés de Phil, qui avait aussi le potentiel de faire une grande différence avec les concurrents. Une renaissance était proche et elle serait éblouissante. Jolyne se dit que Carine avait tort de voir l'intuition comme un leurre : l'inspiration, l'instinct sont indispensables. Elles sont la réponse de la vie à l'arrogance de la logique formelle. Même les mathématiciens usent de leur intuition ! Leibniz, le génial mathématicien, faisait davantage confiance à son cheval qu'à ses calculs pour juger si sa calèche pouvait passer sur un chemin très étroit. Jolyne se convainquit définitivement que la gêne profonde que Carine ressentait à l'égard du monde de la finance était certainement respectable mais, tout bien réfléchi, manquait l'essentiel. Oser, aller au bout de ses convictions, montrer de quoi on est fait. Voilà où réside la véritable liberté. Comme une leçon tirée des semaines qu'elle venait de traverser, de la peine que lui inspirait la condition de Carine, de l'enthousiasme qu'elle constatait chez Chiara, devenue soudainement sa protégée, elle conclut qu'il n'y avait pour elle pas d'autre vie que la sienne. Elle était à sa place. Si l'ombre d'une remise en question avait surgi, ce n'était que très furtivement. Jolyne se sentait plus forte, plus déterminée que jamais.

Chapitre 21

Oser c'est perdre pied momentanément, ne pas oser c'est se perdre soi-même.

Kierkegaard

Vint le moment où Chiara devait donner sa première conférence face aux clients. C'était une magnifique soirée d'automne. Je me souviens que l'air était frais, presque scintillant. Elle monta sur la scène aménagée pour elle dans la grande salle de l'hôtel d'Évreux, place Vendôme, à Paris.

— Bonjour à toutes, bonjour à tous ! s'exclama Chiara devant la foule de clients parisiens rassemblés par les équipes de Markus ce soir-là.

Les clients ne s'étaient pas fait prier pour venir l'écouter. La plupart n'avaient pas eu la patience de maintenir leur confiance à la Maison Condit et avaient retiré depuis quelque temps déjà une grande partie de leurs avoirs. Mais ils étaient curieux de découvrir qui était cette nouvelle porte-parole, dont il se disait qu'elle était la protégée de Carine. Mais les circonstances redevenaient aussi plus favorables. Car les dernières semaines suggéraient que Jolyne avait peut-être encore eu raison. L'intervention très vigoureuse de Mario Draghi, président de la Banque Centrale Européenne, avait rassuré les marchés. Ils venaient de monter en flèche et la gestion Condit cette fois en profitait avec panache. Les mêmes clients qui avaient jadis adulé la Maison Condit, pour ensuite la désavouer de façon toute aussi excessive, étaient déjà prêts à l'idolâtrer de nouveau. Les journalistes aussi, probablement. D'ailleurs, un indicateur ne trompait pas : le *Financial Herald* n'avait pas mentionné une seule fois le nom de Jolyne dans ses colonnes ces dernières semaines. Certes, les grandes valeurs de technologie n'étaient pas les premières bénéficiaires du rebond. Luc avait raison, comme dans toutes les périodes de forte hausse des marchés, les valeurs plus spéculatives étaient les grandes gagnantes. Mais la gestion Condit réalisait néanmoins un nouveau coup de maître. En fait, Jolyne avait au moins deux ans d'avance sur la plupart de ses concurrents dans la reconnaissance du véritable potentiel de ces champions, que tout le monde appellerait bientôt les « GAFAM ». Chiara se souvenait de la prédiction de Jolyne lors de leur dernière discussion dans son bureau : « Un avenir radieux s'ouvre pour la Maison Condit ». Les clients qui n'avaient jamais cessé d'estimer Jolyne maintenant l'aimaient de nouveau. Ils n'attendaient que ce moment pour pouvoir enfin saluer cette renaissance. Et Chiara était prête.

Elle était vêtue, exactement comme Carine auparavant, d'un élégant tailleur anthracite, dont la jupe descendait légèrement sous le genou, et d'un strict chemisier blanc. Elle portait des escarpins noirs en cuir verni à hauts talons qu'elle avait achetés pour l'occasion. Ils avaient l'inconvénient de lui meurtrir les pieds à chaque pas mais lui donnaient sur scène une magnifique silhouette élancée. Après quelques mots de bienvenue, Chiara commença son discours. Pas de phrases usées, que des mots véritablement habités. Une langue vivante, comme le lui avait enseigné Carine. Pas de bavardage. Les clients dévoraient ses paroles. C'était déjà gagné. Après quarante-cinq minutes d'un discours inspiré, il était temps de passer aux diverses demandes par les clients de compléments d'information, de précisions, requêtes que Chiara satisfit avec maestria. Puis les questions devinrent plus personnelles.

— Il y a eu beaucoup de rumeurs concernant Jolyne, dit un client. Que pouvez-vous nous en dire ?

Chiara réfléchit un instant avant de répondre.

— C'est à vous de décider ce que vous voulez faire des rumeurs, chers amis. Pour ce qui me concerne, je m'en tiens à ce que je sais. Je travaille avec Jolyne depuis bientôt cinq ans, ce qui m'a donné le temps de bien la connaître. J'ai pu me rendre compte par moi-même de qui est Jolyne. Eh bien, permettez-moi de vous le dire : c'est une femme très talentueuse, exigeante, peut-être difficile parfois, oui, c'est certain. Parce qu'il faut du caractère dans ce métier. Mais tout cela, vous le savez. Ce que je veux ajouter, c'est ceci : les trois premières qualités que j'ai eu le privilège de découvrir chez Jolyne, c'est autre chose. C'est d'abord l'humanité, oui, Jolyne est profondément humaine, ensuite c'est l'intégrité absolue, Jolyne ne trichera jamais, elle en est incapable, enfin c'est la loyauté.

La foule semblait interloquée par cette plaidoirie enflammée en soutien de Jolyne

— Et permettez-moi d'ajouter une chose, pour que vous compreniez bien : s'il devait m'arriver un jour un gros pépin, que j'ai besoin d'un soutien sans réserve, ce jour-là c'est Jolyne que je souhaiterais avoir à mes côtés.

Cette confession fit grand effet sur l'auditoire. Chiara sonnait juste. Parce qu'elle était sincère.

— Et Carine, demanda un autre client, vous avez des nouvelles ?

— Carine ? Oui, j'ai des nouvelles de Carine, bien sûr. On se voit régulièrement. Elle est mon amie.

Chiara marqua alors une pause, pour que tout ce que ce qualificatif contenait d'admiration, de fraternité, de fidélité s'imprègne bien dans l'esprit des clients. Puis elle continua.

— Elle m'a demandé de vous saluer. Elle garde, et gardera toujours, un souvenir très personnel et très agréable de ses rencontres, ses échanges avec vous tous. Aujourd'hui, elle souhaite aller vers d'autres horizons, passer à autre chose. Je ne peux pas vous en dire plus.

Après un discours parfait, applaudi à plusieurs reprises, et des réponses très incarnées aux questions des clients, il était manifeste que Chiara avait réussi son examen de passage. Elle était capable de succéder à Carine. C'était maintenant une chose établie. Mais si Carine avait parlé d'épreuve initiatique, c'est que l'enjeu pour

Chiara était probablement ailleurs. Une dernière question allait soudainement justifier ce présage.

— Désolé de revenir à l'essentiel, demanda un client assis dans les premiers rangs, mais quelle est votre opinion, personnellement, sur les marchés ? C'est votre avis qu'on a envie d'entendre. Comme on écoutait toujours celui de Carine. On vous fera confiance.

L'assemblée était rivée aux lèvres de Chiara. Dans le moment de pause que Carine lui avait enseigné d'observer avant toute réponse à une question un peu délicate, surgirent dans l'esprit de Chiara deux évidences, comme des coups de projecteurs sur des zones qui étaient restées longtemps dans la pénombre. Les centaines de clients assis devant Chiara attendaient toujours patiemment sa réponse. Elle était leur nouvelle héroïne. Il leur fallait connaître son avis. Ils avaient tellement envie de croire en son savoir. Elle était en quelques minutes devenue pour eux l'oracle du génie retrouvé de la Maison Condit.

La première des évidences qui s'imposa à l'esprit de Chiara n'avait rien à voir avec la question du client. Elle était que l'ambition de Jolyne méritait le respect. Sa fortune, elle ne l'avait pas construite par hasard, et encore moins volée. La loi de son monde était sévère mais équitable : on pouvait y gagner beaucoup, mais on y pouvait aussi tout perdre. En choisissant d'habiter ce monde, Jolyne acceptait ce risque et son courage était inspirant. Jolyne était un phare pour tous ces esprits perpétuellement inquiets, incertains.

Mais quand Chiara sortit enfin de son silence, elle sut en un instant qu'elle ne pourrait pas répondre à l'attente des clients.

— Je ne sais pas, avoua-t-elle. Je n'en ai aucune idée. En vérité, tout cela me semble n'avoir aucune importance. Je suis désolée.

Cet aveu inouï jeta un froid polaire dans toute la salle. Personne ne comprenait ce qu'il signifiait. Était-ce une plaisanterie ? Ou plutôt une sorte de crise de nerfs soudaine ? Chiara, la digne héritière de Carine, qui venait de tant impressionner par son professionnalisme, s'effondrait. Markus était stupéfait. « Deux cents ans plus tard, les

Français nous refont le coup de la Berezina » se dit-il en habillant de son humour germanique la catastrophe qui se déroulait à cet instant sous ses yeux.

Car une autre évidence s'était imposée à Chiara : elle ressentait, grâce aux heures innombrables passées à parler avec Carine, mais grâce aussi à ses échanges avec Jolyne, grâce à l'amour d'Arthur, peut-être même grâce à la vérité de Marc, que les véritables passions de l'âme nécessitent de prendre le risque d'un engagement total. Ce sont ces engagements sans espoir de retour, qui trouvent leur vérité dans leur gratuité, qu'en cet instant Chiara se résolvait à vivre. Le monde de Jolyne, Luc, Ewan ou Adil était parfaitement digne, mais échouait à inspirer son engagement. C'est ailleurs qu'il lui faudrait devenir actrice de sa propre vie.

Chiara se tenait debout, immobile, dans la sidération de ses propres paroles. Elle sentit sa gorge se dessécher et prit une gorgée d'eau. Mais, erreur de débutante ou manifestation inconsciente du lien profond entre corps et âme, elle en prit un peu trop et s'étrangla. Elle tenta de reprendre son souffle, mais se précipita exagérément et s'étouffa de plus belle. Les clients dans la salle la dévisageaient. Que lui arrivait-il ? Chiara tentait de reprendre le contrôle de sa respiration. Mais elle inspirait trop fort, comme une mauvaise nageuse se noie. Elle ne parvenait pas à vider ses poumons pour pouvoir ensuite tranquillement les remplir. Vider ses poumons est un acte qui se contrôle. Mais elle ne contrôlait plus rien. Elle ne parvenait plus à souffler. À chaque fois, sa voix s'engluait davantage. Chiara s'asphyxiait. Quelle façon ridicule de clore son baptême du feu ! Quelle dérision absolue ! Cette soirée si bien entamée virait au cauchemar.

Après quelques minutes, la tempête retomba. Il apparut clairement à Chiara que ce n'était plus la fausse route qui la bâillonnait. C'était autre chose. Sa barque n'était plus en lisière de l'océan, elle était retournée au rivage. Sa voix l'avait désertée. Ses yeux qui, il y a encore quelques instants, voyaient comme à travers une vitre un jour de pluie, avaient soudain une acuité parfaite. Entre elle et l'auditoire s'installa alors un silence vertigineux. Ce n'était plus un silence d'oratrice, comme enseigné par Carine, ou un silence de pouvoir, comme en usait Jolyne. Ce n'était pas non plus un silence de honte. Pas même de confusion. C'était la suspension de toute construction intellectuelle, celle dont les clients se seraient délectés. Dans cette enclave de silence, toute frénésie suspendue, Chiara se mit à sourire. Naïvement. Sans raison apparente.

Alors, se produisit l'indicible : le public accueillit le visage de Chiara comme une multitude de miroirs bienveillants. Après avoir subi l'air glacial de l'angoisse, Chiara ressentait la chaleur de l'apaisement. D'un seul coup, le silence était ce qui permettait à Chiara d'entendre le message de plénitude qui lui parvenait. De fines petites larmes coulèrent sur ses joues rondes. Dans cet instant, elle sut, tout le monde sut, qu'elle était vraie. Compétente et vraie. Et sa vérité ne pouvait simplement pas s'accommoder des nécessités de la foi dans le monde de Jolyne. Elle était venue pour aider les clients, mais c'étaient eux qui allaient l'aider maintenant à quitter ce monde. Un monsieur d'une cinquantaine d'années, dans le fond de la salle, se mit à applaudir lentement et bruyamment. À cette distance, Il ressemblait à son père, ou c'est ce qu'elle jugea. Puis un autre spectateur à côté de lui, plus jeune, se joignit à lui, puis un autre, puis progressivement toute la salle se mit à ovationner Chiara. Ils avaient compris, et ils ne lui en voulaient nullement. Il faut croire qu'en cet instant ils l'aimaient même. Et ils l'aimaient au bon endroit, pour qui elle était vraiment. Toujours sans un mot, Chiara les remercia en joignant ses mains devant son visage comme en une prière. Elle put prendre enfin une grande inspiration. Eux comme elle savaient qu'ils ne se reverraient plus.

Sous les acclamations, elle descendit lentement de la scène rejoindre Markus et les commerciaux. Eux aussi avaient compris. Et ils n'en voulaient pas non plus à Chiara. Sauf peut-être Markus. Elle avait sincèrement joué le jeu, prouvé sa compétence, et sa bouche avait simplement fini par refuser de dévaloriser les mots. Sa désillusion devant les clients était pour elle comme une épiphanie. Elle n'était plus en lisière de quoi que ce soit. Elle quitta tranquillement la salle et laissa commerciaux et clients à leur tâche. Elle passa par le vestiaire où elle délaissa ses escarpins pour les bottines confortables avec lesquelles elle était venue et enfila son manteau de laine vermeille à fleurs jaunes trop grand pour elle. Elle ne se dirigea pas directement vers son appartement, dans le 9e arrondissement. Elle marcha dans la direction opposée et traversa d'abord la place Vendôme, laissant derrière elle les bijouteries dont les vitrines étaient encore éclairées mais, à cette heure avancée, avaient été vidées de leurs plus belles pièces puis protégées par de lourdes grilles de sécurité. Elle traversa la rue de Rivoli et, dans l'enfilade de la rue de Castiglione, s'engagea dans l'allée qui menait, à travers le jardin des Tuileries, à une passerelle au-dessus de la Seine, face à la statue de Thomas Jefferson. Au milieu de la passerelle, Chiara s'assit sur un banc de bois, face au fleuve. Emmitouflée dans son épais manteau, le col relevé autour de son cou en cette fraîche soirée d'octobre, elle regarda le ciel sombre, étonnamment éclaboussé d'étoiles pour cette saison. Deux astres brillaient bien plus que les autres, que Chiara reconnut facilement. Sur sa droite, plein sud, nettement au-dessus de l'horizon, la planète Vénus resplendissait. Et dans l'autre direction, un peu plus bas dans le ciel, c'était Jupiter. Sur la Seine, les bateaux-mouches circulaient à un rythme régulier en diffusant le son braillard des haut-parleurs qui racontaient imperturbablement aux touristes admiratifs l'histoire des monuments de Paris qui défilaient devant eux. Par la magie des puissants projecteurs disposés le long des bateaux, les immeubles le long du quai apparaissaient successivement dans leur magnificence, provoquant l'admiration des touristes ébahis, puis disparaissaient tout aussi vite dans l'obscurité. Entre chaque passage de bateau, le bruit de la ville redescendait au niveau d'un murmure.

Chiara pensa soudain aux sculptures d'argile qu'Arthur mettait à cuire chaque jour et dont il ne découvrait la réalité ultime que lorsqu'il les sortait du four, de très longues heures plus tard. Selon la nature de l'émail appliqué, l'épaisseur de sa couche à chaque endroit de la sculpture, selon sa réaction avec la terre utilisée, selon le temps de cuisson, sa température, l'argile émaillé aime prendre au sortir du four des reflets différents, des couleurs imprévues, des reliefs improbables. Pas d'autre choix que d'accepter cette part d'inconnu dans la sculpture. Chiara demeura assise sur son banc de longues minutes. Il lui faudrait maintenant, elle aussi, prendre le risque de l'inconnu. Et ce risque serait vraiment le sien. Dans un immense sourire, avec la nuit étoilée pour seul témoin, elle se leva et marcha d'un pas merveilleusement léger.

Chapitre 22

L’ultime privilège des morts est de ne plus mourir.

Friedrich Nietzsche

Quelques semaines plus tard, mue par rien d'autre qu'une sorte d'inspiration, sans être capable de se l'expliquer, Carine décida de prendre sa voiture, qu'elle laissait généralement garée devant le Cabanon, pour aller jusqu'à la gare du Mans. De là, elle prit un train pour Paris, celui que Chiara prenait désormais très souvent pour lui rendre visite. Une fois arrivée à Paris, elle se rendit en métro à la gare Montparnasse, où elle prit un autre train pour le Sud-Ouest. Elle descendit en gare de Biarritz après de longues heures consacrées à la lecture pour la quatrième ou cinquième fois d'un vieil exemplaire usé, écorné, annoté au crayon sur des dizaines de pages, du journal d'Etty Hillesum. Elle prit ensuite un taxi pour se rendre sur la côte, face à l'océan. Le temps était très maussade, le vent du large violent. Un coup de galerne venait de faire chuter la température. Ces conditions fabriquaient des vagues vertigineuses qui étaient inespérées pour les surfeurs mais rendaient toute baignade impossible. Les embruns fouettaient le visage de Carine qui rêvassait en observant, dans le gris de l'océan qui se confondait avec celui du ciel, le vent emporter avec férocité la crête des vagues. Les surfeurs, comme des insectes au loin flottant les uns à côté des autres, attendaient sur leurs planches une vague puissante qu'ils tenteraient de dominer. Après environ une heure passée à observer ce tableau vivant, elle quitta la côte et décida de se diriger vers l'intérieur des terres. Elle prit de nouveau un taxi qui la déposa non loin du petit village d'Arcangues. Le vent marin continuait de pousser les nuages vers l'est à grande vitesse, mais la noirceur de l'orage menaçant alternait maintenant avec des moments de luminosité éblouissante. Ce temps incertain ne semblait guère plaire à plusieurs rouges-gorges non loin, dont les petits cliquetis nerveux signalaient à Carine leur anxiété. Après tant d'années, son esprit semblait toujours encombré par toutes ces broussailles qui s'étaient emparées de ses pensées un matin à New York et étaient revenues l'obséder quelques semaines plus tôt à Paris. Sa décision d'effectuer ce petit voyage était une impulsion du cœur. Un pèlerinage solitaire. Arrivée à Arcangues, elle gravit les quelques marches qui menaient à un fronton contre lequel de jeunes enfants faisaient à tour de rôle rebondir une pelote de caoutchouc puis, au bout d'un petit chemin bordé de graminées, à une petite porte basse en fer forgé qui ouvrait sur le petit cimetière du village. Pascal et elle, avant qu'ils ne s'envolent pour New York, s'étaient souvent promenés dans ce cimetière quand il lui faisait découvrir sa région. Tous deux l'aimaient bien parce qu'il ne ressemblait pas vraiment à un cimetière. Au milieu des hêtres, en surplomb de la vallée, il était comme une terrasse avec vue sur toutes les collines verdoyantes alentour. Au loin, on distinguait très bien la Rhune, quoiqu'aujourd'hui elle jouât à cache-cache avec les nuages. Ce lieu n'était pas lugubre. Il était même presque joyeux avec ces allées herbeuses et cette jolie sépulture de Luis Mariano, fleurie en permanence par des admirateurs anonymes. Il n'était pas silencieux non plus. Le feuillage dense des arbres, malmené par le vent, produisait une sorte de bourdonnement qui s'ajoutait au bruit des rouges-gorges. Carine avançait au hasard dans les allées en songeant aux longs moments passés à rêver à deux ici. Après quelques minutes de déambulation, la poitrine serrée, elle décida qu'il était temps de repartir. Elle approchait de la petite porte basse quand, à quelques dizaines de mètres sur le côté gauche, elle aperçut une dalle presque neuve, simple et sans fleurs. Elle remarqua aussi que, peut-être à la faveur d'une soudaine grande trouée lumineuse dans le plafond nuageux, les rouges-gorges venaient de cesser leurs cris pour se mettre à vocaliser. Elle s'approcha et lut les inscriptions sur la stèle.

Pascal Rota
1960 – 2011

Je savais que tu passerais.
À toi d'improviser maintenant.

Épilogue

En un sens, toute vie racontée est exemplaire.

Marguerite Yourcenar

Après mon départ de chez Condit, j'avais complètement quitté le monde de la finance. Pour vous dire, j'étais devenu guide de Haute Montagne dans les Alpes puis avais effectué un long séjour au Népal. Et c'est là-bas, par le plus délicieux des hasards, que j'avais revu Jolyne qui randonnait sur les contreforts de l'Annapurna. Elle n'avait visiblement jamais rompu avec son amour de la montagne. Elle s'était arrêtée dans le même refuge que moi et nous butâmes littéralement l'un sur l'autre un soir, nous reconnaissant mutuellement à la lumière de nos lampes frontales. Pendant les cinq années passées à son service, à l'écouter religieusement chaque matin de neuf heures à neuf heures et demie, absolument rien n'avait jamais filtré jusqu'à moi de sa vie hors du bureau. Je percevais bien à travers la main qu'elle avait un jour tendue à Carine, pour ne plus jamais lui retirer, à travers l'affection sincère qu'elle avait finie par ressentir pour Chiara, que l'humanité de Jolyne était perceptible si l'on était attentif à ces petites touches qui jalonnaient çà et là son chemin. Alors que ses fréquentes postures autoritaires, ses remarques souvent brutales la rendaient presque antipathique aux yeux de beaucoup d'entre nous, je l'avais toujours trouvée attachante. Mais il n'empêche, Jolyne était restée avant tout dans mes souvenirs la femme d'une seule passion, la figure de la professionnelle absolue. Et dix ans plus tard, je la rencontrai enfin dépouillée de ses galons de cheffe, tentant de se réchauffer les os à l'abri du vent himalayen ! Il n'était bien sûr plus temps pour moi d'essayer de découvrir de nouvelles facettes de la personnalité de Jolyne. Mais notre discussion ce soir-là fut emplie d'une chaleur d'autant plus agréable qu'elle me donnait à voir une Jolyne que je n'avais jamais connue. Elle me présenta brièvement son amie Martine, une solide guide sensiblement plus jeune qu'elle, qui l'accompagnait pour cette course, et elle me fournit les coordonnées de Carine et Chiara, avec qui elle était restée en contact. C'est ainsi que, quelques mois plus tard, nous nous trouvâmes de nouveau réunis tous les quatre dans le Cabanon de Carine. Jolyne avait encore connu beaucoup de hauts et de bas professionnels depuis que j'avais quitté la Maison Condit, perdu beaucoup de clients, gagné d'autres. Comme à l'époque où je les scrutais, ses performances étaient demeurées très inégales, jamais ordinaires. Elle avait souvent pris des décisions brillantes, et parfois mené la Maison Condit au bord de la ruine. Elle avait récemment cédé son entreprise à une grande banque néerlandaise, et fondé une nouvelle petite maison d'investissement familiale à son nom. Elle m'informa sans aucune amertume perceptible qu'Ewan, Adil, Yves, Charles Quint et la plupart des employés de la Maison s'étaient réjouis de cette cession à un actionnaire solide et étaient restés à leur poste. Sauf Luc, qui une fois encore avait choisi de la suivre dans sa nouvelle aventure. Carine, elle, était devenue pianiste de jazz professionnelle. Elle avait choisi de vivre principalement dans ce qu'elle considérait être « la vérité de la musique », mais elle n'était plus retranchée dans la solitude. Encore aujourd'hui, elle accueille très souvent de jeunes musiciens dans le Cabanon pour partager avec eux le plaisir de jouer ensemble dans des sortes de schubertiades du jazz. Je pense qu'elle se sent aimée, même si son seul véritable amant demeure le piano. Quand elle nous reçut pour nos retrouvailles, je fus frappé par son sourire. Elle rayonnait. Quant à Chiara, elle est devenue professeur de mathématiques dans un lycée professionnel du 93. Elle n'enseigne pas des théorèmes, dit-elle, elle « transmet le goût pour la beauté des vérités démontrables ». Elle n'a pas épousé Arthur, qui s'est maintenant fait un petit nom dans le monde de la sculpture. Mais bien qu'ils habitent séparément, elle et lui sont toujours amoureux l'un de l'autre, peut-être plus que jamais, et se retrouvent quand ils le souhaitent tous les deux, c'est-à-dire souvent.

Peut-être mes trois protagonistes avaient-elles conscience, en s'engageant dans le monde de la finance, de s'adonner à un jeu. Jeu violent, incertain, complexe, impitoyable certes, mais jeu quand même. Carine l'avait en tout cas compris depuis longtemps et s'en méfiait, Jolyne au contraire s'y était jetée avec exaltation, accompagnée de son fidèle Luc, et Chiara s'y était frottée puis l'avait rapidement abandonné. Jolyne poursuivait avec passion ce que Carine méprisait comme une tromperie. Sorte de Don Quichotte des marchés financiers, Jolyne se réalise dans les combats, fussent-ils illusoires. Avec toute la fougue de l'héroïne chevaleresque qu'elle n'a cessé de rêver d'être, elle n'envisage qu'une seule façon de s'affirmer : gagner des batailles, et surtout le faire avec panache. Si possible seule contre tous. Je suis persuadé qu'elle n'a jamais vraiment recherché ni la gloire ni la fortune, mais bien davantage l'ivresse de l'engagement, au sens qu'on accorde au mot en alpinisme (bien sûr), c'est-à-dire celui d'une mobilisation de tous ses moyens, du dépassement de ses peurs, d'une tolérance à l'isolement, d'une confrontation à soi-même. Si bien qu'après chaque défaite, a fortiori si elle est humiliante, et il y en eut beaucoup de telles, Jolyne entame avec ardeur un nouvel assaut. Elle oublie le passé et repart de plus belle. C'est d'ailleurs un peu ce qu'elle avait confié aux journalistes : se dire le soir « Ça n'a pas marché aujourd'hui, mais je ne m'avoue pas battue. J'essaierai de tenir encore demain », vous vous souvenez ? La longue discussion qu'elle eut avec Carine dans son bureau à propos du tableau de Sam Szafran montre qu'elle joue aussi avec l'art. Si elle y voit bien de la beauté, elle ne s'y noie pas. Elle s'en saisit surtout pour nourrir le sens qu'elle a donné à sa vie. Chercher l'adversité, se l'inventer si nécessaire, et la vaincre. Ses malheurs personnels, il y a bien longtemps, ne l'avaient pas tant « endurcie » que convaincue de ne jamais renoncer à gagner. Au fond, Jolyne tient un fil d'Ariane qu'elle ne lâche jamais, le plaisir du jeu, fût-il dangereux.

Carine ne tient pas un tel fil. Si pour elle il y a jeu, il me semble que c'est la passion qui l'y rattache, et non le plaisir. Carine s'est investie sans retenue dans la profondeur de la musique jazz, dans le jeu d'échecs, comme elle s'est investie corps et âme dans sa relation avec Pascal et même dans la finance, jusqu'à être trahie d'une manière ou d'une autre par chacune de ses passions, hormis la musique. Pour elle, il est impossible de considérer quoi que ce soit autrement qu'avec la plus écrasante des gravités. Quand elle fréquenta de nouveau les marchés après avoir rencontré Jolyne, elle crut avoir enfin trouvé la bonne distance à leur égard. Mais elle n'y est jamais vraiment parvenue. D'un côté, elle était devenue trop lucide pour se joindre au joyeux combat de Jolyne contre des fantômes mais, comme elle me l'expliqua avec le vocabulaire de la championne d'échecs qu'elle avait été, il lui était impossible de prendre la position confortable de « kibitzer » (elle m'apprit que ce mot désigne dans le monde des échecs ceux qui demeurent au bord d'une partie et se permettent des commentaires sans prendre le risque de jouer eux-mêmes). Elle avait donc accepté d'épauler activement Jolyne, et ainsi laissé le jeu des marchés lui imposer de nouveau sa violence. Elle en ressentit au fil du temps une immense fatigue. Tandis que la foi de Jolyne la faisait sans cesse espérer la prochaine bataille à gagner, l'incrédulité de Carine la faisait désespérer. Très certainement, inventer sans cesse un discours de séduction, être contrainte de rassurer des auditoires par des artifices de langage était pire que tout. C'était se trahir elle-même. Probablement se comparait-elle, avec dégoût, à ces joueurs d'échecs qui, par le brio de leur jeu, sont capables d'étourdir leur adversaire et de l'emporter alors que leur raisonnement est faux. Elle avait aussi honte de ne pas réussir à choisir entre le refus de la soumission et sa répugnance à la révolte, comme elle avait eu honte de pleurer la perte de Pascal quand d'autres pleuraient leurs morts. Son âme s'était consumée et elle s'était retirée de nouveau dans une profonde solitude. Il fallut qu'un jour elle découvre le message posthume de Pascal pour retrouver l'énergie de dépasser sa mélancolie. Il lui avait fallu avoir envie de mourir pour être capable d'entendre ce message et se mettre de nouveau à aimer la vie. Aujourd'hui, je sens qu'elle porte toujours en elle une dose de tristesse et même de noirceur, mais j'ai l'impression qu'elle comprend que ces sentiments font aussi partie de la vie. Il me semble que l'attitude de Carine est, en fin de compte, aussi héroïque que celle de « Jolyne-Chevalier errant ». Jolyne se bat infatigablement, mais au prix de demeurer volontairement dans l'illusion. Même après que Carine ne fût plus là pour entretenir sa légende dans le public, Jolyne a continué de livrer ses combats exaltants et de parcourir chaque matin d'un œil distrait le *Financial Herald* en faisant semblant d'y croire. Mais souvenons-nous que, à la toute fin du roman de Cervantès, Don Quichotte ne peut éviter la désillusion. Sur son lit de mort, il doit concéder que tout n'était bien que chimère. Alors que Carine, comprenant que se révolter au nom de sa lucidité eut été courir à sa perte, eut l'élégance de se retirer d'un combat absurde pour mieux renaître plus tard, ailleurs. Le père de Chiara dirait certainement que « le système » avait gagné. Mais non, il n'a pas gagné, c'est Carine qui est parvenue à s'en extraire. Certes Jolyne joue et sourit fréquemment, tandis que Carine a souvent pleuré. Mais les sourires de Jolyne ne sont-ils pas factices et retombent très vite, tandis que les pleurs de Carine étaient vrais et ont aujourd'hui séché ?

Chiara avait très tôt remarqué (c'est ce qu'elle m'avoua quand on se revit), que la position des traders penchés sur leurs écrans, comme celle des joueurs d'échecs devant leurs pièces, comme aussi celle des pianistes à leur clavier, lui rappelaient celle des croyants en position de prière. Ça l'avait interpellée. Elle a, je pense, une sorte de réticence instinctive à l'égard de tout ce qui ressemble de près ou de loin à une attitude de dévotion. En réaction à l'attitude de son frère Marc peut-être, enlisé dans ses certitudes politiques, ou à celle de sa mère, subjuguée par son mari et installée sans questions dans sa foi chrétienne. Paradoxalement, c'est peut-être cette inclination naturelle au doute qui fait la force de Chiara. C'est-à-dire que, bien qu'intellectuellement brillante, elle a, je pense, gardé en elle cette part d'enfant (soulignée par son visage poupin et son goût pour les robes à fleurs) qui se pose beaucoup de questions mais ne tombe pas dans le piège de les intellectualiser excessivement (au contraire de Carine). Quand elle monta sur scène, pour la première et la dernière fois, j'ai perçu à travers ses réponses aux questions des clients sur Jolyne et sur Carine (j'étais assis au fond de la salle ce jour-là), qu'elle ne jugeait ni n'essayait d'interpréter les choix de l'une et de l'autre. Elle se contentait de les aimer toutes les deux. Le « jeu » pour Chiara s'entend certainement moins au sens d'amusement que d'espace de liberté, comme celui qui permet à une pièce mécanique de facilement glisser contre une autre, à une porte de s'ouvrir. C'est cette capacité à garder la bonne distance qui sauve Chiara. Son engagement chez Condit, son rapport à sa famille, à Arthur aussi, sont marqués par le respect d'elle-même (je me doute bien qu'elle ne m'a raconté ses moments d'intimité avec Arthur qu'avec la plus grande pudeur, mais je suis certain qu'elle n'a jamais été dans l'adoration aveugle). À la fin de son discours devant les clients, quand le contrôle de la situation lui échappe complètement, cette attention à elle-même la ramène à la raison. Sa liberté à l'égard de tout ce qui l'entoure lui permet d'élargir son champ de vision. C'est pourquoi, à ce moment-là, si elle ne sait pas encore ce qu'elle veut, elle est capable de voir ce qu'elle ne veut pas. De la même manière, quand après avoir quitté définitivement la scène elle se retrouve assise sur un banc face à la Seine, elle ressent que son bonheur, il faudra qu'elle le cherche en elle-même, pas en se vouant à une quelconque chimère. Je ne suis pas surpris qu'elle soit devenue prof (et bien moins encore qu'elle enseigne les mathématiques). Outre transmettre à ses élèves des connaissances dans une matière où les faux-semblants n'ont pas de place, je pense qu'elle leur enseigne aussi que chaque erreur, chaque idée fausse est une occasion d'améliorer sa compréhension et de grandir.

Il me semble aussi que Jolyne, Carine et Chiara donnent toutes trois à voir, chacune à sa manière, une même attitude face aux bourrasques de la vie : se forger l'esprit à l'expérience de l'échec, accepter de s'affaiblir (jusqu'à la catabase pour Carine – comme dirait Jolyne si friande de mots savants) pour faire monter ce qu'il y a de meilleur en soi. C'est ce qui me touche toujours autant quand je relis le récit de leurs parcours aujourd'hui. Mais c'est probablement que certains des tourments qu'elles ont connus entrent en résonance avec mes propres fêlures. Peut-être y reconnaîtrez-vous aussi les vôtres. Ou pas.

Enfin, n'oublions pas ce que Jolyne expliquait aux journalistes : seul le temps long permet de juger valablement. Or l'histoire de ces trois femmes n'est certainement pas terminée.

FIN

Imprimé en France
ISBN 979-10-423-0872-8
Dépôt légal : 2e trimestre 2025